古典文獻研究輯刊

二六編

曾永義 主編

第7冊

唐代文士與《周易》
——白居易對《周易》的接受研究（上）

譚 立 著

國家圖書館出版品預行編目資料

唐代文士與《周易》——白居易對《周易》的接受研究（上）
／譚立 著 -- 初版 -- 新北市：花木蘭文化事業有限公司，
2022〔民 111〕
目 4+158 面；19×26 公分
（古典文學研究輯刊 二六編；第 7 冊）
ISBN 978-986-518-997-6（精裝）
1.CST：（唐）白居易 2.CST：易經 3.CST：研究考訂
820.8   111009915

古典文學研究輯刊
二六編 第 七 冊   ISBN：978-986-518-997-6

唐代文士與《周易》
——白居易對《周易》的接受研究（上）

作　者　譚　立
主　編　曾永義
總 編 輯　杜潔祥
副總編輯　楊嘉樂
編輯主任　許郁翎
編　輯　張雅淋、潘玟靜、劉子瑄　美術編輯　陳逸婷
出　版　花木蘭文化事業有限公司
發 行 人　高小娟
聯絡地址　235 新北市中和區中安街七二號十三樓
　　　　　電話：02-2923-1455／傳真：02-2923-1452
網　址　http://www.huamulan.tw 信箱　service@huamulans.com
印　刷　普羅文化出版廣告事業
初　版　2022 年 9 月
定　價　二六編 23 冊（精裝）新台幣 62,000 元

唐代文士與《周易》
——白居易對《周易》的接受研究（上）

譚立　著

作者簡介

譚立，男，1966 年 4 月 3 日出生於湖南省長沙市，籍貫湘潭市。湖南大學文學院文學碩士，湖南大學嶽麓書院哲學博士。1986 年始，先後從事文、史、哲教學工作，現為中國氣象局氣象幹部培訓學院湖南分院副教授。研究方向：中國哲學、經典詮釋學。出版專著一部，發表論文三十餘篇，主持、參加國家級、省級課題 4 項。中國哲學與傳統文化方向，開設《中國傳統文化與人文素養》、《中國傳統文化與湖湘精神》、《〈周易〉文化與人生規律》、《佛教文化》等課程。

提　　要

　　作為文壇「元和主盟」之一的白居易是中晚唐具有重要影響的文士，其著作與《周易》關係十分密切。《周易》被譽為「群經之首」「大道之源」，較之經學家、思想家所注重的對《周易》原初意義的發掘和詮釋，白居易對《周易》的接受和闡揚具有更為貼近現實的意義。《周易》最具生命力的核心思想觀念，在白居易的著作中有著鮮活的表達，從而使得《周易》思想觀念具有了更為通俗、直觀與生動的體現。《周易》等經典思想在唐代既通過官學產生影響，同時借助白居易等文士，運用廣大民眾喜聞樂見的各種方式，潛移默化地影響著人們的生活。《周易》原理通過白居易等文士的政治實踐，對唐代國家治理產生了影響；通過白居易膾炙人口的文學作品，輻射至於社會各階層，對世俗社會產生了影響；通過白居易為人稱道的生活態度和生存模式對後代士人的人生道路選擇和生存理念的形成產生了影響。相對經生與思想家專注於《周易》形而上的詮釋，其影響具有一定的侷限性而言，白居易等文士在《周易》思想觀念的接受、運用、傳播與普及化的過程中，具有不可替代的作用。白居易作為《周易》等經典理論與大眾之間的橋樑，透過其廣為傳播的文學作品，間接地將《周易》核心觀念傳達給受眾，不折不扣地履行「文以載道」的職責，體現出《周易》等經典思想對唐代社會的深刻影響和跨越時空的意義。

目

次

上 冊

第 1 章 緒　論 …………………………………………… 1

1.1 選題背景和意義 ……………………………… 2

1.2 文獻綜述 ……………………………………… 9

1.3 研究的思路和創新點 ………………………… 24

1.4 研究的重點和難點 …………………………… 25

第 2 章　白居易接受《周易》的途徑和歷程 ……… 27

2.1 《周易》對唐代政治的影響 ………………… 28

2.1.1 唐代帝王對《周易》的高度重視 ……… 28

2.1.2 唐代年號與《周易》 …………………… 38

2.1.3 《貞觀政要》與《周易》 ……………… 41

2.2 白居易宗族科考仕進成就及與《周易》的
　　關係 ………………………………………… 49

2.2.1 白居易宗族的科舉成就和仕歷 ……… 49

2.2.2 白居易科考所作策、判、賦、詩與
　　　《周易》的關係 …………………… 62

　　　2.2.3　白居易及同輩名、字選取與《周易》
　　　　　　的關係 ⋯⋯⋯⋯⋯⋯⋯⋯⋯⋯⋯⋯⋯ 70
　2.3　白居易的詩文成就和接受《周易》影響的
　　　階段 ⋯⋯⋯⋯⋯⋯⋯⋯⋯⋯⋯⋯⋯⋯⋯⋯ 75
　　　2.3.1　白居易的詩文成就 ⋯⋯⋯⋯⋯⋯⋯ 75
　　　2.3.2　白居易受《周易》影響與接受的階段
　　　　　　⋯⋯⋯⋯⋯⋯⋯⋯⋯⋯⋯⋯⋯⋯⋯⋯ 80

第 3 章　白居易與《周易》「道論」 ⋯⋯⋯⋯⋯⋯⋯ 91
　3.1　白居易對《周易》「一陰一陽之謂道」的
　　　理解 ⋯⋯⋯⋯⋯⋯⋯⋯⋯⋯⋯⋯⋯⋯⋯⋯ 91
　　　3.1.1　白居易的陰陽調和論 ⋯⋯⋯⋯⋯⋯ 91
　　　3.1.2　白居易的禍福相倚論 ⋯⋯⋯⋯⋯⋯ 96
　　　3.1.3　白居易的動靜交養論 ⋯⋯⋯⋯⋯ 106
　3.2　白居易對「陰陽之道」與「感而遂通」的
　　　認識 ⋯⋯⋯⋯⋯⋯⋯⋯⋯⋯⋯⋯⋯⋯⋯ 112
　　　3.2.1　《周易》「感而遂通」觀念的緣起 ⋯⋯ 112
　　　3.2.2　白居易對「感而遂通」觀念的論述 ⋯ 116
　　　3.2.3　白居易的「休徵在德，吉凶由人」
　　　　　　觀念 ⋯⋯⋯⋯⋯⋯⋯⋯⋯⋯⋯⋯⋯ 124
　3.3　白居易對《周易》「常道」觀念的理解 ⋯⋯ 128
　　　3.3.1　《周易》有關「常道」的觀念 ⋯⋯⋯ 129
　　　3.3.2　白居易「天地有常道，萬物有常性」
　　　　　　觀念 ⋯⋯⋯⋯⋯⋯⋯⋯⋯⋯⋯⋯⋯ 133
　　　3.3.3　白居易「性由習分、習則生常」觀念
　　　　　　⋯⋯⋯⋯⋯⋯⋯⋯⋯⋯⋯⋯⋯⋯⋯ 137
　3.4　白居易「一陰一陽之謂道」觀念舉隅 ⋯⋯ 141
　　　3.4.1　白居易的「謙」「愧」「慚」觀念 ⋯⋯ 141
　　　3.4.2　白居易的「命屈當代，慶留後昆」
　　　　　　觀念 ⋯⋯⋯⋯⋯⋯⋯⋯⋯⋯⋯⋯⋯ 151

中　冊
第 4 章　白居易與《周易》「時論」 ⋯⋯⋯⋯⋯⋯⋯ 159
　4.1　白居易對《周易》「隨時」觀念的理解 ⋯⋯ 160
　　　4.1.1　白居易「為時之用大矣哉」思想 ⋯⋯ 160

　　4.1.2　白居易的「《易》尚隨時」觀念 ⋯⋯ 166

　4.2　白居易的「隨時」觀念的表現：安時順命 ⋯ 178

　　4.2.1　白居易對《周易》「順性命之理」的
　　　　　理解 ⋯⋯⋯⋯⋯⋯⋯⋯⋯⋯⋯⋯⋯⋯⋯ 178

　　4.2.2　白居易「安時順命」的現實緣由 ⋯⋯ 192

　　4.2.3　白居易「安時順命」的精神世界 ⋯⋯ 200

第5章　白居易與《周易》「位論」⋯⋯⋯⋯⋯⋯ 213

　5.1　白居易對《周易》「位」觀念的認識 ⋯⋯ 213

　　5.1.1　白居易「才適其位」「正位經邦」
　　　　　思想 ⋯⋯⋯⋯⋯⋯⋯⋯⋯⋯⋯⋯⋯⋯⋯ 214

　　5.1.2　白居易對「不得其位」的論述 ⋯⋯⋯ 218

　　5.1.3　白居易對「德薄位尊」的論述 ⋯⋯⋯ 225

　5.2　《周易》「位」與「時」「才」關係對白居易
　　　的影響 ⋯⋯⋯⋯⋯⋯⋯⋯⋯⋯⋯⋯⋯⋯⋯⋯ 230

　　5.2.1　白居易對「時」「位」「才」之間關係
　　　　　的認識 ⋯⋯⋯⋯⋯⋯⋯⋯⋯⋯⋯⋯⋯⋯ 230

　　5.2.2　白居易「時」「位」「才」相諧的狀態
　　　　　⋯⋯⋯⋯⋯⋯⋯⋯⋯⋯⋯⋯⋯⋯⋯⋯⋯ 236

　　5.2.3　白居易「位」變化之因由：動與時合
　　　　　⋯⋯⋯⋯⋯⋯⋯⋯⋯⋯⋯⋯⋯⋯⋯⋯⋯ 247

　　5.2.4　白居易對「時」「位」「才」不諧的
　　　　　調適 ⋯⋯⋯⋯⋯⋯⋯⋯⋯⋯⋯⋯⋯⋯⋯ 253

第6章　白居易與《周易》「大和論」⋯⋯⋯⋯⋯ 261

　6.1　白居易對《周易》「保合大和」觀念的理解
　　　⋯⋯⋯⋯⋯⋯⋯⋯⋯⋯⋯⋯⋯⋯⋯⋯⋯⋯⋯ 261

　　6.1.1　《周易》「保合大和」觀念 ⋯⋯⋯⋯ 262

　　6.1.2　白居易「飲大和，扣至順」觀念 ⋯⋯ 267

　6.2　白居易「大和」觀對政治實踐的影響：
　　　立大中致大和 ⋯⋯⋯⋯⋯⋯⋯⋯⋯⋯⋯⋯⋯ 274

　　6.2.1　白居易治國安邦的「大和」觀 ⋯⋯⋯ 275

　　6.2.2　白居易禮樂教化的「大和」觀 ⋯⋯⋯ 280

　6.3　白居易「大和」觀對生活實踐的影響：中隱
　　　⋯⋯⋯⋯⋯⋯⋯⋯⋯⋯⋯⋯⋯⋯⋯⋯⋯⋯ 285

    6.3.1　白居易「中隱」的客觀因素：我無奈
　　　　命何 …………………………………………… 286

    6.3.2　白居易「中隱」的主觀因素：命無奈
　　　　我何 …………………………………………… 294

    6.3.3　白居易「中隱」的內心世界：無論
　　　　海角與天涯，大抵心安即是家 …………… 302

下　冊

第 7 章　白居易與《周易》「易簡」「樂天」觀念… 313

  7.1　白居易對《周易》「易簡」觀念的接受 ……… 313

    7.1.1　白居易的處世之道：不凝滯於物，
　　　　必簡易於事 …………………………………… 314

    7.1.2　白居易的君臣之道：君簡臣繁，上簡
　　　　下繁 …………………………………………… 320

  7.2　白居易對周易「樂天」觀念的接受 ………… 326

    7.2.1　白居易的政治實踐：君子樂天，固宜
　　　　知命 …………………………………………… 326

    7.2.2　白居易的生活實踐：達哉達哉
　　　　白樂天 ………………………………………… 332

結　論 …………………………………………………… 341

參考文獻 ………………………………………………… 353

附　錄 …………………………………………………… 365

  附錄 1　白居易文與《周易》關聯及類似語彙
　　　對照表 …………………………………………… 365

  附錄 2　白居易詩與《周易》關聯及類似語彙
　　　對照表 …………………………………………… 445

  附錄 3　白居易年譜簡表和涉《周易》詩文
　　　分布表 …………………………………………… 477

後　記 …………………………………………………… 481

第1章 緒 論

　　白居易（772～846）是中晚唐享譽海內外的文士，其詩歌以外的作品多
為策判、詔制、奏議、書表、信函、銘誄等，較之詩歌的膾炙人口，相對而
言，白居易詩歌以外的作品多數不為人熟知。白居易在中晚唐文壇地位崇高，
詩、文兼重，史家劉昫《舊唐書・白居易傳》論曰：「元和主盟，微之、樂天
而已。」〔註1〕元稹曰：「樂天於翰林中書，取書詔批答詞等，撰為程式，禁
中號曰白樸。每有新入學士求訪，寶重過於六典也。」〔註2〕白居易曰：「禮、
吏部舉選人，多以僕私試賦判傳為準的。」〔註3〕陳寅恪認為「在當時一般人
心目中，元和一代文章正宗，應推元白，而非韓柳。」〔註4〕白居易經由科舉
考試仕進，曾作為翰林學士、左拾遺、知制誥等帝王近臣參與國政。朝廷正
統思想以傳統經典思想為基礎，白居易的著作受到經典思想的重要影響，對
經典思想的接受十分顯著。目前看來，白居易研究的重點，主要體現在其詩
歌，對其詩歌以外的作品的研究有待於深入；白居易詩歌的研究，包括少量
的對其詩歌以外的作品的研究，主要立足於文學研究的角度，極少立足於經
典思想研究的角度。經典之中，又以《周易》對白居易的影響和白居易對《周

〔註1〕〔後晉〕劉昫等撰，《舊唐書》，第1版，北京：中華書局，1975年版，第4360
　　　頁。
〔註2〕〔唐〕元稹著，冀勤點校，《元稹集》，第1版，北京：中華書局，1982年版，
　　　第284頁。
〔註3〕〔唐〕白居易著，謝思煒校注，《白居易文集校注》，第1版，北京：中華書
　　　局，2011年版，第325頁。
〔註4〕陳寅恪著，《元白詩箋證稿》，第1版，上海：上海古籍出版社，1978年版，
　　　第114頁。

易》的接受較為突出，〔註5〕因而此選題具有較大的開拓空間。

1.1 選題背景和意義

1.1.1 選題背景

　　首先，從《周易》研究的角度而言，主要針對具有專門的易學研究著作的經生、思想家和少量文士，研究其對《周易》的詮釋和闡發。較少立足於並無專門易學研究著作的文士的角度，系統深入地研究《周易》對該類文士的影響，該類文士對《周易》思想的詮釋和接受，相關《周易》原理通過文士對社會政治和國家治理的影響，對廣大民眾產生的影響等。《周易》作為經典思想，經生和思想家等試圖完整、系統、全面地探究《周易》的深邃內涵，還原《周易》的原初意義。經生和思想家側重於純粹理性思維，注重思想觀點的純正，對《周易》的詮釋具有系統性和完整性，致力於形成邏輯嚴密的理論體系，其成果體現在專門的易學著作之中。大多數文士雖非傾力於《周易》的專門研究，但受到《周易》的深刻影響。此類文士與社會現實生活聯繫緊密，注重經典思想現實意義的闡揚；其作品為社會各階層人士所接受，因而側重於豐富的感性思維。此類文士對《周易》的詮釋和接受具有片段性和零散性的特點，表現在對《周易》的某些觀念具有高度的敏感和超乎尋常的理解，傾力於展現此類觀念的現實意義和恒久的生命力。錢鍾書認為片段思想與系統理論具有同樣重要的意義，曰：「倒是詩、詞、隨筆裏，小說、戲曲裏，乃至謠諺和訓詁裏，往往無意中三言兩語，說出了精闢的見解，益人神智……正因為零星瑣屑的東西易被忽視和遺忘，就愈需要收拾和愛惜。自發的孤單見解是自覺的周密理論的根苗……往往整個理論系統剩下來的有價值東西只是一些片段思想。」〔註6〕在此類文士的表達之中，對《周易》某些思想觀念的援引，體現出《周易》核心觀念的跨越時空的生動性和頑強生命力。對此類文士與《周易》之間關係的研究，可以較為直觀地發現《周易》與社會現實

〔註5〕參見附錄1《白居易文與〈周易〉關聯及類似語彙對照表》，附錄2《白居易詩與〈周易〉關聯及類似語彙對照表》，附錄3《白居易年譜簡表和引用〈周易〉詩文分布情況》。

〔註6〕錢鍾書撰，《七綴集》，第1版，北京：生活・讀書・知新三聯書店，2002年版，第33，34頁。

之間的緊密聯繫，與廣大受眾之間密切相關的部分，此類論題的研究較為薄弱。白居易作為中晚唐具有重要影響的文士，雖無專門的易學著作，但受到《周易》影響和對《周易》核心觀念的接受較為突出，材料十分豐富。通過對白居易與《周易》關係的研究，可以彌補重具有易學專門著作的經生、思想家和少量文士與《周易》關係的研究，輕無易學專門著作的文士與《周易》關係的研究的缺憾。

其次，從白居易研究的角度而言，白居易的研究長盛不衰，多數從文學的角度進行研究，較少從經典思想的角度進行研究；從文學的角度研究白居易的成果，多體現在詩歌方面，對詩歌以外的其他作品的研究並不多見。元稹曰：「貞元末，進士尚馳競，不尚文，就中六籍尤擯落。禮部侍郎高郢始用經藝為進退。樂天一舉擢上第。」〔註7〕高郢主試進士考「志在經藝」，〔註8〕可見對經典思想的深刻理解和出色發揮，是白居易科考仕進的重要原因。白居易作為「論議文章之臣」知制誥，〔註9〕可見白居易參與國政與經典思想之間的緊密聯繫。永貞元年（805 年），白居易 34 歲，在長安任校書郎，作《永崇里觀居》曰：「寡欲雖少病，樂天心不憂。何以明吾志，周易在床頭。」〔註10〕24 年之後，經歷了召為翰林、授左拾遺、貶為江州司馬、出任杭州刺史等宦途波折，大和三年（829 年），白居易 58 歲，在洛陽為太子賓客分司，作《想東遊五十韻》曰：「未死癡王湛，無兒老鄧攸。蜀琴安膝上，周易在床頭。去去無程客，行行不繫舟。」〔註11〕白居易一再表述「周易在床頭」，可見其與《周易》關

〔註7〕 〔唐〕元稹著，冀勤點校，《元稹集》，第 1 版，北京：中華書局，1982 年版，第 641 頁。

〔註8〕 《舊唐書‧高郢傳》曰：「時應進士舉者，多務朋遊，馳逐聲名；每歲冬，州府薦送後，唯追奉讌集，罕肄其業。郢性剛正，尤嫉其風，既領職，拒絕請託，雖同列通熟，無敢言者。志在經藝，專考程試。凡掌貢部三歲，進幽獨，抑浮華，朋濫之風，翕然一變。」〔後晉〕劉昫等撰，《舊唐書》，第 1 版，北京：中華書局，1975 年版，第 3976 頁

〔註9〕 元稹擬《白居易授尚書主客郎中知制誥》曰：「勅：先帝付朕四海九州之重，尚賴威靈。天下甫定，思獲論議文章之臣，以在左右。俾之詳考今古，周知物情……」〔唐〕元稹著，冀勤點校，《元稹集》，第 1 版，北京：中華書局，1982 年版，第 565 頁

〔註10〕 謝思煒撰，《白居易詩集校注》，第 1 版，北京：中華書局，2006 年版，第 456 頁，參見附錄 2 第 8 條。

〔註11〕 謝思煒撰，《白居易詩集校注》，第 1 版，北京：中華書局，2006 年版，第 2119 頁。

係密切。對白居易現存文稿逐一梳理，可以見出其對《周易》文辭的援引、對《周易》核心觀念的運用，涉及的詩文數量繁多，從參加科舉考試前夕直至暮年，對《周易》思想的援引幾乎沒有間斷。白居易與《周易》的關係如此緊密，但相關《周易》與白居易之間影響與接受的研究成果十分罕有。白居易受到《周易》影響和接受《周易》核心思想，具有比較完整的發展脈絡，顯示出一定的規律性和系統性。與白居易詩、文均受到朝野的高度認可和推崇、擁有文壇「主盟」的地位不相適應的是，其詩歌以外的容量更大、更加具有思想性和理論性的作品的研究成果為數不多，對其與經典思想、尤其是與《周易》之間密切關係的研究有待於深入。就詩賦而言，其中蘊含的經典理論思想的研究同樣有待於深入。較之唐代詩歌一般意義上所具有的感性含蓄的特點，白居易處於中晚唐時代，詩歌的理性思維更為強烈。錢鍾書《宋詩選注》曰：「宋詩還有個缺陷，愛講道理，發議論；道理往往粗淺，議論往往陳舊，也煞費筆墨去發揮申說。這種風氣，韓愈、白居易以來的唐詩裏已有，宋代『理學』或『道學』的興盛使它普遍流播。」〔註12〕錢論可見兩個觀點，其一為白居易詩歌之中具有相當的「理」的成分，與具有跳躍性的形象思維、謂之「羚羊掛角，無跡可求」的典型的唐詩有所不同，〔註13〕而是具有較為明顯的闡述哲理的邏輯思維的成分。就白居易為蘇軾「傾慕」、對宋代產生了重要影響看來，其詩歌蘊含的經典理論成分，對傾向說理的宋詩有所啟發。其二，錢論認為宋詩的「道理往往粗淺」，此論本與白居易淺近、通俗、簡易的風格相切合，同時也是白居易詩歌風行海內外的原因之一，即為其詩歌的通俗易懂、道理淺顯、易於模仿。白居易為當時與後世廣泛推崇和效法，與其對《周易》等經典理論思想的接受，在此基礎上的政治實踐和生活實踐密切相關。《周易》等經典思想理論對白居易的影響有待於深入研究。

第三，《周易》對白居易的影響和白居易對《周易》的接受，主要體現在《易傳》，此種情形，與唐代《經》《傳》不分，重視「義理」、淡化「象數」的風尚相關。唐代對《周易》思想的詮釋和運用，體現在國家治理的行政層面、普施教化的社會功用層面和道德修養的涵泳薰染層面，強調義理而淡化

〔註12〕錢鍾書撰，《宋詩選注》，第1版，北京：生活·讀書·知新三聯書店，2002年版，第7頁。

〔註13〕〔清〕何文煥輯，《歷代詩話》，第1版，北京：中華書局，1981年版，第688頁。

象數。從《貞觀政要》等著作和白居易作品考察，主要以援引具有明確內涵與形成定論的《易傳》思想為主。上述對於《周易》的詮釋和運用的特點始於漢代，清代皮錫瑞《經學通論》曰：「賈、董，漢初大儒。其說《易》皆明白正大，主義理，切人事，不言陰陽、術數，蓋得《易》之正傳。」〔註14〕「漢末《易》道猥雜，卦氣、爻辰、納甲、飛伏、應世之說，紛然並作。弼乘其敝，掃而空之，頗有摧陷廓清之功，而以清言說經，雜以道家之學，漢人樸實說經之體，至此一變。」〔註15〕《四庫全書總目》曰：「平心而論，闡明義理，使《易》不雜於術數者，弼與康伯深為有功。」〔註16〕又曰「至穎達等奉詔作疏，始專崇王注而眾說皆廢。」〔註17〕。西漢宣帝有「石渠閣之會」，唐太宗李世民詔命孔穎達撰《五經正義》，均為釐清與統一經義的具體行動。漢唐以降，《周易》用於典章制度的確立和國家治理層面，須取其確鑿無疑的經典理論意義，發揮經典義理高屋建瓴的作用，故此淡化眾說紛紜、未為確指的象數觀點。唐代所稱《易》《大易》《周易》為「經」「傳」合體，黃壽祺認為「經傳合編本《周易》出現於漢代，是當時崇尚經學的社會背景的一方面反映。後代學者多依此本研讀，影響至為廣大，遂使《易傳》的學術價值提高到與『經』並駕齊驅的地位，乃至人們在傳述研究舊學論及《周易》一書時，事實上往往兼指『經』『傳』兩部分。」〔註18〕劉江岩認為「在從『經』到『傳』的轉換與提升過程中，一系列新的思想逐漸明晰，並在《易傳》中通過明確的具有哲學性質的概念和範疇表達出來，形成了以後中國思想和哲學發展的基本元素。」〔註19〕處於上述社會環境之中，白居易對於《周易》的詮釋與接受，從具體運用的相關材料看來，即以《易傳》為主要方面，實際運用以

〔註14〕〔清〕皮錫瑞著，吳仰湘點校，《經學通論》，第 1 版，北京：中華書局，2017年版，第 26 頁。

〔註15〕〔清〕皮錫瑞著，吳仰湘點校，《經學通論》，第 1 版，北京：中華書局，2017年版，第 36 頁。

〔註16〕〔清〕永瑢等撰，《四庫全書總目》，第 1 版，北京：中華書局，1965 年版，第 3 頁。

〔註17〕〔清〕永瑢等撰，《四庫全書總目》，第 1 版，北京：中華書局，1965 年版，第 3 頁。

〔註18〕黃壽祺、張善文撰，《周易譯注》，第 2 版，北京：中華書局，2016 年版，第8 頁。

〔註19〕劉江岩撰，《天人之際與神人之間——以《易經》和《聖經》為中心的宗教文化探索》，中央民族大學博士論文，北京：中央民族大學，2012 年，第 83 頁。

《易傳》義理為重。本文以白居易對《易傳》的接受為研究主體，少量涉及《易經》的卦、爻詞，亦為其義理的詮釋與運用。唐代無論引用「經」，還是引用「傳」，一般統稱《易》《大易》或《周易》，本文亦如此。

1.1.2 選題意義

白居易與《周易》關係的研究，具有理論意義。班固《漢書》謂《周易》「人更三聖，世歷三古」，〔註20〕《周易》有「群經之首」「大道之源」的地位，是經典之中至為重要的部分，對中華文明產生了廣泛而深遠的影響，歷代對《周易》的詮釋從未間斷。朱熹有「儒者之經」「文人之經」之說，〔註21〕認同的是程、朱所代表的「儒者之經」，對蘇軾等所代表的「文人之經」在詮釋儒家經典方面多有批評，但對其文理、文勢、文脈等文人所具有的獨特優勢方面亦有肯定。〔註22〕上述觀點均以《周易》文本為中心，在還原《周易》的原初意義，與正統儒家思想的契合程度上入手。與白居易類似，相當數量的文士並無專門的易學著作，但往往受到《周易》的重大影響，接受了《周易》的核心思想觀念，在作品中援引《周易》思想立論，運用《周易》原理指導政治實踐和生活實踐。上述文士對《周易》的詮釋，密切聯繫社會現實生活，反覆印證了《周易》作為「大道之源」的經典意義，體現了《周易》本身所強調的「不可為典要，唯變所適」的辯證發展的內涵，是全面、系統和完整的《周易》詮釋的重要組成部分。

劉勰《文心雕龍·序志》曰：「唯文章之用，實經典枝條，五禮資之以成，六典因之致用，君臣所以炳煥，軍國所以昭明，詳其本源，莫非經典。」〔註23〕白居易作為元和時代文壇「主盟」之一，與經典思想關係實為密切。以白居易作為典型個案，通過其著作與《周易》關係的研究，可以彌補注重經生、思想家對《周易》詮釋的研究，忽視白居易一類文士對《周易》的理解、詮釋和運用研究的不足。可以將《周易》對白居易產生的影響，及其對

〔註20〕〔漢〕班固撰，〔唐〕顏師古注，《漢書》，第 1 版，北京：中華書局，1962 年版，第 1704 頁。

〔註21〕〔宋〕黎靖德輯，《朱子語類》，第 1 版，比較：中華書局，1986 年版，第 193 頁。

〔註22〕參見程剛撰，《論宋代的「文人之易」及其解易方法》，《中州學刊》，2013 年，第 2 期，第 102 頁。

〔註23〕〔南朝梁〕劉勰著，黃叔琳注，李詳補注，楊明照校注拾遺，《增訂文心雕龍校注》，第 1 版，北京：中華書局，2012 年版，第 618 頁。

《周易》的接受具有較為全面的解讀，從而揭示《周易》之中最具有生命力的核心觀念發生作用的狀態。探究經生、思想家之外的人物，對《周易》的獨特詮釋和運用、接受的方式和重點，從而展示《周易》此一重要經典思想貼近社會現實的價值和意義。同時，可以從《周易》等經典思想的層面，探究白居易此一對當時及後世影響巨大的文士，之所以為人們廣泛認同和接受的內在本質原因和一般規律。

白居易對《周易》的詮釋豐富了易學的內涵，對《周易》的傳播進行了有益的探索。經學家與思想家注重的是《周易》經典思想的形而上的意義，從學理思辨與邏輯推衍的角度出發，高度強調《周易》思想的純粹性及其具有的學術價值，從而顯示出《周易》研究多出於單純的學術研究與理論探索的層面，與社會現實生活的關係較為隔膜。對《周易》的研究，關注於其本源意義的挖掘和探究，力圖還原《周易》的本來面目，歷朝歷代以此為出發點的研究和詮釋甚為繁夥。對於《周易》思想的社會實踐層面的運用，尤其對於文士和社會大眾的實際影響的研究較為單薄，文士與大眾對《周易》的接受程度和側重點的研究較為欠缺。白居易一類文士，作為經典與大眾之間的橋樑，正是透過膾炙人口的文學作品，間接地將《周易》核心思想觀念傳達給大眾，履行「文以載道」的職責。隨著時間的推移，亦由於《周易》本身所具備和強調的「與時偕行」思想的作用，其「義理」的內涵和外延具有了相當的拓展，無時無刻不與社會實踐密切相連，無處不存地產生作用。此種聯繫，最為顯著地表現在文士的社會政治實踐和生活實踐層面，即作為官員的文士運用《周易》原理制定政策、治理國家；從《周易》思想中尋找安身立命的理論依據，調適精神世界，指導生活實踐。經典思想的研究和其原初意義的還原，對於中國經典思想文化的充分挖掘和梳理具有重大意義；經典思想的運用和其產生的實際效用的研究，對經典思想文化的傳承和指導現實生活意義同樣重大。

白居易之所以為當時與後世所推崇，贏得社會各階層人士的廣泛認同，其中機理，可自白居易與《周易》此一「廣大悉備」的經典理論的關係之中，探究出一般規律。經歷科舉考試步入仕途的文士，或為此經年累月研習經典意圖科考仕進的人物，經過長期的理論薰陶，經典的核心思想已然深入內心世界，形成了其思想基礎和精神底色。根據環境、條件、機緣的不同，經典思想觀念的不同內涵時有隱顯，影響著士人的一言一行。《周易》的核心思想觀

念潛藏於深受經典思想薰陶、飽讀詩書的白居易一類士人的內心深處，隨時隨地發生作用。《周易》是為群經本源，文士或在思想觀念上各自具備其特點與傾向性，其生活態度和生存觀念各具特色，但無有例外地可以從「廣大悉備」「總兼萬物」的《周易》中覓其倪端。白居易從力學科考、治理地方、參與國政，乃至於涵養道德、描摹生活、吟誦自然、詮釋人生，在理論與實踐之中，均隨時隨地可以見出《周易》理論思想對其產生的深刻影響。白居易的政治觀點、生存理念與《周易》的核心思想觀念具有高度的契合之處。

白居易與《周易》關係的研究，具有重要的現實意義。通過白居易對《周易》理論接受研究，對當代社會現實生活具有借鑒意義，對人的內心、人與人、人與自然、人與社會的和諧具有重要的啟示。蒙培元認為「《周易》哲學是生的哲學。生的哲學即是生命哲學，其中包含了深刻的生態哲學道理，它的現代意義也在這裡。」〔註24〕就「生命哲學」而言，白居易在不同的社會環境之中，均能充分理解生命的本質、彰顯生命的意義，實現作為儒家士子的人生價值。唐代社會對仕宦階層具有嚴格的才識與道德要求，強調個人報國濟民建功立業的現實意義；在個人志向得不到施展空間的情形下，高度認可提升個人修養與才學的道德意義，二者均可以實現自我價值和提升生命境界，此為社會穩定的重要因素。白居易即為中晚唐多種生存模式中極具有代表性的人物之一。白居易善於自我調適，採用順應時勢變化，以適應外在環境的生活方式，其內心的和諧以對宇宙人生自然常軌的充分理解和把握為堅實基礎。白居易是為生命意識、生活態度、生存理念為後世認同的典範，其從《周易》汲取的智慧，值得深入探討和借鑒。

通過白居易對《周易》的接受研究，可進一步認識精神與物質之間的關係。並非物質層面高度滿足即可產生高質量的精神產品，形成深層次的哲思。物質之滿足，亦非必定取得與之相適應的精神成就。在特定的歷史階段，物質滿足已然達到充分的自由，在精神上已經無法自物質層面獲取些許美感與覺悟的提升。在精神層面，恰恰由於物質的羈絆而難於擺脫現實社會的桎梏，精神層面故難以達到精粹靜一的境界。物質之索求與發展無有止境，則精神之依託無有定準。汲汲於物質功利層面，則羈絆於形而下的滿足，對形而上的哲思與精神層面的深刻探索形成障礙。《周易》等中國經典思想，即產生於

〔註24〕蒙培元撰，《〈周易〉哲學的生命意義》，《周易研究》，2014 年第 4 期，第 8 頁。

物質條件相對貧乏的遠古，卻能以其高度的概括性和與時偕行的再創造特性，涵蓋天地萬物之普遍規律，於各個不同歷史時期具有形而上的指導意義，是為中國古代經典思想無可比擬的睿智與前瞻之處。中國經典思想先天具有開放包容的秉性和自我更新精神，使之具有強大的生命力和再創造的空間。《周易》之極高明，體現在其自身無有止境的發展變化之間，其理性辯證思維，彰顯出其本身永恆無盡的生命力與創造性，具有再認識、再總結、再積累和再發展的廣闊空間。自此亦可見出《周易》思想觀念的開放性、包容性和創造性，此為《周易》經久不衰、歷久彌新和為歷朝歷代奉為「大道之源」的奧區。

　　李清良認為「中國傳統學術的一些基本觀念尤其是主體性思想仍在現代學術境遇中延續持存，並與現代學術觀念融為一體，共同構成了新的學術傳統。傳統學術對於現代學術的影響力，實遠遠超過了我們的意識與想像。」〔註25〕《周易》等傳統經典思想的全面研究應引起進一步的重視。傳統經典是中華文明成果的深刻體現，是中華文明歷久彌新的本質原因。傳統經典經受歲月的磨洗並獲得廣泛的認同，是歷史經驗的高度總結和理性昇華，是中華文化得以產生的基礎和源泉，是中華民族彌足珍貴不可或缺的寶貴財富。經典思想是中國傳統文化的原生基因，是哲學家、思想家、政治家的探索重點。經典思想具有非凡的睿智和前瞻性，具有對生命的理性分析和對世界的理性認識。經典作為對世界萬物變化的規律性總結，能夠使得人們面對現實環境與社會的變遷，人生遭際的偶然與命運的不確切，從宏觀的意義上得到比照與借鑒，從而更為準確地分析、理解與把握現實生活。經典研習使得人們對於人的價值的認識、人的命運的理解、人的生活方式的選擇和人生境界的提升，具有較為準確的參照，具有主動自覺的應對方略。社會變化日新月異，《周易》與生俱來的「唯易不易」的發展變化觀，正是應對社會劇烈變化的重要基礎理論。因此，充分辨析《周易》對白居易的影響和白居易對《周易》的接受，具有重要的現實意義。

1.2　文獻綜述

　　現有白居易研究成果，主要圍繞其文學創作、官宦生涯，結合史料記載，

〔註25〕李清良著，《熊十力陳寅恪錢鍾書闡釋思想研究》，第 1 版，中華書局，2007年版，第 253 頁。

分析研究白居易生平、作品考辯、創作風格、思想傾向、審美觀點、生存理念等問題，展示出一個較為完整的白居易形象和中晚唐社會政治狀態、國計民生情形。對白居易當時及後世備受朝野推崇，影響溢出中土、延綿至域外進行了較為深入的分析。白居易作為中晚唐偉大的現實主義詩人，其文學創作的歷史淵源、現實意義和後世影響，依然延續歷代對白居易的基本評價。已有研究成果的共同之處在於，未能從文學範疇、現實社會具體現象，上升至思想理論研究的高度，鮮有從哲學思辯、普遍抽象等形而上的角度出發，詮釋白居易文章所蘊涵的思想觀念的內在邏輯和普遍意義。即白居易人生價值、生命意識、精神境界等抽象與終極的「道」的思想的形成、發展與成熟過程中，其內在的、固有的和超越時空的本質原因和恒久意義。

綜述包括專題研究白居易與《周易》關係的文獻；論題雖未點明《周易》，但部分內容涉及白居易對《周易》思想吸收的文獻；以白居易與「經典思想」關係為題，與《周易》思想觀念具有關聯的文獻；與白居易類似具有代表性的文士與《周易》關係的文獻；白居易著作和校注本等五個部分。

1.2.1　專題研究白居易與《周易》關係文獻

專題研究白居易與《周易》關係的期刊文獻共 4 篇。分析了白居易對《周易》中某些思想的接受，涉及《周易》「中道」「時位」「陰陽」「剛柔」「變易」「隨時」「樂天知命」等觀念，以及《訟》卦對白居易刑罰思想的影響，《井》卦在白居易文學作品中的寓意。

肖偉韜的《試論白居易對〈周易〉的受容》，[註26]認為《周易》中的「中道」「時位」思想對白居易的「中庸」哲學及「執中」的思維模式產生了深刻的影響；「陰陽」「動靜」「剛柔」「變易」等思想，是白居易精神與性格形成的直接因素；《周易》「樂天知命故不憂」思想，為白居易「樂天」「得所」人生哲學張本，是其思想性格通變達觀、較少拘滯的重要原因。《周易》中《訟》卦對白居易刑法思想和人道主義思想具有直接影響。

劉銘、徐傳武的《白居易〈井底引銀瓶〉詩主旨新解——以〈周易·井卦〉為座標》，[註27]認為白居易的《井底引銀瓶》詩是用《周易·井》卦來

〔註26〕肖偉韜撰，《試論白居易對〈周易〉的受容》，《殷都學刊》，2008 年第 4 期。
〔註27〕劉銘，徐傳武撰，《白居易〈井底引銀瓶〉詩主旨新解——以〈周易·井卦〉為座標》，《周易研究》，2009 年第 3 期。

起興的，具有諷喻、象徵意義。將「諷喻王不明，賢人修己全潔而不見用。懷才不遇，而心中惻愴」這一主旨，通過該詩的「愛情悲劇」，導向和輻射到當時的政治現實。極有可能是諷喻皇帝，隱含其對「永貞革新」的態度，並對「永貞革新」遭受打擊的官員表示同情。

劉洪強《〈周易・井卦〉與〈井底引銀瓶〉之關係探微──兼論〈周易・井卦〉對〈金瓶梅〉人物命名的影響》，〔註 28〕分析了白居易詩歌《井底引銀瓶》與《周易・井卦》的聯繫，認為《井底引銀瓶》的本事由《周易・井卦》生發而來，在用典、意境和情節上明顯受到《井卦》的影響，並在思想感情上吸收了魏王弼與唐孔穎達疏的思想。指出《井》卦主要講了一個「德」字，也講了不能保持「德」的危害性，而《井》詩主要講述了一個男子負心，也就是「無德」，認為兩者的關係是相當緊密的。

梁豔的《「〈易〉尚隨時」觀對白居易思想和創作的影響》，〔註 29〕認為「《易》尚隨時」對白居易思想和創作產生了重要影響，「《易》尚隨時」是白居易對《周易》時位觀的概括，表現了一種「變」和「不變」之「變」，以至於合和的境界。這種觀念對白居易的出處抉擇產生了重要影響，形成了白居易「善應」的處事態度和理性的思維。白居易將「變」和「善應」演繹成了一種「不變」的人生哲學。白居易的閒適詩創作更為明顯地體現了他的「《易》尚隨時」觀，從「不偏執」的創作心態和「合和」境界的詩美追求兩個方面體現了《周易》中的智慧和美感。

1.2.2　文中涉及白居易與《周易》關係的文獻

部分論文涉及白居易與《周易》之間影響與接受的關係，論述了白居易待時而動、樂天知命、知足保和、出處行藏、居安思危、損益盈虛等觀念與《周易》的密切聯繫。

毛妍君《白居易閒適詩研究》，〔註 30〕認為《周易・繫辭下》「君子藏器

〔註 28〕劉洪強撰，《〈周易・井卦〉與〈井底引銀瓶〉之關係探微──兼論〈周易・井卦〉對〈金瓶梅〉人物命名的影響》，《阿壩師範高等專科學校學報》，2010 年第 3 期。

〔註 29〕梁豔撰，《「〈易〉尚隨時」觀對白居易思想和創作的影響》，《海南師範大學學報》（社會科學版），2015 年第 1 期。

〔註 30〕毛妍君撰，《白居易閒適詩研究》，陝西師範大學，博士論文，西安：陝西師範大學，2006 年，第 78 頁。

於身，待時而動」思想觀念，是白居易在積極用世的基礎之上，用以維護個
體獨立意識的思想資源。白居易認識到仕途上的行藏出處在於機會，一旦機
會喪失，則獨善其身、守志藏道。其考察人生的角度雖然有所不同，但在積
極用世的基礎上努力維護獨立的意識。白居易「樂天知命」「知足保和」思想
受到了《周易》相關觀念的影響。

　　肖偉韜《白居易生存哲學綜論》，〔註31〕作者分別論述了《中庸》《周易》
《論語》《孟子》《老子》《莊子》《維摩詰經》等經典對白居易的影響。關於
《周易》對白居易的影響，在其《試論白居易對〈周易〉的受容》（《殷都學
刊》，2008 年第 4 期）一文中具有集中論述。

　　陳金現《從屈原看白居易的人生哲學》，〔註32〕認為《周易‧繫辭下》「尺
蠖之屈，以求信也；龍蛇之蟄，以存身也」對白居易人生哲學產生了影響。白
居易具有「儒、道二家互為體用的龍蛇哲學」思想，追求知足保和，放達適意
的人生。白居易倡言「《易》尚隨時，禮貴從宜」，是白居易進退思想的依據，
與其「龍蛇」「委順」思想相通，但並未將白居易的「順命」思想與《周易》
的「順性命之理」相聯繫。

　　程剛《〈周易〉影響文學的七個層次──〈周易〉與文學關係研究綜述》
〔註33〕，認為白居易《井底引銀瓶詩》以《井卦》起興，意在闡發《周易》
關於君王如何用賢的易理。借《井》詩以諷喻皇帝不明，賢才不能見用，也反
映其對永貞革新的態度，對因革新而遭打擊的官員表示深深同情。

　　牛春生的《白居易治國方略簡論》，〔註34〕認為白居易治國思想中，要求
國君「慎其言動之初」「思危於安，防勞於逸」「防欲守度」「興利除弊」「恕己
及物」「平均貴賤」。上述思想構成白居易的治國理念，雖未明確地指出與《周
易》的聯繫，但確能從《周易》等經典思想中尋找出理論根源。

　　上述文獻對白居易與《周易》之間的關係有所涉及，但停留於片段論述，
未能從整體上綜合系統論述白居易對《周易》思想觀念的詮釋、接受、運用

〔註31〕肖偉韜撰，《白居易生存哲學綜論》，陝西師範大學，博士論文，西安：陝西
　　　　師範大學，2008 年。
〔註32〕陳金現撰，《從屈原看白居易的人生哲學》，《遼東學院學報（社會科學版）》，
　　　　2013 年第 6 期。
〔註33〕程剛撰，《〈周易〉影響改學的七個層次──〈周易〉與文學關係研究綜述》，
　　　　《天府新論》，2012 年第 1 期。
〔註34〕牛春生撰，《白居易治國方略簡論》，《學術月刊》，1992 年第 2 期。

和拓展。未能將白居易對後世產生巨大影響此一公認的結論，從理論層面總結出規律性認識，得出具有普遍意義的結論。

1.2.3　白居易與「經典思想」文獻

　　「經典」思想中，隱含有《周易》核心觀念，白居易研究成果中，部分涉及此類思想觀念，但未自《周易》角度進行研究，而是置於儒家和道家角度進行詮釋，究其理路，多可自《周易》理論思想中尋根溯源，對本文亦有啟示。對白居易的外在表現和精神世界有所探究，試圖揭示出其成因與影響。從白居易個人性格、家庭環境、社會政治風尚出發，自經典思想的影響等方面進行系統性分析和總結，研討白居易精神底色形成的原因，白居易生活方式和生活態度與環境、條件之關係等論題，經典思想、歷史人物在白居易生活的各個階段產生的作用等，依然具有巨大的挖掘空間。

　　關於白居易的權變隨時、委順任化、損益有時、天人相感觀的論述。葛培嶺的《論白居易思想的權變品格》認為〔註35〕，白居易的一生經歷曲折，思想亦相當複雜，而靈活權變，則是其突出特徵。「外服儒風，內宗梵行」，與許多唐代士人一樣，白居易思想信仰是一個複合結構，不主一家。而諸種思想並非完全固定，而是隨著時間、地點、條件的轉移而有多樣的變通。朱學東的《論白居易委順任化的人生哲學》認為，〔註36〕白居易委順任化的人生哲學，與其獨特的性情氣質、生理素質、生活經歷、學養構成、人生經歷和仕途遭遇等方面都有密切的聯繫，白居易聽天命、任時運、任沉浮、任榮辱，心齊榮辱，處逆化順，縱浪大化，不憂不懼，精神意識與社會環境、造化大道高度契合，達到了身心俱適、逍遙自在的精神境界。白居易融合了儒、佛、道各家的思想，還切合了其獨特的生命體驗和生存智慧，發展成為白居易人生哲學的基本觀點。付興林的《論白居易的施政觀、歷史觀及哲學觀──以〈策林〉為中心》，〔註37〕論及白居易思想中的「尚簡務清、與民休息的施政觀」、「鑒古觀今、損益有時的歷史觀」、「旨歸民生、人強勝天的哲學觀」。認為白居易為準備科舉

〔註35〕葛培嶺撰，《論白居易思想的權變品格》，《唐代文學研究》（第十輯），中國唐代文學學會第十一屆年會暨國際學術討論會論文集，2002 年 5 月。

〔註36〕朱學東撰，《論白居易委順任化的人生哲學》，《湘潭大學學報》（哲學社會科學版），2005 年第 2 期。

〔註37〕付興林撰，《論白居易的施政觀、歷史觀及哲學觀──以〈策林〉為中心》，《西南師範大學學報》（人文社會科學版），2006 年第 2 期。

考試而作的《策林》，從中唐的現實需求出發，推崇尚儉務清、與民休息的施政觀；在繼承與革新的問題上，提出了鑒古觀今、損益有時的歷史觀，其哲學觀突破了董仲舒的「天人感應說」，體現出旨歸民生、人強勝天的特質，體現出辯證唯物主義色彩。

關於白居易與老子、莊子思想的關係的論述。楊培寧《白居易對老莊思想的接受》，〔註38〕認為無為而治、少私寡欲、退讓不爭、安時處順、知足保和、致虛守靜、崇尚自然、平淡求真等老莊思想，對白居易產生了深刻影響。張瑞君的《莊子思想與白居易人生境界》認為，〔註39〕白居易受莊子思想影響，表現為自己思想體系中的濃重的生命意識，包括死亡意識和對「適」的境界的追求。莊子認識論上的齊萬物、等貴賤、一生死、混是非等相對主義思想對白居易的影響也很大。「兼濟天下」和「獨善其身」這兩種不同的思想因白居易人生遭遇不同，在不同的時期或處於主流、或處於從屬的地位。肖偉韜的《白居易處世哲學的莊子情結》認為，〔註40〕莊子思想在很大程度上影響著白居易思維的判斷，行為的選擇，人生觀的抉擇，影響著其生存境界的實現方式。寧雨、汪澤的《莊子「天鈞」「兩行」觀念的文學呈現——以白居易詩歌為觀照對象》認為，〔註41〕白居易深受莊學影響，其詩歌反映出對《齊物論》《逍遙遊》等篇目的諳熟崇尚；以樂天詩為觀照對象立足於逐性、中隱、夢戲三方面，可透視「天鈞」「兩行」哲理的詩意呈現，為後代文人及文學作品對莊子哲學的接受提供一個認知視角。

關於《詩經》教化功能與現實主義思想對白居易的影響。孫慶豔的《從〈新樂府〉看白居易的〈詩經〉觀》認為，〔註42〕白居易的《新樂府》的編纂體例和《詩經》類似，有大序，有小序，每篇的篇題，為此篇所詠的事，每篇的小序為此篇的主旨。總體安排上模仿《詩經》的《風》、《雅》、《頌》。主題思想上，吟詠情性，諷諭褒貶，可以說《新樂府》是白居易模仿《詩經》的

〔註38〕楊培寧撰，《白居易對老莊思想的接受》，西北師範大學，碩士論文，蘭州：西北師範大學，2008年。

〔註39〕張瑞君撰，《莊子思想與白居易人生境界》，《文學評論》，2011年第3期。

〔註40〕肖偉韜撰，《居易處世哲學的莊子情結》，《安陽師範學院學報》，2013年第1期。

〔註41〕寧雨，汪澤撰，《莊子「天鈞」「兩行」觀念的文學呈現——以白居易詩歌為觀照對象》，《天津師範大學學報》（社會科學版），2015年第6期。

〔註42〕孫慶豔撰，《從〈新樂府〉看白居易的〈詩經〉觀》，《臨沂大學學報》，2012年第4期。

產物，是對《詩經》的繼承和發展。鄒曉春的《白居易詩歌與〈詩經〉互文性研究》認為，〔註43〕白居易極力推舉《詩經》的教化功能，認為詩歌創作「為君、為臣、為民、為物、為事而作，不為文而作」，這又與《詩經》所倡導的「上以風化下，下以風刺上」形成互文，而且更加直白深化。

　　綜合論述白居易政治思想的脈絡和成因，多傾向於白居易以儒家思想為主體，儒、道、釋三家兼容，是一個十分複雜的思想體系，此種情形的產生，以當時複雜的時代政治為背景，與白居易追求平淡閒適的生活方式密切相關。王秉鈞的《論白居易的政治思想》認為，〔註44〕白氏的世界觀，具有矛盾性和複雜性，為其所處的特定歷史環境和社會現實所導致，與其家世出身、社會地位和幼年所受傳統思想影響有關，更是與其長期的社會生活實踐和個人的際遇相關。其思想實質，自始至終以儒家思想為主流，44歲之後，融入了道家思想，形成了他後半生安身立命的世界觀。蹇長春的《白居易思想散論》〔註45〕，較早系統研究白居易思想，針對前人舊說，對白居易的思想與傳統思想之間的關係及淵源問題，提出了不同看法；以白居易本人的詩作和論著、特別是以他的後期詩作為內證，揭示了詩人後期的思想精神面貌的幾個重要的側面，從而論定：畢生以「奉儒守官」為本分的白居易，基本上是以儒家思想為其思想的主幹的。白居易在三教之間調和折衷，特別是在其生活的後期，從思辨的領域將三者貫通起來，使自己得以圓通自在地優游於其中。肖偉韜的《白居易〈論語〉〈孟子〉思想論析》認為，〔註46〕《論語》《孟子》對白居易儒家思想人格的確立和生存哲學的建構產生重大的作用，儒家思想才是其生命的底色和根本，中晚年投入釋、道境域，只不過是進一步豐富和完善了白居易的生存哲學而已。徐燕凌的《白居易詩學思想的儒家經典來源探究》認為，〔註47〕白居易作為唐代文人的優秀代表，與其說白居易是一個詩人，

〔註43〕鄒曉春撰，《白居易詩歌與〈詩經〉互文性研究》，《文藝評論》，2015年第10期。

〔註44〕王秉鈞撰，《論白居易的政治思想》，《蘭州大學學報》（社會科學版），1980年第3期。

〔註45〕蹇長春撰，《白居易思想散論》，《西北師大學報》（社會科學版），1981年第4期。

〔註46〕肖偉韜撰，《白居易〈論語〉〈孟子〉思想論析》，《寧夏大學學報》（人文社會科學版），2012年第3期。

〔註47〕徐燕凌撰，《白居易詩學思想的儒家經典來源探究》，《中國民族博覽》，2017年第7期。

倒不如說是一位學者，白居易深受儒家經典影響。白居易的思想，綜合儒、佛、道三家，其中重點以儒家思想為主導。

1.2.4 相關文士與《周易》關係的文獻

與白居易相類似的文士對《周易》的詮釋和闡發的研究成果，具有代表性的體現在對陶淵明、李白、王勃、柳宗元、韓愈、歐陽修、蘇軾、楊萬里等的研究。其中韓愈、柳宗元與白居易為同時代的人物，處於類似的政治環境和社會風尚之中，三人均與《周易》關係緊密，但三者受《周易》的影響和對《周易》思想觀念的接受具有很大差異，從三人類似的人生經歷和迥異的人生結局可以窺其倪端。作為政治家兼具文士身份的歐陽修，實為北宋文壇領袖人物，其對《周易》的詮釋與接受，更多地自宏觀的政治生活與文學傾向出發，與白居易具有較大區別。楊萬里善於「以史證易」，對於充分釐清《周易》之原初意義具有貢獻，但在具體的社會實踐層面、人生經歷方面，則較之蘇軾而言，與白居易具有相當的距離。其「以史證易」的方法，與白居易「以易解史」，即以《周易》原理詮釋歷史事件和歷史人物，以此認識和理解社會現實生活具有異曲同工之妙。蘇軾為古代文士中最推崇白居易的人物之一，著有《東坡易傳》，在易學思想史上具有獨特的地位。蘇軾與白居易人生經歷十分類似，「東坡慕白」為文壇佳話。由於蘇軾的卓異稟賦與曠代高名，使得二人文壇形象相得益彰。蘇軾在立身目標、處世原則、生活態度、生存理念等方面，受到白居易的重大影響，在《周易》相關核心思想觀念的接受方面，具有十分相似之處，故相關蘇軾與《周易》關係的研究文獻，對本論題具有較大助益。

劉育愛《〈周易〉對陶淵明詩文的影響——兼議易學在東晉的傳播》認為，[註48]陶淵明對《周易》的學習和吸納反映在其詩文中透顯的天地之運，三才之道及樂天知命等方面。於詩文創作中，主要表現為引用卦名、爻辭、繫辭，以及引用易學人物、史事、著作等。陶淵明獨特之處體現在將《易》典融入寫景、敘事、抒情之中，用來描繪景致、陳述往事、感慨友誼。

李瑞卿《王勃易學及其詩學思想》認為，[註49]王勃易學基於自然化生

〔註48〕劉育愛撰，《〈周易〉對陶淵明詩文的影響——兼議易學在東晉的傳播》，《周易研究》，2015 年第 1 期。

〔註49〕李瑞卿撰，《王勃易學及其詩學思想》，《文學遺產》，2010 年第 6 期。

蘊含於陰陽之道之中，禍福、吉凶等現象肇端於幽明、寒暑之變化。王勃具有顯著的聖人思想觀念，認為聖人能窮理盡性應對世變。王勃將聖人的神性推演至於詩人，試圖創造文儒合一的境界。王勃推崇自然氣韻、心靈感應，人與自然於命運、氣韻上的彼此投射，沖淡了晉宋以來的玄理傾向，顯示出注重自然與心靈表達的特徵。

　　康懷遠對李白與《周易》之關係具有較為深入細緻的分析，形成系列研究成果，認為李白作品在形式、內容與風格等方面均受到《周易》的影響。其《李白讀〈易〉初證——易解李白芻議（之一）》認為，〔註50〕李白的詩、賦、序、書、記、表中的 50 多篇（首）中，引用《周易》以易象、易道、易卦及彖、象、爻、文言、繫辭和相關故事的文句，和同時代的其他詩人相比，這種文化接受不同尋常，直接關乎著李白的詩文創作。其《李白明月意識的易學解讀——易解李白芻議之三》認為，〔註51〕李白《把酒問月》《古朗月行》《月下獨酌（組詩）》三首詩，是李白明月意識最精美的典型代表，李白的明月意識正是他宇宙意識的詩意表現，具有生活的、哲學的、易學的特色，與唐代易學大盛有關。其《李白的易學人生觀——易解李白芻議之四》認為，〔註52〕李白人生觀呈現鮮明的易道和易理，其詩文所展現的太極思維、天人觀念、宇宙胸懷、誠信操守、人文精神和憂患意識無不與《周易》密切相關。其《〈周易〉「利用安身」與李白「功成身退」——易解李白芻議之五》認為，〔註53〕《周易》「利用安身以崇德」思想，是李白回歸現實世界、關注現實生活的重要命題，在人生存亡、安危、福禍、得失、取捨、屈伸和進退的選擇中表現出鮮明的個性風格。李白「利用安身」思想體現在文化關聯、人生智慧、人生選擇等方面，造就了李白特立獨行的人格形象。其《易學對李白的主要影響》認為，〔註54〕易學對李白的影響包括「功成身退」的自我保護，「不事權貴」的傲岸性格，崇尚「白賁」的美學追求，即風格清新自然、質樸純粹。

〔註50〕康懷遠撰，《李白讀〈易〉初證——易解李白芻議（之一）》，《重慶三峽學院學報》，2016 年第 1 期。

〔註51〕康懷遠撰，《李白明月意識的易學解讀——易解李白芻議之三》，《重慶第二師範學院學報》，2015 年第 5 期。

〔註52〕康懷遠撰，《李白的易學人生觀——易解李白芻議之四》，《重慶第二師範學院學報》，2016 年第 4 期。

〔註53〕康懷遠撰，《〈周易〉「利用安身」與李白「功成身退」——易解李白芻議之五》，《重慶第二師範學院學報》，2017 年第 5 期。

〔註54〕康懷遠，《易學對李白的主要影響》，《重慶三峽學院學報》，2017 年第 4 期。

　　韓愈、柳宗元與白居易為同時代人物，三者均受到《周易》的重要影響，對《周易》思想觀念具有不同程度的接受。研究成果主要側重於《周易》對韓愈的文章風格的影響，對柳宗元的哲學思想的影響。史月梅《論韓愈的「〈易〉奇而法」》以韓愈《進學解》中「《易》奇而法」此一斷語作為切入點，〔註55〕韓愈意謂《周易》雖然從思想上看高妙玄奧，令人莫測端倪，但從文學層面來看，語言莊重典雅，結構銜接緊密，文情句法錯落有致，故寫詩作文時可以取法。韓愈雖愛運奇思、出奇筆，追求「窮情盡變」，但仔細體味，卻是有一定規律可循，此為韓愈為文師法《周易》的結果。朱天助《韓愈〈南山詩〉之「易」象》認為，〔註56〕韓愈《南山詩》引《剝》《姤》《離》《夬》等四卦，以顯南山雄奇之貌。引用易「象」，以八卦的方位凸顯終南山地理位置之險峻，受《說卦傳》的影響，化裁易象為詩歌物象，體悟《易》象精髓，取法《周易》象徵手法，體察易學觀物取象之法，參贊天地之神奇，擷取易學日月同功之旨，故整首《南山詩》充溢雄渾博大的氣質，與韓愈兼濟天下的志向相契合，可謂韓愈易學與詩學融為一體的代表作。王永《〈易傳〉「三才」觀念與韓愈散文寫作》認為，〔註57〕韓愈散文中對天、人、地「三才」這三者的接受和運用體現在傷時、求位、造勢，這些思路融進了他的散文寫作中。在韓愈看來，君主是改變「三才」境況的首要力量，是勢、時、位連結的焦點。韓愈所謂龍雲辯證，其實就是君臣辯證，希望君王能夠營造出有利於人才的天時，韓愈《原道》《原毀》都暗含了以聖人君子自居時位來批判時風的氣概，見出《易傳》「三才」觀念對韓愈產生了影響。張倩郢《柳宗元的易學實踐》認為〔註58〕，易學「涉世妙用」的實踐功能對柳宗元產生了重要影響。中唐特殊的政治環境使柳宗元具有極強的憂患意識，通過「永貞革新」的論述，揭示了柳宗元秉承「中正」為臣、「利安元元」的政治實踐觀。柳宗元不斷吸取《易》的智慧，完善了其為人處事之道。柳宗元深受《易》之「革故鼎新」思想的影響，與中唐文學創新密切關聯。駱正軍《易學──柳宗元哲學思想

〔註55〕史月梅撰，《論韓愈的「〈易〉奇而法」》，《周易研究》，2009年第5期。

〔註56〕朱天助撰，《韓愈〈南山詩〉之「易」象》，《湖南科技學院學報》，2009年第5期。

〔註57〕王永撰，《〈易傳〉「三才」觀念與韓愈散文寫作》，《貴州師範大學學報》（社會科學版），2015年第4期。

〔註58〕張倩郢撰，《柳宗元的易學實踐》，北京師範大學，碩士論文，北京：北京師範大學，2009年。

的重要基石》認為，〔註59〕作為中晚唐的文學家和思想家，「易學」思想是構築柳宗元哲學思想的牢固基石。柳宗元的《天對》等文章，運用「易學」觀點與知識，吸收當時自然科學研究成果，總結歷史經驗和教訓，揭示大自然的構造和人類的命運，並非由鬼神來主宰，充分體現出事在人為的積極進取精神。王永《從〈周易〉的影響看柳宗元山水遊記的成因》認為，〔註60〕從表層看，柳宗元作品中有多處直接或間接引用《周易》卦辭和爻辭；從深層看，《周易》的立象盡意、天人合一、憂患意識等對柳宗元的山水遊記的風格產生了重要影響。郭麗《〈周易〉對柳宗元詩文的影響》認為，〔註61〕柳宗元在文學作品中頻繁引用《周易》文辭，以《周易》書名、卦名來表現不同的意蘊、引用《周易》內容以表達思想情感、化用《周易》言辭以鑄造美意和偉詞，見出柳宗元詩文創作受到了《周易》的顯著影響。

宋代歐陽修、蘇軾、楊萬里具有「文人」和「儒者」的雙重身份，關於「文人之經」和「儒者之經」的差異的研究，程剛《歐陽修、蘇軾、楊萬里的易學與詩學》認為，〔註62〕朱熹稱歐陽修、蘇軾、楊萬里等人的經學是「文人之經」，以別於程頤和自己的「儒者之經」。歐陽修「困極而後亨」的易學思想，是其「詩窮而後工」詩學命題的思想根源；比較了歐陽修的兩部經學著作《詩本義》與《易童子問》經學闡釋方法上的異同。從蘇軾的《隨》卦與《乾》卦出發，重新審視蘇軾曠達與執著的人格理想以及剛鍵含婀娜的藝術理想的思想根源；討論了《東坡易傳》中的辯證思想及其對於蘇軾文學批評與文學創作的影響。從楊萬里「以史證易」的易學方法角度來看楊萬里詩歌意象，從人文意象到自然意象，從泛稱意象到特稱意象轉變的思想根源。作為對其文人個案研究的推進，程剛《論宋代的「文人之易」及其解易方法》認為，〔註63〕以歐陽修、蘇軾、楊萬里等為代表的文人群體解易，從方法上說

〔註59〕駱正軍撰，《易學——柳宗元哲學思想的重要基石》，《零陵師範高等專科學校學報》，2002 年第 1 期。

〔註60〕王永撰，《從〈周易〉的影響看柳宗元山水遊記的成因》，《柳州師專學報》，2008 年第 5 期。

〔註61〕郭麗撰，《〈周易〉對柳宗元詩文的影響》，《湖南科技學院學報》，2010 年第 6 期。

〔註62〕程剛撰，《歐陽修、蘇軾、楊萬里的易學與詩學》，中山大學，博士論文，廣州：中山大學，2010 年。

〔註63〕程剛撰，《論宋代的「文人之易」及其解易方法》，《中州學刊》，2013 年第 2 期。

具有「以文解易」的特點；從思想上說，他們的解易著作具有「形而下」的特點。表現在解易當中將《周易》看作一個文本，從文理、文勢、文脈的角度去理解、判斷《周易》，善於利用自身在文義的理解與闡釋方面的優勢，解易同時是他們創作的一個方面，往往將自己的文風帶入易學的著作中，不拘泥於一般的經學注釋方式，可以在各種文學文體中「以《易》為文」，展開對具體易學問題的深入探討，具有個性化的特點。范中勝《〈周易〉與歐陽修的文道觀》認為，〔註64〕歐陽修撰有《易童子問》，《周易》對歐陽修文道思想產生了重要影響。歐陽修論述文人學士內在道德修養之「剛健篤實」，對於外在文辭表達之「輝光日新」的重要作用。歐陽修認為「道」是思想，「文」是辭章，二者雖有先後之分，但不必以此而否定彼。歐陽修「文與道俱」的文道觀，受到《周易》的啟發。歐陽修深入理解《周易》對人生道德品質修養的漸進深化的過程，從「成德為行」到「盛德」，從「正德」到「懿文德」，告誡人們要進業修德，自強不息。

宋代文士與《周易》關係的研究成果中，以蘇軾較為豐富。蘇軾十分仰慕白居易，刻意模仿白居易，二者之間在人生經歷、個性特徵方面有著眾多類似之處。張再林《論蘇軾學白居易詩》認為，〔註65〕蘇軾學白詩的特點主要表現為，常在詩中表現出對白居易思想觀念、人生態度的深切認同，而又改變了白詩於物質生活上的滿足和享受，淺俗直白、瑣碎繁弱的作風。左志南《蘇軾慕白情結的文化闡釋》認為，〔註66〕白居易與蘇軾知識構成的相似決定了他們思維模式、價值觀念的接近，而這正是蘇軾產生慕白情結的深層原因。趙銀芳《東坡曠代慕樂天——「蘇白」與其「東坡」情結略論》認為，〔註67〕蘇軾隨遇而安的生活態度受到白居易的影響，在孤獨、脆弱時從白居易身上汲取了應對人生困境的力量。這也正是古代文人從先賢文章中汲取營養的一個典型例證。

關於蘇軾慕白，大多認為蘇軾「獨敬愛樂天」是源自二者出處進退的相似。《四庫全書總目》評價《東坡易傳》云：「至其他推闡理勢，言簡意明，

〔註64〕 范中勝撰，《〈周易〉與歐陽修的文道觀》，《河南師範大學學報》（哲學社會科學版），2004 年第 3 期。

〔註65〕 張再林撰，《論蘇軾學白居易詩》，《學術論壇》，2008 年第 9 期。

〔註66〕 左志南撰，《蘇軾慕白情結的文化闡釋》，《武漢理工大學學報》（社會科學版），2015 年第 2 期。

〔註67〕 趙銀芳撰，《東坡曠代慕樂天——「蘇白」與其「東坡」情結略論》，《平頂山學院學報》，2017 年第 6 期。

往往足以達難顯之情，而深得曲譬之旨。蓋大體近於王弼，而弼之說惟暢元風，軾之說多切人事，其文詞博辨，足資啟發，又烏可一概屏斥耶？」〔註68〕蘇軾年輕時代即關注《周易》，老年更加重視探究易理，有《東坡易傳》（亦稱《蘇氏易傳》）傳世。因蘇軾對白居易的欽慕和效法，故二者在詮釋易理，以《周易》思想指導政治實踐和生活實踐方面，有其相通之處，在「多切人事」方面表現得尤為突出。陳仁仁《論〈蘇氏易傳〉的「卦合爻別」說》認為，〔註69〕，蘇軾易學是義理易的立場，更確切地說是人事義理易的立場。這決定了其「卦合爻別」的根本出發點或根本目的乃是解釋卦爻結構和卦爻辭中的人事義理，其直接的體現就是解釋卦義和爻義。楊遇青《「志氣如神」與「以神行智」——論〈東坡易傳〉中「神」的觀念》認為，〔註70〕與傳統鬼神觀和中古的道教養生術相聯繫，蘇軾堅信「神」的持存性與超越性，認為決定人的生命形態能否為魂為神的標準就在於志氣能否戰勝精氣。蘇軾建構了心統神智和「以神行智」的認識論框架，提出以神的直觀來駕馭智的認知，使心靈擺脫蒙蔽，澄明自在，無心獨運，從而達到與物世界的有效溝通，獲得「與天地相似」的生命智慧。齊磊、劉興明《蘇軾人格氣象的易學解讀》認為，〔註71〕東坡解易，本儒家「剛健有為、厚德載物」之精神，又博取道家「超然曠達」之思想。其核心主旨是「學以致道」，「有心於學、無心於得」而得之；無心應物似水之無形而隨物賦形，故蘇軾崇尚水之外柔而內剛，從而曠達與執著成為蘇東坡的人格追求。王世德《〈蘇軾易傳〉的變化觀》認為，〔註72〕《蘇軾易傳》的「變化觀」強調「漸變」，不贊成「激變」，此為陰陽相交並無截然不同的分野故。蘇軾的「變化觀」多切近人事，以現實生活闡釋易理，運用於政治實踐則反對王安石激進的變法。

　　徐建芳對蘇軾與《周易》研究較為全面深入，形成了系列研究成果，徐建芳、楊恩成《〈周易〉「變易」思想與蘇軾的處世哲學》認為，〔註73〕《周

〔註68〕〔清〕永瑢等撰，《四庫全書總目》，第 1 版，北京：中華書局，1965 年版，第 6 頁。

〔註69〕陳仁仁《論〈蘇氏易傳〉的「卦合爻別」說》，《周易研究》，2004 年第 5 期。

〔註70〕楊遇青撰，《「志氣如神」與「以神行智」——論〈東坡易傳〉中「神」的觀念》，《周易研究》，2006 年第 4 期。

〔註71〕齊磊、劉興明撰，《蘇軾人格氣象的易學解讀》，《周易研究》，2006 年第 6 期。

〔註72〕王世德撰，《〈蘇軾易傳〉的變化觀》，《文史雜誌》，2007 年第 6 期。

〔註73〕徐建芳、楊恩成撰，《〈周易〉「變易」思想與蘇軾的處世哲學》，《貴州社會科學》，2008 年第 5 期。

易》「變易」思想是蘇軾堅信「否極泰來」哲理的根源，在被貶時對生活充滿高度的熱情，對未來抱著極大的信心。蘇軾認為欲成就「大器」必須經過風吹雨打的磨練，所以在被貶期間他能靜以待會、勤學自愛，從而無往而不自得。徐建芳《〈周易〉乾健精神與蘇軾》認為，〔註74〕蘇軾認識到「乾」為處於下位但始終不忘進取即其常態，蘇軾正是這種乾健哲學的切實奉行者。乾健不息不僅是君王所應具備的首要素質，也是每一位官員必備的執政精神。蘇軾堅信只要始終剛健不息、奮發有為，就能度過艱險、走出困境。徐建芳《〈周易〉「時」觀與蘇軾的處困態度》認為，〔註75〕蘇軾對《周易》「時」觀的領會表現在，人生處世只有與時偕行才能前途光明，若失時而動就會招致凶險。當不遇時應潛隱退避、養精蓄銳、靜以待時，同時要善於利用困厄時期成就盛德大業；對於大才德之人來說，越是艱險之時，越是成就非常大功之時。上述觀念是他始終保持樂觀曠達態度的主要因由。徐建芳《〈周易〉謙德對蘇軾的影響》認為，〔註76〕蘇軾受《周易》謙德的啟示，在立身處世中體現在辭官、畏名、減財、節樂等方面。蘇軾之所以能在險惡的政治環境中保全自己，可以說極大地得益於這種謙抑自損的處世哲學。徐建芳《蘇軾與〈周易〉陰陽觀》認為，〔註77〕蘇軾受到《周易》陰陽觀的影響，在處世態度方面，只有保持均衡的關係，才有利於各自的發展，故此有君子與小人相比較而存在的社會現實；性格修養只有剛柔相濟，剛才能得以亨通，柔才能有所前往；審美追求方面，須將各種對立元素渾融統一，而不偏於一端，才能取得最佳審美效果。徐建芳《〈周易〉「不易」思想與蘇軾的處世態度》認為，〔註78〕《周易》中「變易」與「不易」的辯證思想，是蘇軾曠達與執著兼容的處世態度的重要依據，蘇軾為古今士人所景仰，主要原因之一為其獨立不懼、堅定不易的大無畏人格。

　　陳建鋒《蘇軾貶瓊期間踐行〈周易〉中正觀初探》認為，〔註79〕蘇軾貶

〔註74〕徐建芳撰，《〈周易〉乾健精神與蘇軾》，《社會科學論壇》，2009 年第 8 期（下）。

〔註75〕徐建芳撰，《〈周易〉「時」觀與蘇軾的處困態度》，《蘭州學刊》，2010 年第 12 期。

〔註76〕徐建芳撰，《〈周易〉謙德對蘇軾的影響》，《山西師大學報》（社會科學版），2011 年第 2 期。

〔註77〕徐建芳撰，《蘇軾與〈周易〉陰陽觀》，《文藝評論》，2011 年第 4 期。

〔註78〕徐建芳撰，《〈周易〉「不易」思想與蘇軾的處世態度》，《理論與現代化》，2012 年第 6 期。

〔註79〕陳建鋒撰，《蘇軾貶瓊期間踐行〈周易〉中正觀初探》，《海南大學學報》（人文社會科學版），2011 年第 5 期。

瓊期間為海南作出過巨大貢獻，表現在立德、立功、立言三方面，這都與蘇軾固守與踐行《周易》中正觀密不可分。蘇軾本著無心正靜、循理無私修養德行；本著剛健中正、守正敬慎為海南民眾做事；遵循蒙以養正、中道行正開創海南文教風氣。陳建鋒《〈周易〉同人卦與蘇軾貶瓊期間處世哲學》認為，〔註80〕蘇軾理解《周易·同人》思想，覺悟到同天下人首要在於君子正道，即要剛健、文明、中正；需要分層次地「同人」，力求心性傾同，為他度過在海南艱難困苦的貶謫生活起著重要作用。

程剛《蘇軾易學中的「和而不同」與其文藝思想》認為，〔註81〕蘇軾認為，「同人」有兩種，一種是以利益為紐帶，一種是以誠相連。在他看來，真正的「同人」，是「誠同」，只有「誠同」的「同人」才會共度難關，表現出他的對於同、異關係的辯證認識。蘇軾對於先秦儒家提出的「和而不同」做了新的闡釋，那就是「以有所不同為同」，強調尊重個性、包容差異，反對文化的一元，主張多元文化。程剛《「易無思」與「思無邪」──蘇軾對於「思無邪」的獨特闡釋》認為，〔註82〕蘇軾以《繫辭傳》的「無思」、「無為」來解釋「思無邪」，排除理性的直覺，排除功利的無欲，排除執著的無心。以理性思維的「思」為基礎的直覺思維的「無思」，在不離世俗的「思」的功利境界上的超越的「無思」的審美境界，以「無心」態度來成就「有心」，順應自然的「思」的基礎上的「無思」。

1.2.5　白居易著作和校注本

《白氏長慶集》七十一卷（通行本）。唐白居易撰。白居易有《六帖》，已著錄。案錢曾《讀書敏求記》稱所見宋刻居易集兩本，皆題為《白氏文集》，不名《長慶集》。（《四庫全書總目》卷一百五十一·集部四·別集類四）〔註83〕

《白香山詩集》四十卷、附錄《年譜》二卷（內府藏本）。國（清）朝汪立名編。汪立名有《鍾鼎字源》，已著錄。唐白居易《長慶集》詩文各半。立

〔註80〕陳建鋒撰，《〈周易〉同人卦與蘇軾貶瓊期間處世哲學》，《樂山師範學院學報》，2011 年第 1 期。

〔註81〕胡曉明主編，《古代文學理論研究》（第三十三輯），第 1 版，武漢：華東師範大學出版社，2011 年版。

〔註82〕程剛撰，《「易無思」與「思無邪」──蘇軾對於「思無邪」的獨特闡釋》，《暨南學報》（哲學社會科學版），2012 年第 3 期。

〔註83〕〔清〕永瑢等撰，《四庫全書總目》，第 1 版，北京：中華書局，1965 年版，第 1295 頁。

名引宋祁之言，謂居易長於詩而他文未能稱是，因別刊其詩，以成是集。又據元稹序，謂長慶時所作僅前五十卷，其寶曆以後所作不應概名以「長慶」。（《四庫全書總目》卷一百五十一·集部四·別集類四）〔註84〕

《白居易集箋校》（全6冊），朱金城注，上海古籍出版社1988年出版。該書對白居易現存3700餘篇詩文均作編年、箋釋和校勘，於人名和作品編年的箋釋考訂中，不但糾補了舊籍的闕誤，且多有發明，在當時達到了白居易集整理和研究的最高水平。

《白居易詩集校注》（全六冊），謝思煒校注，中華書局2006年出版。本書為迄今發現的白居易全部存世詩歌的校注本，收入《白氏文集》中的全部詩歌作品及集外佚詩，為文字校勘上參照較為廣泛、權威的校本。本書校、注參考了國內已出的所有具代表性的校、注本，同時還參考了日本國截止2003年以前的所有具代表性的相關研究成果，其中多為近年來最新研究成果。

《白居易文集校注》（全四冊），謝思煒校注，中華書局2011年出版。對白居易詩歌以外作品的全新校勘、注釋，其中校勘部分以本集的十六個版本、總集的六個版本參校；注釋部分則廣泛吸收了迄今為止海內外學者的研究成果，是文字參校最廣、注釋精湛的白氏文集整理本。

1.3 研究的思路和創新點

1.3.1 研究的思路

針對《周易》研究集中於具有專門易學著作的經生、思想家和少數文士，對沒有專門易學著作的文士與《周易》之間關係的研究相對薄弱的問題，將材料較為豐富，受到《周易》重要影響，接受了《周易》核心思想觀念的白居易作為文士的典型進行研究。通過全面梳理白居易著作之中與《周易》相關聯的部分，逐一歸類整理，選擇具有代表性的原始材料，論證白居易對《周易》核心思想的接受和運用。結合社會政治環境，分析白居易內心世界與《周易》思想的最為切合之處，以此解釋在不同歷史時期，白居易外在表現與《周易》思想之間的關係，此種關係對白居易受到當時和後世社會各階層人士推

〔註84〕〔清〕永瑢等撰，《四庫全書總目》，第1版，北京：中華書局，1965年版，第1296頁。

崇與效法的意義。在文士個體生存狀態的研究中，有強調社會環境、政治變幻等因素，忽視基礎性成因，造成簡單的「懷才不遇」「生不逢時」的傾向；在朝代興衰、社會變遷的研究中，有強調社會制度和帝王個人因素的傾向。造成上述狀態的重要原因，在於一個時期以來，對於經典的研究不夠深入，或多以批判性的角度進行研究，對其中具有歷史性、超越性和普遍意義的社會發展規律認識不足，或者孤立地看待具有普遍意義的思想觀念，對經典思想在漫長的歷史進程中的作用研究缺乏。經典思想對於各種各樣的人生境遇均有其應對之法，得道者若白居易等，絲毫也不喪失其生命意義與人生價值。經典思想對社會政治變化亦具有其規律性總結，此為經典思想所蘊含的深邃內涵隨時隨地產生作用的具體體現。

1.3.2　研究的創新點

以白居易作為個案，揭示出《周易》哲學思想在中晚唐時代，對士人價值觀念和精神世界的影響，對文士階層政治實踐和生活方式的作用。通過研究《周易》哲學原理對以白居易為代表的士人的深刻影響，可以較為直觀地反映出《周易》哲學原理與社會現實生活之間的關係，因而總結出白居易的政治理念、價值觀念、人生態度、生命覺悟、精神境界的一般規律，揭示《周易》此一具有高度抽象性與概括性的經典理論，對文士在社會政治實踐與生活實踐中的具體作用。通過白居易對《周易》通俗、簡易和「多切人事」的詮釋，使得《周易》具有貼近社會現實的解讀，從而豐富易學的內涵。

1.4　研究的重點和難點

1.4.1　研究的重點

通過白居易對《周易》的接受研究，總結白居易的現實作為和精神世界的規律性和普遍意義；白居易對《周易》的主動自覺運用，使得《周易》哲學原理更為貼近社會現實生活。《周易》核心思想觀念對白居易政治理念、價值觀念、生存方式和精神世界所產生的影響。總結白居易接受《周易》思想觀念，在政治實踐和生活實踐中的具體表現。《周易》所具有的一般規律對文士產生作用的環境、條件和方式。《周易》「陰陽之道」所推演的「動靜」「盈縮」「禍福」「窮達」「進退」等思想觀念對白居易的影響。白居易生命意識、生存

態度、精神世界的狀態和對後世的影響。白居易「居易」「行簡」「樂天」「安命」思想對後代文士的啟示。白居易「委順」「自求」「自得」「知愧」等思想體現出的從對外在名物的索求以求圓滿和永恆，轉向對內在生命意義的自覺探索和覺悟，對後世宋明理學的發展的影響。

1.4.2　研究的難點

　　相關白居易與《周易》之間關係的研究成果極少，缺乏系統性，可供借鑒的思想觀點並不充分。白居易與經典思想的研究亦不多見。白居易相關文獻材料多從文學研究的角度出發，由於白居易詩歌的卓越成就，故多以詩歌作為重點，對白居易詩歌以外其他著作的研究有待於深入。從文學的角度和視野研究白居易所取得的成果豐富，對白居易政治思想的研究多圍於文學研究的範疇，與一般性文學研究的方法、內容和結論差異不大。從文學角度研究白居易的成果，多自主題、題材、風格、傾向等入手。白居易思想觀念、生存理念的研究缺乏系統性，其具有的普遍借鑒意義的思想理論來源歸結於儒、道、佛三家，極少涉及《周易》此一白居易詩文中具有充分體現的經典著作。

第 2 章　白居易接受《周易》的途徑和歷程

　　白居易對《周易》思想的接受，與唐代社會對《周易》的高度重視緊密相關。魏晉南北朝政權更迭頻繁，戰爭頻仍、社會動盪、思想混亂，儒家經義嚴重闕失。至於隋唐，天下初定，唐太宗李世民建立強有力的中央集權之後，總結三代、秦漢、魏晉南北朝治亂興替的經驗教訓，規範和頒行了一系列典章制度。唐代科舉制度逐步完善，科考成為取士的主要途徑，《周易》等經典成為科考必考書目。〔註1〕白居易出生於儒學世家，宗族多人經由科舉考試仕

〔註1〕唐太宗以經籍亡佚，搜羅逸書，又魏徵等引學士校定，是為孔穎達等撰《五經正義》之鋪墊，並為科考書目及主旨的確定創造了條件。《舊唐書·經籍上》曰：「夫龜文成象，肇八卦於庖犧；鳥跡分形，創六書於蒼頡。聖作明述，同源異流。《墳》《典》起之於前，《詩》、《書》繼之於後，先王陳跡，後王準繩。《易》曰：『觀乎人文以化成天下。』《禮》曰：『君子如欲化民成俗，其必由學乎！』學者非他，方策之謂也。琢玉成器，觀古知今，歷代哲王，莫不崇尚。自仲尼沒而微言絕，七十子喪而大義乖。嬴氏坑焚，以愚黔首。漢興學校，復創石渠。雄、向校讎於前，馬、鄭討論於後，兩京載籍，由是粲然。及漢末還都，焚溺過半。爰自魏、晉，迄於周、隋，而好事之君，慕古之士，亦未嘗不以圖籍為意也。然河北江南，未能混一，偏方購輯，卷帙未弘。而荀勗、李充、王儉、任昉、祖暅，皆達學多聞，歷世整比，群分類聚，遞相祖述。或為七錄，或為四部，言其部類，多有所遺。及隋氏建邦，寰區一統，煬皇好學，喜聚逸書，而隋世簡編，最為博洽。及大業之季，喪失者多。貞觀中，令狐德棻、魏徵相次為秘書監，上言經籍亡逸，請行購募，並奏引學士校定。群書大備……甲部為經，其類十二：一曰《易》，以紀陰陽變化。二曰《書》，以紀帝王遺範。三曰《詩》，以紀興衰誦嘆。四曰《禮》，以紀文物體制。五曰《樂》，以紀聲容律度。六曰《春秋》，以紀行事褒貶。七曰《孝

進，父祖輩對《周易》的研習不可或缺。朝廷主流政治的要求、家庭濃厚的儒學氛圍是白居易接受《周易》思想的重要原因。白居易將經典理論與社會現實需要緊密結合，其中《周易》對其政治觀點、治國理念、處世原則影響尤為深刻。白居易在其策判、詔誥、奏議、書表、信函、銘誄、詩歌等作品中，對《周易》核心思想觀念進行了頻繁的徵引和闡發，是唐代遵循《易》理用於治國理政的重要材料。白居易生命意識和生存觀念深受《周易》中「生生」「隨時」「位勢」「順性命之理」等思想的影響，結合自身波折起伏的境遇，在生存理念、處世原則和內心調適等諸多方面有所發揮和創建，引起當時與後世的廣泛關注與認同。

2.1 《周易》對唐代政治的影響

整體而言，唐代是經濟繁榮、社會穩定、文化勃興的時代。唐代統治階層具有高度的自信與寬廣的胸懷，吸收人類文明成果，在思想觀念方面兼收並蓄、開放恢宏。初唐社會相對穩定，使得統治階層俱有充分的時間和精力研討典籍、追根溯源，全面總結往聖理論思想和前代歷史經驗，施於當代、擘畫未來。在此過程之中，政治理念與治國方略日臻成熟和完備，開創了一代盛世。

2.1.1 唐代帝王對《周易》的高度重視

唐代帝王之所以對《周易》高度重視，與《周易》理論為帝王奉天承運、代行天道奠定了理論基礎密切相關。《周易》是從天地、日月、四時、鬼神諸方面來闡述天德人倫，以通天人之際的元典，故為躬行職守、憂勤國事、典範堯舜的君王所高度重視。孔穎達曰：「天子尊，謂能繼天德而立也。」〔註2〕深究「天德」之意，秉承天德以行，是帝王代天養育萬民的本質內容和法理基礎。《禮記·曲禮》曰：「君天下，曰『天子』；朝諸侯，分職授政任功，曰『予一

經》，以紀天經地義。八曰《論語》，以紀先聖微言。九曰圖緯，以紀六經識候。十曰經解，以紀六經識候。十一曰詁訓，以紀六經識候。十二曰小學，以紀字體聲韻。」〔後晉〕劉昫等撰，《舊唐書》，第1版，北京：中華書局，1975年版，第1961～1963頁。

〔註2〕〔漢〕鄭玄注，〔唐〕孔穎達正義，呂友仁整理，《禮記正義》，第1版，上海：上海古籍出版社，2008年版，第193頁。

人』。」〔註3〕孔穎達疏曰:「『君天下』者,天下,謂七千里外也。天子若接七千里外四海之諸侯,則擯者稱『天子』以對之也。所以然者,四海難伏,宜尊名以咸臨之也。」〔註4〕唐太宗李世民於貞觀二十二年(648年)親撰《帝範》,論述為君心得、帝王之道,以訓誡規範儲君及後代,《帝範·序》曰:

> 余聞大德曰生,大寶曰位,辨其上下,樹之君臣,所以撫育黎
> 元,陶均庶類。自非克明克哲,允武允文,皇天眷命,歷數在躬,
> 安可以濫握靈圖,叨臨神器?〔註5〕

《帝範·序》起首第一句即援引《周易》理論,《周易·繫辭下》曰:

> 天地之大德曰生,聖人之大寶曰位。何以守位?曰仁。何以聚
> 人?曰財。理財正辭,禁民為非曰義。〔註6〕

帝王有建章立制之「位」,則有撫育蒼生之責。「靈圖」即「河圖」,喻皇權。《禮記·禮運》曰「河出馬圖。」孔穎達疏:「伏羲氏有天下,龍馬負圖出於河,遂法之畫八卦。」〔註7〕伏羲氏見龍馬負圖出於河,遂據其文理,以畫八卦,是為《周易》之始。《周易·師》曰:「大君有命,開國承家。」孔穎達疏曰:「『大君』謂天子也。」〔註8〕《尚書·洪範》曰:「曰天子作民父母,以為天下王。」〔註9〕君主號為「天子」,代天子育蒼生、和合萬方,其心具有天德、其行符合天道,是其廣有四海、代天牧民的基本要求。《尚書·皋陶謨》曰:「無教逸欲有邦,兢兢業業,一日二日萬幾。無曠庶官,天工人其代之。」〔註10〕孔穎達疏曰:

〔註3〕　〔漢〕鄭玄注,〔唐〕孔穎達正義,呂友仁整理,《禮記正義》,第1版,上海:上海古籍出版社,2008年版,第164頁。

〔註4〕　〔漢〕鄭玄注,〔唐〕孔穎達正義,呂友仁整理,《禮記正義》,第1版,上海:上海古籍出版社,2008年版,第164頁。

〔註5〕　〔唐〕李世民、武則天撰,王健、劉振江注譯,《帝範·臣軌》,第1版,鄭州:中州古籍出版社,1994年版,第1頁。

〔註6〕　〔清〕阮元校刻,《十三經注疏·周易正義》(清嘉慶刊本),第1版,北京:中華書局,2009年版,第179頁。

〔註7〕　〔漢〕鄭玄注,〔唐〕孔穎達正義,呂友仁整理,《禮記正義》,第1版,上海:上海古籍出版社,2008年版,第950頁。

〔註8〕　〔清〕阮元校刻,《十三經注疏·周易正義》(清嘉慶刊本),第1版,北京:中華書局,2009年版,第49頁。

〔註9〕　〔漢〕孔安國傳,〔唐〕孔穎達正義,黃懷信整理,《尚書正義》,第1版,上海:上海古籍出版社,2007年版,第465頁。

〔註10〕　〔漢〕孔安國傳,〔唐〕孔穎達正義,黃懷信整理,《尚書正義》,第1版,上海:上海古籍出版社,2007年版,第151頁。

　　　　皋陶既言用人之法，又戒以居官之事。上之所為，下必傚之。
　　無教在下為逸豫貪欲之事，是有國之常道也。為人君當兢兢然戒慎，
　　業業然危懼，言當戒慎。一日二日之間而有萬種幾微之事，皆須親
　　自知之，不得自為逸豫也。萬幾事多，不可獨治，當立官以佐己，
　　無得空廢眾官，使才非其任。此官乃是天官，人其代天治之，不可
　　以天之官而用非其人。〔註11〕

　　「天工人代」是君主及臣僚治理邦國、撫育百姓的立足點，亦為《周易》
思想對「大人」「君子」的基本要求和倫理原則。《貞觀政要·擇官》載貞觀
十一年，治書侍御史劉洎上疏曰：「選眾授能，非才莫舉，天工人代，焉可
妄加？」〔註12〕《唐會要》載，唐中宗神龍元年洛水暴漲，毀壞百姓屋舍二
千餘家，溺死數百人。中宗因水災令文武九品以上直言極諫，右衛騎參軍宋
務光上疏曰：「天工人代，乃為虛設；悠悠蒼生，復何望哉。」〔註13〕唐高
祖武德十年，治書侍御史劉洎上書論精簡庸碌官員、廣開進賢之道曰：「天
工人代，焉可妄授。」〔註14〕《舊唐書》載，唐順宗久疾不愈，禪位於憲宗，
詔曰：「一日萬機，不可以久曠；天工人代，不可以久違。」〔註15〕白居易
《為人上宰相書》曰：「相公充人望，代天工，報國之恩，正在於今日矣。」
〔註16〕白居易《除裴垍中書侍郎同平章事制》曰：「夫宰輔者，下執邦柄，
上代天工。為國蓍龜，注人耳目。」〔註17〕由此可見，帝王及臣僚之職守，
是為代天撫育百姓。唐憲宗在位凡十五年，白居易在憲宗左右為官多年，深
得憲宗青睞，對帝王及其官吏代天撫育百姓之職責自當了然於心。

　　《周易》為唐代帝王所重視，亦源於其「大道之源」的崇高地位。經典

〔註11〕〔漢〕孔安國傳，〔唐〕孔穎達正義，黃懷信整理，《尚書正義》，第1版，上
　　　　海：上海古籍出版社，2007年版，第151頁。

〔註12〕駢宇騫譯注，《貞觀政要》，第1版，北京：中華書局，2011年版，第192頁。

〔註13〕〔宋〕王溥撰，《唐會要》，第2版，上海：上海古籍出版社，2006年版，第
　　　　914頁。

〔註14〕〔宋〕王溥撰，《唐會要》，第2版，上海：上海古籍出版社，2006年版，第
　　　　1172頁。

〔註15〕〔後晉〕劉昫等撰，《舊唐書》，第1版，北京：中華書局，1975年版，第409
　　　　頁。

〔註16〕〔唐〕白居易著，謝思煒校注，《白居易文集校注》，第1版，北京：中華書
　　　　局，2011年版，第310頁。

〔註17〕〔唐〕白居易著，謝思煒校注，《白居易文集校注》，第1版，北京：中華書
　　　　局，2011年版，第874頁。

思想認為天下大道均由天地生發演化而來，《周易》因其模擬取法天地諸象，最為接近經學理論之本源的天地的本來面目，故稱之為「大道之源」。《漢書·藝文志》曰：

> 六藝之文：《樂》以和神，仁之表也；《詩》以正言，義之用也；《禮》以明體，明者著見，故無訓也；《書》以廣聽，知之術也；《春秋》以斷事，信之符也。五者，蓋五常之道，相須而備，而《易》為之原。故曰「《易》不可見，則乾坤或幾乎息矣」，言與天地為終始也。〔註18〕

可見《周易》之重，在漢代即具備了穩固的地位。《周易》雖至簡而可禦繁，具有高度的概括性和形而上的抽象性、綜合性，提綱挈領包羅萬象，因而譽之為「群經之首」；因其深邃博大，又譽為「潔淨精微」「廣大精微」。

將自然現象賦予美學意蘊和道德內涵，轉而解釋和規範人的思想和行為，是中國經典思想的重要特徵。儒、道經典均認為「天」是道德觀念和原則的本源，人是參照天地的特性來規範自己的行為和提升道德的，「天人合一」是中國經典思想的最高境界，更是聖賢君主夢寐以求希望達到的目標。《周易·繫辭上》曰：

> 《易》與天地準，故能彌綸天地之道。仰以觀於天文，俯以察於地理，是故知幽明之故；原始反終，故知死生之說；精氣為物，遊魂為變，是故知鬼神之情狀。與天地相似，故不違；知周乎萬物而道濟天下，故不過；旁行而不流，樂天知命，故不憂；安土敦乎仁，故能愛。範圍天地之化而不過，曲成萬物而不遺，通乎晝夜之道而知，故神無方而《易》無體。〔註19〕

《周易》的體系，以「象」為本，取法於天地、日月、四時、萬物，其核心理念，即將人置於宇宙、天地、萬物之中平等的一員，模擬萬象，綜合萬類變化的根由，總結萬物的運行規律，得出世界存在的本質意義。在此基礎之上，制定禮樂以規範人的行為，頒行典章以穩定社會，精審籌策以謀劃將來。聖賢君王秉承天德，具備「無為」「不過」「不憂」「能愛」之美德，在此前提

〔註18〕〔漢〕班固撰，〔唐〕顏師古注，《漢書》，第1版，北京：中華書局，1962年版，第1723頁。

〔註19〕〔清〕阮元校刻，《十三經注疏·周易正義》（清嘉慶刊本），第1版，北京：中華書局，2009年版，第160頁。

下，廣濟民生、和闔家邦、化育萬物。《周易・繫辭上》曰：

> 是故《易》有太極，是生兩儀，兩儀生四象，四象生八卦，八
> 卦定吉凶，吉凶生大業。是故法象莫大乎天地；變通莫大乎四時；
> 懸象著明莫大乎日月；崇高莫大乎富貴；備物致用，立成器以為天
> 下利，莫大乎聖人；探賾索隱，鉤深致遠，以定天下之吉凶，成天
> 下之亹亹者，莫大乎蓍龜。是故天生神物，聖人則之；天地變化，
> 聖人傚之；天垂象，見吉凶，聖人象之；河出圖，洛出書，聖人則
> 之。〔註20〕

「天地」「日月」「四時」是自然萬物生生不息的根本，也是位勢、時序
變化的極致，《周易》取象天地、日月、四時是為當時人類智慧所能達到的高
度。其下之「數」「理」皆由「象」推衍生發而來。《周易》所闡述的天道常理，
其依據是亙古不移的天地萬物自然法則，因其生生不息、繁茂盛大與恒久有常，
故足為祈求同樣永恆存在並太平繁榮的人君所取法。《漢書・藝文志》曰：

> 《易》曰：「宓戲氏仰觀象於天，俯觀法於地，觀鳥獸之文，與
> 地之宜，近取諸身，遠取諸物，於是始作八卦，以通神明之德，以
> 類萬物之情。」至於殷、周之際，紂在上位，逆天暴物，文王以諸
> 侯順命而行道，天人之占可得而效，於是重《易》六爻，作上下篇。
> 孔氏為之《彖》、《象》、《繫辭》、《文言》、《序卦》之屬十篇。故曰
> 《易》道深矣，人更三聖，世歷三古。〔註21〕

《周易》具有無可辯駁的元典地位，並非全然因其思想理論之至為久遠，
而在於其取象之恒久、自然與平常，經學思想所依託的論證材料之未可動搖。
姜廣輝認為「《易經》作者是利用《易經》的卦爻結構來模擬和總結自然界與
社會的某些規律和經驗的。」〔註22〕因為《周易》所依託的材料的普遍尋常
的特性，其涵蓋的範圍之廣大悉備，故其凝聚昇華的經學理論具有最為原初
的意義。《周易》之所以具有高度的概括性和經典意義，乃是由於其產生具有
原初的特徵，其內涵廣泛無所不包的宏闊，同時又具有應時位變化、與時偕

〔註20〕〔清〕阮元校刻，《十三經注疏・周易正義》（清嘉慶刊本），第 1 版，北京：
中華書局，2009 年版，第 169，170 頁。

〔註21〕〔漢〕班固撰，〔唐〕顏師古注，《漢書》，第 1 版，北京：中華書局，1962 年
版，第 1704 頁。

〔註22〕姜廣輝撰，《〈易經〉：從「鬼謀」到「人謀」》，《湖南大學學報》（社會科學版），
2011 年第 5 期，第 14 頁。

行的拓展空間。

　　《周易》為唐代帝王所重視，與《周易》「神道設教」觀和對國家治理行之有效的重要原則相關。早在唐朝立國之初，統治階層深痛魏晉南北朝以來的儒學凋敝、文士官僚心無定準、黎民百姓顛沛流離的社會實現，在政治文化方面撥亂反正、正本清源。由此以來，借鑒歷史、研習經典、普施教化、回歸正統是治國安邦迫在眉睫的重中之重。戴永新《〈周易〉中的和諧觀》曰：

　　　　《周易》一書，充滿了政治思想，由於這個原因，《周易》歷來
　　為統治階級重視，成為歷代王朝之政道與治道的一部不可或缺的重
　　要典籍。在「保合太和」的和諧觀的指導下，《周易》要求當政者與
　　民眾要形成一種和諧的政治關係，以創造社會良性運行和協調發展
　　的最佳政治環境。〔註23〕

　　唐太宗李世民高度重視經典思想的作用，借助科舉考試等行政手段將《周易》等經典的研習和運用推向了一個新的高度。唐代主流政治推重《周易》，與唐太宗李世民詔令考訂、頒行《五經正義》密切相關。《舊唐書‧儒學上》曰：

　　　　太宗又以經籍去聖久遠，文字多訛謬，詔前中書侍郎顏師古考
　　定《五經》，頒於天下，命學者習焉。又以儒學多門，章句繁雜，詔
　　國子祭酒孔穎達與諸儒撰定《五經》義疏，凡一百七十卷，名曰《五
　　經正義》，令天下傳習。」〔註24〕

　　唐太宗詔顏師古（581年～645年）考定《五經》，孔穎達（574年～648年）撰《五經正義》，《周易》為重要的組成部分。《五經正義》之頒行，最大意義在於從國家層面，確立經典思想的權威闡釋，使之成為科舉考試的必考書目，從而明確樹立了經學思想標準，統一了四海之內經生和文士的思想。孔穎達為孔子三十一世孫，由其主撰《五經正義》具有承前啟後的意義。《史記‧孔子世家》曰：「孔子晚而喜《易》，序《彖》、《繫》、《象》、《說卦》、《文言》。讀《易》，韋編三絕。曰：『假我數年，若是，我於《易》則彬彬矣。』」〔註25〕《漢書‧儒林傳》曰：「（孔子）蓋晚而好易，讀之韋編三絕，而為之

〔註23〕戴永新撰，《〈周易〉中的和諧觀》，《周易研究》，2006年第1期，第66頁。
〔註24〕〔後晉〕劉昫等撰，《舊唐書》，第1版，北京：中華書局，1975年版，第4941頁。
〔註25〕〔漢〕司馬遷撰、〔宋〕裴集解、〔唐〕司馬貞索隱、〔唐〕張守傑正義，《史

傳。」〔註26〕《論語・述而篇》曰:「子曰:『加我數年,五十以學易,可以無大過矣。』」〔註27〕馬王堆帛書《要》曰:「夫子老而好易,居則在席,行則在橐。」〔註28〕可見孔子對《周易》的高度重視。在儒家道統占主流地位的社會政治生態之下,唐太宗李世民命孔門嫡系孔穎達主撰《五經》義疏,用意不言自明,即儒家孔學源遠流長,至有唐一代實為正統。《新唐書・孔穎達傳》曰:

> 初,穎達與顏師古、司馬才章、王恭、王琰受詔撰《五經》義訓凡百餘篇,號《義贊》,詔改為《正義》云。雖包貫異家為詳博,然其中不能無謬冗,博士馬嘉運駁正其失,至相譏詆。有詔更令裁定,功未就。永徽二年,詔中書門下與國子三館博士、弘文館學士考正之,於是尚書左僕射于志寧、右僕射張行成、侍中高季輔就加增損,書始布下。〔註29〕

唐太宗命孔穎達等撰《五經正義》,可視為漢代「石渠閣之會」和「白虎觀會議」的歷史延續。在孔穎達(574~648)為唐太宗欽命撰《五經正義》之前,從國家層面的高度,以統一學術思想,穩定社會為目的,也曾數次釐清和規範經義。西漢宣帝時代有「石渠閣之會」,《資治通鑒》曰:「(漢宣皇帝甘露三年)詔諸儒講五經同異,蕭望之等平奏其議,上親稱制臨決焉。乃立梁丘《易》、大、小夏侯《尚書》、穀梁《春秋》博士。」〔註30〕「石渠閣之會」是由皇帝詔博學鴻儒及相關重臣,從國家層面消除經義分歧,規範義理,制定準則,以利於統一思想、展示權威、維護政治統治的重大舉措。在當時歷史條件下,確為思想統一、政治穩定、社會和諧起到了巨大作用,亦為後代儒學治國奠定了堅實的基礎,對中國經學思想的發展產生了積極影響。東漢章帝時期有「白虎觀會議」,成果為流傳至今的《白虎通義》,《資治通鑒》曰:

記》,第1版,北京:中華書局,1955年版,第1937頁。

〔註26〕〔漢〕班固撰,〔唐〕顏師古注,《漢書》,第1版,北京:中華書局,1962年版,第3589頁。

〔註27〕楊伯峻譯注,《論語譯注》,第3版,北京:中華書局,2009年版,第70頁。

〔註28〕于豪亮著,《馬王堆帛書〈周易〉釋文校注》,第1版,上海:上海古籍出版社,2013年版,第185頁。

〔註29〕〔北宋〕歐陽修,宋祁等撰,《新唐書》,第1版,北京:中華書局,1975年版,第5644頁。

〔註30〕〔宋〕司馬光撰,《資治通鑒》,第1版,北京:中華書局,1956年版,第889頁。

（漢章帝建初四年）校書郎楊終建言：「宣帝博徵群儒，論定《五經》於石渠閣。（事見二十七卷甘露三年）。方今天下少事，學者得成其業，而章句之徒，破壞大體。宜如石渠故事，永為後世則。」帝從之。冬，十一月，壬戌，詔太常：「將、大夫、博士、郎官及諸儒會白虎觀，議《五經》同異。」使五官中郎將魏應承制問，侍中淳于恭奏，帝親稱制臨決，作《白虎議奏》，名儒丁鴻、樓望、成封、桓郁、班固、賈逵及廣平王羨皆與焉。〔註31〕

　　《白虎通義》是統治者高度重視經學的直接成果。由於帝王及統治階層對經學的高度重視，激發了人們深入研究經籍的熱情，此為後代經學發達的政治動因。由於兩漢高度重視經學勘定、頒行與研習，強化了儒學在思想領域統治地位，增強了中央權威和社會控制力，達到了思想與號令完全統一的實際功效。這一系列政治措施的施行，使得漢朝一代整體上國勢強盛，為三代以來之未有。與之相反，正是因為儒學凋敝、經學式微，使得漢末思想混亂、社會動盪、上凌下替而至於傾頹，導致魏晉南北朝數百年的戰亂與分裂，對國家民族和黎民百姓造成了深重的災難。

　　有鑒於此，唐太宗李世民充分認識到在維護統治方面，統一思想、恢復儒學道統是為重中之重。孔穎達作為至聖先師孔子的嫡系後裔，由其領銜編纂《五經正義》實為深思熟慮的措施，充分彰顯出唐代帝王，從國家層面高度重視儒家文化的傳承，更加強調了以儒家經典治理國家、定國安邦的治國行政理念。《五經正義》的頒行，與歷史上諸代釐定經義之目的如出一轍，其影響之深遠，則遠甚於前朝。之所以如此，是因為藉重科舉制度此一強有力的配套措施，運用行政手段，使得正統經義成為仕進的必選。如此一來，儒生無有例外地通習經典學說，經典義理對士人的世界觀、人生觀與價值觀產生了重要影響，潛移默化中奠定了其精神世界的基礎，形成了以經典學說為主的精神架構，並充分體現在將來參政治民和立身處世的實踐之中。

　　唐太宗高度強調經典的社會功用，故此側重於《周易》等經籍的「義理」的詮釋與闡發。《周易》傳至唐代，注本甚多，莫衷一是。孔穎達之所以選擇王弼、韓康伯注本，在於經義思想的明確與社會實踐功能的強化。趙榮波《〈周易正義〉思想研究》曰：

〔註31〕〔宋〕司馬光撰，《資治通鑒》，第 1 版，北京：中華書局，1956 年版，第 1485，1486 頁。

　　王弼結合老莊思想「以傳解經」的做法，是乘兩漢象數易學「極弊而攻之，遂能排擊漢儒，自標新學」(《四庫全書總目》)，其增強了理論深度、強化了理論體系的注本，自然比偏重於象數、注經方式極其繁瑣的北方鄭氏易學更讓謀求治國方略的唐太宗、孔穎達等人感興趣。〔註32〕

　　孔子對於《周易》，注重的是其「德義」，馬王堆帛書《要》曰：

　　　子曰：易我後其卜祝矣，我觀其德義耳也。幽贊而達乎數，明數而達乎德，又(有)仁□者而義行之耳。贊而不達於數，則其為之巫，數而不達於德，則其為之史。史巫之筮，鄉(嚮)之而未也，□之而非也，後世之疑丘者，或以易乎？吾求其德而已，吾與史巫同涂(塗)而殊歸者也。君子德行焉求福，故祭祀而寡也；仁義焉求吉，故卜筮而希也。祝巫卜筮亓(其)後乎？〔註33〕

　　孔子觀《易》，以「德義」為核心，以「達乎德」、行於「義」為旨趣。孔子認為祝史巫覡接事鬼神之最終目的，在於「事人」，「事人」則在於禮樂，禮樂之本又在於秩序和仁義。丁四新《馬王堆帛書〈易傳〉的哲學思想》曰：「(孔子)在《周易》解釋上，《要》、《衷》二篇提出了『以德知《易》』和『以德占《易》』、『擬德而占』的觀念，反映了孔子先其德義而後其祝卜的思想。」〔註34〕由此說來，孔子之於《易》，依然是以推行儒家理念為主導，視之為仁義道德之本源和載體。唐太宗具備世間尊極無二的治統地位，高度重視與切實運用《周易》等經典維護社會穩定的功能。唐太宗將治統與道統有機結合，相互補益，開創了唐代「貞觀之治」的大好局面，成為後世追求繁榮穩定的帝王統治者的典範。

　　唐太宗善於從經典理論出發，論述為君治國之道，其中《周易》是其時常援引的經典。孔穎達對儒家道統的深刻理解及其具備的顯赫家世，成為唐太宗徵詢儒家大道的最佳人選。唐太宗與孔穎達多有交流，問對多從孔穎達所精研的《周易》此一經典本源入手。《新唐書·孔穎達傳》載孔穎達曾引《周

〔註32〕趙榮波撰，《〈周易正義〉思想研究》，山東大學博士論文，濟南：山東大學，2006年，第6頁。

〔註33〕于豪亮著，《馬王堆帛書〈周易〉釋文校注》，第1版，上海：上海古籍出版社，2013年版，第186頁。

〔註34〕丁四新撰，《馬王堆帛書〈易傳〉的哲學思想》，《江漢論壇》，2015年1期，第40頁。

易》與唐太宗論為君之道，曰：

> 太宗平洛，授文學館學士，遷國子博士。貞觀初，封曲阜縣男，轉給事中。時帝新即位，穎達數以忠言進。帝問：「孔子稱『以能問於不能，以多問於寡，有若無，實若虛』。何謂也？」對曰：「此聖人教人謙耳。己雖能，仍就不能之人以諮所未能；己雖多，仍就寡少之人更資其多。內有道，外若無；中雖實，容若虛。非特匹夫，君德亦然。故《易》稱『蒙以養正』，『明夷以莅眾』。若其據尊極之位，炫聰耀明，恃才以肆，則上下不通，君臣道乖。自古滅亡，莫不由此。」帝稱善。除國子司業，歲餘，以太子右庶子兼司業。與諸儒議歷及明堂事，多從其說。以論撰勞，加散騎常侍，爵為子。〔註35〕

唐太宗勤勉好學、謙虛謹慎、禮賢下士，是其凝聚人才的道德之源。《周易・蒙・彖》曰：「蒙以養正，聖功也。」〔註36〕蒙養正道，是為聖賢君子之作為，亦為聖明君主必備的品性。《周易・明夷・象》曰：「明入地中，明夷；君子以莅眾，用晦而明。」〔註37〕聖君以韜晦謙遜之心君臨天下，萬民方能擺脫畏懼驚恐之感，親附擁戴。《周易》所詮釋的為君之道，具有深厚的歷史文化背景和經學理論依據，同時具備前賢的深刻總結與明確的意義指向，實為聖明賢德的人主永享天祿之道，對此唐太宗李世民深刻領會並身體力行。

唐太宗作為唐代文治武功最為顯赫的帝王，受到後代繼承者的高度讚譽和傾力效法。唐太宗之後，諸帝王對經學的重視有增無減，《舊唐書・高宗本紀》曰：

> （永徽）三月壬子朔，頒孔穎達《五經正義》於天下。〔註38〕

《通典・選舉三》曰：

> 開元八年七月，國子司業李元瓘上言：「《三禮》、《三傳》及《毛詩》、《尚書》、《周易》等，並聖賢微旨。生人教業，必事資經遠，

〔註35〕〔北宋〕歐陽修，宋祁等撰，《新唐書》，第 1 版，北京：中華書局，1975 年版，第 5643，5644 頁。

〔註36〕〔清〕阮元校刻，《十三經注疏・周易正義》（清嘉慶刊本），第 1 版，北京：中華書局，2009 年版，第 36 頁。

〔註37〕〔清〕阮元校刻，《十三經注疏・周易正義》（清嘉慶刊本），第 1 版，北京：中華書局，2009 年版，第 101 頁。

〔註38〕〔後晉〕劉昫等撰，《舊唐書》，第 1 版，北京：中華書局，1975 年版，第 71 頁。

則斯道不墜……並請帖十通五，許其入策。以此開勸，即望四海均習，九經該備。」從之。〔註39〕

唐玄宗開元二十九年置「崇玄學」，令習諸經，學生謂「崇玄生」，學成準明經考試，《唐會要》曰：「（天寶）十三載十月十六日，道舉停習《道德經》，加《周易》，宜以來載為始。」〔註40〕科舉制度成為舉國上下趨之若鶩的「掄才大典」之後，《周易》等經典受到高度重視。《周易》原本具有極大的理論闡釋與思想發揮的空間，科考試題常常出自《周易》，既便是儒家其餘諸典籍實為精專，亦難比「人更三聖，世歷三古」的《周易》具有更大權威和形而上的意義。既然統治者重視，兼之本身的地位與特性使然，《周易》為廣大士人所熱衷，即成為順理成章情形。

2.1.2　唐代年號與《周易》

唐代統治階層對《周易》的高度重視，在年號的創設上亦具有充分的現實表徵和深刻的意蘊，此為唐代帝王和統治階層順應天命，秉承曆數的法理彰顯。年號雖未能盡然體現時代特徵，但統治者的主觀意願可從《周易》原理中推衍出原初的意義。劉新萬《〈周易〉與唐代帝王年號關係考》認為，唐代帝王偏愛以《周易》命名年號，反映了唐代易學昌盛，唐王朝的崇道風氣，同時顯示唐王朝力求廣泛的文化認同的心理。〔註41〕

「貞觀」（627～649），唐太宗李世民年號。語本《周易·繫辭下》曰：「天地之道，貞觀者也；日月之道，貞明者也；天下之動，貞夫一者也。」孔穎達疏「天地之道，貞觀者也。」曰：「謂天覆地載之道，以貞正得一，故其功可為物之所觀也。」孔穎達疏「日月之道，貞明者也」曰：「言日月照臨之道，以貞正得一而為明也。若天覆地載，不以貞正而有二心，則天不能普覆，地不能兼載，則不可以觀。由貞乃得觀見也。日月照臨，若不以貞正，有二之心，則照不普及，不為明也，故以貞而為明也。」〔註42〕「貞觀」意為以堅

〔註39〕〔唐〕杜佑撰，王文錦、王永興、劉俊文等點校，《通典》，第1版，北京：中華書局，1988年版，第355頁。

〔註40〕〔宋〕王溥撰，《唐會要》，第2版，上海：上海古籍出版社，2006年版，第1661頁。

〔註41〕參見劉新萬《〈周易〉與唐代帝王年號關係考》，《洛陽理工學院學報》，（社會科學版），2009年第6期。

〔註42〕〔清〕阮元校刻，《十三經注疏·周易正義》（清嘉慶刊本），第1版，北京：中華書局，2009年版，第179頁。

貞中正之道示於天下而得其一統，其功為天下所通觀共睹而得擁戴跟隨。

「咸亨」（670～673），唐高宗李治年號。語本《周易・坤・彖》曰：「至哉坤元！萬物資生，乃順承天。坤厚載物，德合無疆；含弘光大，品物咸亨。」〔註43〕「咸亨」意喻萬物順昌，天地吉祥。

「文明」（684），唐睿宗李旦年號。語本《周易・乾・文言》曰：「見龍在田，天下文明。」孔穎達疏曰：「天下文明者，陽氣在田，始生萬物，故天下有文章而光明也。」〔註44〕《周易・同人・彖》曰：「文明以健，中正而應，君子正也。唯君子為能通天下之志。」〔註45〕《周易・賁・彖》曰：「（剛柔交錯）天文也；文明以止，人文也。觀乎天文，以察時變；觀乎人文，以化成天下。」〔註46〕「文明」乃文采光明之謂。

「太極」（712），唐睿宗李旦年號。《周易・繫辭上》曰：「是故《易》有太極，是生兩儀，兩儀生四象，四象生八卦，八卦定吉凶，吉凶生大業。」〔註47〕「太極」為天地萬物之本體，此年號昭示皇權至高無上的最高意義。

「先天」（712～713），唐玄宗李隆基年號。《周易・文言》曰：「夫大人者，與天地合其德，與日月合其明，與四時合其序，與鬼神合其吉凶。先天而天弗違，後天而奉天時。天且弗違，而況於人乎？況於鬼神乎？」〔註48〕「先天」謂大人、聖賢、君主具備天德，先於天時行事而不相違背，有先見之明之意。

「至德」（756～758 年）、「乾元」（758～760），唐肅宗李亨年號。《周易・繫辭上》曰：「夫《易》廣矣大矣……易簡之善配至德。」〔註49〕「至德」意

〔註43〕〔清〕阮元校刻，《十三經注疏・周易正義》（清嘉慶刊本），第1版，北京：中華書局，2009 年版，第 31 頁。

〔註44〕〔清〕阮元校刻，《十三經注疏・周易正義》（清嘉慶刊本），第1版，北京：中華書局，2009 年版，第 29 頁。

〔註45〕〔清〕阮元校刻，《十三經注疏・周易正義》（清嘉慶刊本），第1版，北京：中華書局，2009 年版，第 57 頁。

〔註46〕〔清〕阮元校刻，《十三經注疏・周易正義》（清嘉慶刊本），第1版，北京：中華書局，2009 年版，第 75 頁。

〔註47〕〔清〕阮元校刻，《十三經注疏・周易正義》（清嘉慶刊本），第1版，北京：中華書局，2009 年版，第 169，170 頁。

〔註48〕〔清〕阮元校刻，《十三經注疏・周易正義》（清嘉慶刊本），第1版，北京：中華書局，2009 年版，第 30 頁。

〔註49〕〔清〕阮元校刻，《十三經注疏・周易正義》（清嘉慶刊本），第1版，北京：中華書局，2009 年版，第 162，163 頁。

喻帝王以極高道德君臨天下、治國安邦。《周易·乾·彖》曰：「大哉乾元，萬物資始，乃統天。」〔註50〕《周易·文言》曰：「乾元用九，天下治也。」「乾元用九，乃見天則。」「乾元者，始而亨者也。」〔註51〕「乾」為萬物之始，「乾元」意喻具有開天闢地之意義。

「貞元」（785～804），唐德宗李适年號，「貞元」語本《易·乾》曰：「乾：元，亨，利，貞。」〔註52〕「貞元」意喻純正剛健。

「永貞」（805），唐順宗李誦年號，《周易·坤·象》曰：「用六：利永貞。」〔註53〕「永貞」為順應天道長享正命之意。

「大和」（827～835），唐文宗李昂年號。《周易·乾·彖》曰：「乾道變化，各正性命，保合大和，乃利貞。首出庶物，萬國咸寧。」〔註54〕「大和」乃陰陽沖和，中正祥和之謂。

「開成」（836～840），亦為唐文宗年號。《周易·繫辭上》曰：「子曰：『夫《易》，何為者也？夫《易》開物成務，冒天下之道，如斯而已者也。』」〔註55〕「開成」為通曉萬物、開創偉業之意。

「天佑」（904～907），唐昭宗李曄、唐哀帝李柷年號。《周易·繫辭上》曰：「《易》曰：『自天佑之，吉无不利。』子曰：『佑者，助也。天之所助者，順也；人之所助者，信也。履信思乎順，又以尚賢也，是以自天佑之，吉无不利也。』」〔註56〕「天佑」為順遂天道，獲天庇佑，萬事吉祥之意。

唐代諸帝王年號另有「咸通」「天復」「乾封」「永泰」「元和」「乾寧」等，均可從《周易》中間推衍出原初與最具權威的意義。如此一來，既明確帝王

〔註50〕〔清〕阮元校刻，《十三經注疏·周易正義》（清嘉慶刊本），第1版，北京：中華書局，2009年版，第23頁。

〔註51〕〔清〕阮元校刻，《十三經注疏·周易正義》（清嘉慶刊本），第1版，北京：中華書局，2009年版，第28，29頁。

〔註52〕〔清〕阮元校刻，《十三經注疏·周易正義》（清嘉慶刊本），第1版，北京：中華書局，2009年版，第21頁。

〔註53〕〔清〕阮元校刻，《十三經注疏·周易正義》（清嘉慶刊本），第1版，北京：中華書局，2009年版，第33頁。

〔註54〕〔清〕阮元校刻，《十三經注疏·周易正義》（清嘉慶刊本），第1版，北京：中華書局，2009年版，第23，24頁。

〔註55〕〔清〕阮元校刻，《十三經注疏·周易正義》（清嘉慶刊本），第1版，北京：中華書局，2009年版，第168頁。

〔註56〕〔清〕阮元校刻，《十三經注疏·周易正義》（清嘉慶刊本），第1版，北京：中華書局，2009年版，第170頁。

具有天授君權的崇高尊嚴，亦警戒帝王秉承天德治國育民。

　　綜上所述，唐代統治階層高度重視作為「群經之首」「大道之源」的《周易》，通過釐清經義、明令通習等一系列措施加以推廣，並施行於遴選人才的科舉考試過程之中。出身科舉世家的白居易，當秉承時代主流政治理念，根據朝廷取士的要求，高度重視《周易》等經典思想的研習。也唯有如此，方能在爭奪激烈的科舉考試中脫穎而出，通過科考步入仕途，鞏固和延續宗族儒學世家的榮譽。

2.1.3 《貞觀政要》與《周易》

　　《貞觀政要》是唐太宗時代治國方略和政治智慧的集中體現，對後世產生了深遠影響。《貞觀政要》為唐代史家吳兢（670～749）所著政論性史書。〔註57〕全書十卷四十篇，輯要唐太宗執政二十三年中，與魏徵、房玄齡、杜如晦等重臣的問對、議論和臣僚諫言、奏議等。該書為唐太宗與諸賢良耿直臣僚論述經典理論、分析成敗得失、借鑒歷史經驗、謀劃治國方略的史實精華，涉及政治、經濟、軍事、文化等重大決策和措施。唐太宗開創「貞觀之治」的功業有目共睹，故此《貞觀政要》為歷代帝王奉作治國典要，對後世治國理政具有重要示範意義。《貞觀政要》與《周易》關係十分密切，多處記載了君臣引述《周易》原理，制定國家政策和論證治國方略的史實。

　　貞觀年間，久亂之後天下承平，四境晏如、百姓富足時節，君臣有充裕的時間研讀著述，以追前賢、明得失，理當代、遺後世。唐太宗君臣為避免重蹈亂世覆轍，開創和維持太平盛世，從理論與實踐兩方面進行了思考論述和經驗總結。〔註58〕吳兢居史館三十餘年，以簡練明達、直書無諱見稱，其《上貞觀政要表》曰：

〔註57〕〔後晉〕劉昫等撰，《舊唐書》，第 1 版，北京：中華書局，1975 年版，第 1555 頁。

〔註58〕駢宇騫譯注，《貞觀政要》，第 1 版，北京：中華書局，2011 年版，第 228 頁：《貞觀政要‧封建》載禮部侍郎李百藥形容唐太宗與名臣才學之士討論國政、鑽研典籍的情狀，曰：「陛下每見四夷款附，萬里歸仁，必退思進省，凝神動慮，恐妄勞中國，以求遠方，不藉萬古之英聲，以存一時之茂實。心切憂勞，志絕遊幸，每旦視朝，聽受無倦，智周於萬物，道濟於天下。罷朝之後，引進名臣，討論是非，備盡肝膈，惟及政事，更無異辭。才日昃，必命才學之士，賜以清閒，高談典籍，雜以文詠，問以玄言，乙夜忘疲，中宵不寐。」。

　　《易》曰：「聖人感人心而天下和平。」今聖德所感，可謂深矣。
竊惟太宗文武皇帝之政化，自曠古而來，未有如此之盛者也，雖唐
堯虞舜，夏禹殷湯，周之文武，漢之文景，皆所不逮也。至如用賢
納諫之美，垂代立教之規，可以宏闡大猷，增崇至道者，並煥乎國
籍，作鑒來葉。微臣以早居史職，莫不成誦在心，其有委質策名，
立功樹德，正詞鯁義，志在匡君者，並隨事載錄，用備勸誡，撰成
一帙十卷，合四十篇，仍以《貞觀政要》為目，謹隨表奉進。望紆
天鑒，擇善而行，引而伸之，觸類而長之。《易》不云乎：「聖人久
於其道，而天下化成。」伏願行之而有恆，思之而不倦，則貞觀巍
巍之化，可得而致矣。〔註59〕

　　吳兢上表，以《周易》原理貫穿始終。先以「聖人」指代帝王，又以聖人
具有「化成天下」之責任勸誡帝王。《周易》思想既高度肯定了帝王具備天德，
使皇權具備毋庸置疑的法理依據，同時又對號為「大人」「聖人」的帝王，提
出了標準極高的道德要求和行為準則。吳兢所表達的深刻內涵即是，帝王遵
循天道，則歷數在躬、化成天下、太平繁榮。反之，若違忤天道，則歷數遷
移、失地喪邦、天祿永終。《貞觀政要》所論述的國家興亡之道所具有的歷史
意義即在於此。

　　經典所示存亡之理，史冊所載興衰故實，深諳典籍的唐太宗實為警懼。
唐太宗崇儒尚禮、謙遜自省的道德品行的養成，居安思危、與時偕行的思想
觀念的確立，與善於從經典史籍中汲取營養密切相關。經典之中，《周易》具
有重要地位。唐太宗君臣對《周易》相關核心思想的論述，在《貞觀政要》中
多有體現。

一、關於「號令」

　　樹立朝廷的權威以號令天下，是萬民依附、四海歸心的根本。權威的確
立以令行禁止為目標，《貞觀政要‧赦令》曰：

　　　　貞觀十一年，太宗謂侍臣曰：「詔令格式，若不常定則人心多
　　惑，奸詐益生。《周易》稱『渙汗其大號』，言發號施令，若汗出於
　　體，一出而不復也。《書》曰：『慎乃出令，令出惟行，弗為反。』
　　且漢祖日不暇給，蕭何起於小吏，制法之後，猶稱畫一。今宜詳思

〔註59〕〔清〕董浩等撰，《全唐文》，第1版，北京：中華書局，1982年版，第3023頁。

此義，不可輕出詔令，必須審定，以為永式。」〔註60〕

《周易·渙》曰：「九五，渙汗其大號，渙王居，无咎。」孔穎達疏：「『渙汗其大號』者，人遇險阨，驚怖而勞，則汗從體出，故以汗喻險阨也；九五處尊履正，在號令之中，能行號令，以散險阨者也，故曰『渙汗其大號』也。『渙，王居无咎』者，為渙之主，名位不可假人，惟王居之，乃得无咎，故曰『渙，王居无咎』。」〔註61〕唐太宗引《渙卦》論王者發號施令，君無戲言、一言九鼎，切不可反覆無常、朝令夕改。唐太宗認為詔制政令格式，以恒常定準為重，如此可以使得人心平穩稍無疑惑，避免行政漏洞，滋生僥倖奸詐之心。若國策政令無有準則，則百官游移無定，心緒紊亂，滋生輕慢懈怠之心，進而天下黎民疑惑猶豫，朝廷權威必將受到削弱。如此一來，輕可至政令不行、百官懈怠；重可至禍亂滋生、邦國危殆。唐太宗一代政治清明、人心和洽、國家興旺，與政策穩定、出令審慎頗為相關。

二、關於「謙德」

「謙德」於帝王及位高權重者意義重大，唐太宗對此領悟深透。大凡成就了功業，或居顯達之位，易於使人心氣高昂，情緒亢奮，自以為天下無匹。功高位尊得意忘形之間，常常行止急疾、目空一切，政令紊亂、朝令夕改。當此方寸未穩之時，最要知常守拙，知雄守雌。若不知休止，忘卻謙卑，難免亢龍有悔以終。《貞觀政要·謙讓》曰：

> 貞觀二年，太宗謂侍臣曰：「人言作天子則得自尊崇，無所畏懼，朕則以為正合自守謙恭，常懷畏懼。昔舜誡禹曰：『汝惟不矜，天下莫與汝爭能；汝惟不伐，天下莫與汝爭功。』又《易》曰：『人道惡盈而好謙。』凡為天子，若惟自尊崇，不守謙恭者，在身儻有不是之事，誰肯犯顏諫奏？朕每思出一言，行一事，必上畏皇天，下懼群臣。天高聽卑，何得不畏？群公卿士，皆見瞻仰，何得不懼？以此思之，但知常謙常懼，猶恐不稱天心及百姓意也。」魏微曰：「古人云：『靡不有初，鮮克有終。』願陛下守此常謙常懼之道，日慎一日，則宗社永固，無傾覆矣。唐、虞所以太平，實用此法。」

〔註60〕駢宇騫譯注，《貞觀政要》，第 1 版，北京：中華書局，2011 年版，第 552，553 頁。

〔註61〕〔清〕阮元校刻，《十三經注疏·周易正義》（清嘉慶刊本），第 1 版，北京：中華書局，2009 年版，第 144，145 頁。

貞觀三年，太宗問給事中孔穎達曰：「《論語》云：『以能問於不能，以多問於寡，有若無，實若虛。』何謂也？」穎達對曰：「聖人設教，欲人謙光……故《易》稱『以蒙養正』，『以明夷莅眾』。若其位居尊極，炫耀聰明，以才陵人，飾非拒諫，則上下情隔，君臣道乖。自古滅亡，莫不由此也。」太宗曰：「《易》云：『勞謙，君子有終，吉。』誠如卿言。」詔賜物二百段。〔註62〕

《周易·謙·彖》曰：「天道虧盈而益謙，地道變盈而流謙，鬼神害盈而福謙，人道惡盈而好謙。謙尊而光，卑而不可踰：君子之終也。」〔註63〕唐太宗之所以為一代明君，與其恭謙禮賢、從善如流，以史為鑒、深研經籍頗為相關。《詩經·大雅·蕩》曰：「天生蒸民，其命匪諶。靡不有初，鮮克有終。」〔註64〕唐太宗李世民反覆琢磨成敗治亂之理，從《周易》尋找理論根據，「謙德」對其虛心納諫、克己修身具有重要的指導意義。唐太宗一代明主，固有開創事業號稱「天可汗」的英武神勇，更多的是謙虛謹慎、禮賢下士的人君風度。

三、關於「盈虛」與「時行」

《貞觀政要·封建》載，貞觀十一年，禮部侍郎李百藥奏論駁世封事，曰：

> 弘茲風化，昭示四方，信可以期月之間，彌綸天壤。而淳粹尚阻，浮詭未移，此由習之久，難以卒變。請待斲雕成器，以質代文，刑措之教一行，登封之禮云畢，然後定疆理之制，議山河之賞，未為晚焉。《易》稱：「天地盈虛，與時消息，況於人乎？」美哉斯言也。〔註65〕

《周易·豐·彖》曰：「天地盈虛，與時消息，而況於人乎？況於鬼神乎？」〔註66〕李百藥援引《豐卦》論證時勢變化，認為世襲封建雖有舊章，

〔註62〕駢宇騫譯注，《貞觀政要》，第1版，北京：中華書局，2011年版，第411～413頁。

〔註63〕〔清〕阮元校刻，《十三經注疏·周易正義》（清嘉慶刊本），第1版，北京：中華書局，2009年版，第60頁。

〔註64〕〔漢〕鄭玄箋，〔唐〕孔穎達疏，朱傑人、李慧玲整理，《毛詩注疏》，第1版，上海：上海古籍出版社，2013年版，第1685頁。

〔註65〕駢宇騫譯注，《貞觀政要》，第1版，北京：中華書局，2011年版，第228頁。

〔註66〕〔清〕阮元校刻，《十三經注疏·周易正義》（清嘉慶刊本），第1版，北京：中華書局，2009年版，第139頁。

但已不合於當今之世。為避免宗室功臣子孫驕奢淫逸失其福祿，天下生民遭其禍殃，痛陳利害，勸諫唐太宗「與時偕行」，緩行世封之政。中書舍人馬周亦有類似諫言，唐太宗審時度勢欣然納諫，《貞觀政要・封建》曰：「太宗並嘉納其言。於是竟罷子弟及功臣世襲刺史。」〔註67〕可見貞觀之時治政之審慎與唐太宗的開明。

四、關於「積善」

唐太宗從國家興亡的高度論述「積善」大義。《貞觀政要・教戒太子諸王》載太宗命魏徵錄古來帝王子弟成敗事，名為《自古諸侯王善惡錄》，以賜諸王，序曰：

> 皇帝以聖哲之資，拯傾危之運，耀七德以清六合，總萬國而朝百靈，懷柔四荒，親睦九族。念華萼於《棠棣》，寄維城於宗子。心乎愛矣，靡日不思，爰命下臣，考覽載籍，博求鑒鏡，貽厥孫謀。臣輒竭愚誠，稽諸前訓。凡為藩為翰，有國有家者，其興也必由於積善，其亡也皆在於積惡。故知善不積不足以成名，惡不積不足以滅身。然則禍福無門，吉凶由己，惟人所召，豈徒言哉！
> 〔註68〕

魏徵述太宗皇帝具有聖明賢哲之秉賦，扶危濟困之才幹，藉此統御萬邦，和睦萬民，達成貞觀盛世，對後代君主提出諄諄告誡。王子皇孫生長於富貴之家，多驕橫放逸，不解君子之賢良與小人之陰險，此為秉國大患。魏徵援引《周易・繫辭下》「善不積不足以成名；惡不積不足以滅身」作結，〔註69〕謂積善則家國興旺，積惡則亡國滅身，禍福吉凶之生成，均由人造，故積善改過，實為社稷興旺之根本大道。《詩經・大雅・抑》曰：「於呼小子，未知臧否！匪手攜之，言示之事。匪面命之，言提其耳。」〔註70〕唐太宗李世民有《自古諸侯王善惡錄》《帝範》等專書論述為君之道，對於子孫後代可謂告誡諄諄、用心良苦。

〔註67〕駢宇騫譯注，《貞觀政要》，第 1 版，北京：中華書局，2011 年版，第 231 頁。

〔註68〕駢宇騫譯注，《貞觀政要》，第 1 版，北京：中華書局，2011 年版，第 263 頁。

〔註69〕〔清〕阮元校刻，《十三經注疏・周易正義》（清嘉慶刊本），第 1 版，北京：中華書局，2009 年版，第 183 頁。

〔註70〕〔漢〕鄭玄箋，〔唐〕孔穎達疏，朱傑人、李慧玲整理，《毛詩注疏》，第 1 版，上海：上海古籍出版社，2013 年版，第 1710，1711 頁。

五、關於「居安思危」

「居安思危」為太宗及其臣僚反覆論證的重大治國理念，是開創「貞觀之治」的重要因素之一。《貞觀政要·慎終》曰：

> 貞觀五年，太宗謂侍臣曰：「自古帝王亦不能常化，假令內安，必有外擾。當今遠夷率服，百穀豐稔，盜賊不作，內外寧靜。此非朕一人之力，實由公等共相匡輔。然安不忘危，理不忘亂，雖知今日無事，亦須思其終始。常得如此，始是可貴也。」魏徵對曰：「自古已來，元首股肱不能備具，或時君稱聖，臣即不賢；或遇賢臣，即無聖主。今陛下聖明，所以致治。向若直有賢臣而君不思化，亦無所益。天下今雖太平，臣等猶未以為喜，惟願陛下居安思危，孜孜不怠耳！」〔註71〕

「居安思危」是《周易》的重要思想，《周易·繫辭下》曰：

> 子曰：「危者，安其位者也；亡者，保其存者也；亂者，有其治者也。是故君子安而不忘危，存而不忘亡，治而不忘亂。是以身安而國家可保也。」〔註72〕

魏徵為敢於犯顏直諫的耿介之臣，與唐太宗可謂君臣知遇，成為千古美談。魏徵以「居安思危」進諫太宗最為頻繁，以此警戒唐太宗此一開創大業的君主，勿蹈「亢龍有悔」之險境，為太宗成就「千古明君」的盛譽功不可沒。《貞觀政要》載，貞觀十一年，魏徵上疏曰：「人君當神器之重，居域中之大，將崇極天之峻，永保無疆之休。不念居安思危，戒奢以儉，德不處其厚，情不勝其欲，斯亦伐根以求木茂，塞源而欲流長者也。」〔註73〕貞觀十一年，魏徵上疏曰：「《易》曰：『君子安不忘危，存不忘亡，治不忘亂，是以身安而國家可保也。』誠哉斯言，不可以不深察也。」〔註74〕《周易》「居安思危」思想在唐太宗時代深入人心，成為朝廷共識。貞觀十一年，中書侍郎岑文本曰：「臣聞開撥亂之業，其功既難；守已成之基，其道不易。故居安思危，所

〔註71〕駢宇騫譯注，《貞觀政要》，第1版，北京：中華書局，2011年版，第647，648頁。

〔註72〕〔清〕阮元校刻，《十三經注疏·周易正義》（清嘉慶刊本），第1版，北京：中華書局，2009年版，第183頁。

〔註73〕駢宇騫譯注，《貞觀政要》，第1版，北京：中華書局，2011年版，第16頁。

〔註74〕駢宇騫譯注，《貞觀政要》，第1版，北京：中華書局，2011年版，第546頁。

以定其業也；有始有卒，所以崇其基也。」〔註75〕貞觀十四年，褚遂良諫太宗曰：「《易》云『安不忘危，理不忘亂。』設令張掖塵飛，酒泉烽舉，陛下豈能得高昌一人菽粟而及事乎？終須發隴右諸州，星馳電擊。」〔註76〕

《貞觀政要・君道》載，貞觀十五年，唐太宗與諸臣論守天下之難易。魏徵認為守天下「甚難」，唐太宗認為守天下任人唯賢、接納諍諫即可，對魏徵的觀點感到疑惑，魏徵曰：

> 觀自古帝王，在於憂危之間則任賢受諫，及至安樂，必懷寬怠，言事者惟令兢懼，日陵月替，以至危亡。聖人所以居安思危，正為此也。安而能懼，豈不為難？〔註77〕

魏徵與唐太宗理念相左，之所以認為守天下甚難，原因在於得天下時節，於艱危境況之下，時刻有敗亡喪身之險，故處警覺戒懼之中，廣納賢良為所用，容納諍諫為所謀，此為生於憂患之謂。及至功成，則易於滋長驕橫之心、安樂之思，拒諫自是，遠直言良臣，近庸碌巧佞，長此以往，邦國必將危殆以至於覆亡。魏徵認為聖人方能「居安思危」，客觀評價歷代帝王，實非天造聖賢，故此得出「安而能懼，豈不為難」的結論。

貞觀二十二年，太宗將重討高麗，房玄齡諫阻，《貞觀政要・征伐》曰：

> （房玄齡）諫曰：「……《周易》曰：『知進而不知退，知存而不知亡，知得而不知喪。』又曰：『知進退存亡而不失其正者，其惟聖人乎！』由此言之，進有退之義，存有亡之機，得有喪之理，老臣所以為陛下惜之者，蓋謂此也。」……太宗見表，歎曰：「此人危篤如此，尚能憂我國家。」雖諫不從，終為善策。〔註78〕

房玄齡（579～648）善於謀劃，杜如晦（585～630）處事果斷，二人為相輔弼太宗功不可沒，有「房謀杜斷」美譽。貞觀二十二年（648），唐太宗欲重討高麗，房玄齡病危，上表勸阻，引《周易》「上九，亢龍有悔」為證。認為太宗征伐之功遠播域外，四境之外無不臣服，國家安定，海內升平，宜於以休養生息、維持繁榮為本。認為若高麗「違失臣節」「侵擾百姓」「為中國患」三者具備一條，〔註79〕則毫無疑問師出有名；若僅為其舊主雪怨、為新羅報

〔註75〕駢宇騫譯注，《貞觀政要》，第 1 版，北京：中華書局，2011 年版，第 641 頁。
〔註76〕駢宇騫譯注，《貞觀政要》，第 1 版，北京：中華書局，2011 年版，第 614 頁。
〔註77〕駢宇騫譯注，《貞觀政要》，第 1 版，北京：中華書局，2011 年版，第 24 頁。
〔註78〕駢宇騫譯注，《貞觀政要》，第 1 版，北京：中華書局，2011 年版，第 591 頁。
〔註79〕駢宇騫譯注，《貞觀政要》，第 1 版，北京：中華書局，2011 年版，第 591 頁。

仇而興師動眾、勞師襲遠，則弊大於利。唐太宗本有惕懼警覺之心，深恐陷入「亢龍有悔」境地，房玄齡引《周易・文言》「亢之為言也，知進而不知退，知存而不知亡，知得而不知喪。其唯聖人乎！知進退存亡，而不失其正者，其惟聖人乎」相勸誡，〔註80〕懇切而耿直闡明自己的主張，對唐太宗具有巨大震動。

《貞觀政要・慎終》曰：

> 貞觀十六年，太宗問魏徵曰：「觀近古帝王，有傳位十代者，有一代兩代者，亦有身得身失者。朕所以常懷憂懼，或恐撫養生民不得其所，或恐心生驕逸，喜怒過度。然不自知，卿可為朕言之，當以為楷則。」徵對曰：「嗜欲喜怒之情，賢愚皆同。賢者能節之，不使過度；愚者縱之，多至失所。陛下聖德玄遠，居安思危，伏願陛下常能自制，以保克終之美，則萬代永賴。」〔註81〕

在《貞觀政要》篇終，以魏徵「居安思危」作結，可見《周易》之中「居安思危」思想對有唐一代影響至巨。唐太宗居安思危、未雨綢繆，對亂世之成因，疲怠政治的潛滋暗長深為戒懼，與諸多臣僚反覆切磋研討，不敢稍有忽視與懈怠。唐太宗珍惜並非輕而易舉而是生死交加所爭奪而來的天下，始終戰戰兢兢，如臨深淵，如履薄冰，高度警惕和力求克服自身的弱點，達成千古明君的美譽。唐太宗直至盛年早逝，未因開創之功、九五至尊而倨傲輕慢與怠政荒疏。或可言之，終唐太宗李世民一生，無不是居安思危、朝乾夕惕、勵精圖治於國政民生。因由如此，唐太宗周圍聚集了一個深謀遠慮、身體力行，知無不言、言無不盡，鞠躬盡瘁、死而後已的賢良方正官僚集團，君臣同心協力開創了「貞觀之治」，為大唐盛世奠定了堅實的基礎。

綜上所述，《貞觀政要》為唐太宗李世民時代具有代表性的治國理政記錄，具有多方面的價值，非但其理論性與現實意義深刻，更有「貞觀盛世」作為強有力的客觀事實以支撐，故為後世君主引為治國安邦的圭臬，產生了深遠的影響。《貞觀政要》多處援引《周易》思想進行論證，顯示出唐太宗及其臣僚對《周易》的高度重視。最高決策層的思想理念和行為舉止，無不

〔註80〕〔清〕阮元校刻，《十三經注疏・周易正義》（清嘉慶刊本），第1版，北京：中華書局，2009年版，第30頁。

〔註81〕駢宇騫譯注，《貞觀政要》，第1版，北京：中華書局，2011年版，第669，670頁。

對官僚系統產生直接影響，以至延伸波及至於普天之下。由此說來，《周易》理論思想在唐代得到大力推行，為白居易等帝王近臣所藉重，具有充分的歷史根源與事實依據。

2.2　白居易宗族科考仕進成就及與《周易》的關係

　　白居易對《周易》的研習與運用，具有深厚的社會歷史背景和現實政治需要，同時與其儒學世家的成長環境密切相關。白居易出於典型的崇儒家庭，宗族多人經由科舉考試晉身，對經典的研習高度重視，尤其對於《周易》的運用，較之同時代儒學世家而言，具有其獨特之處。初唐頒行《五經正義》，對經書作出了國家層面的權威闡釋，《周易》是為其首；科舉制度規範了仕進途徑，明確了科試書目，《周易》是為其中重要組成部分。如此一來，天下士人目標明確，心有定準。科舉制度此一卓越的人才拔擢機制的發展和完善，對中國傳統社會政治制度、文化體系和價值觀念產生了深遠的影響。

2.2.1　白居易宗族的科舉成就和仕歷

一、唐代科舉制度基本情況

　　科舉制度在唐代得到發展和強化，成為拔擢官員的主要途徑。貞元二十年（804），白居易在長安，為秘書省校書郎，作《泛渭賦》述科考之盛，其辭曰：

> 　　及帝纘位之二紀分，命高與鄭為鹽梅。二賢分爰立，四門分大
> 開。凡讀儒書與履儒行者，率充賦而四來。雖片藝而必收分，故不
> 棄予之小才。〔註82〕

　　科試內容以儒家經典為主，其中號為「群經之首」「大道之源」的《周易》成為士子研習與考官出題的重要內容。《舊唐書・高宗皇帝本紀》曰：

> 　　三月壬子朔，頒孔穎達《五經正義》於天下，每年明經令依此
> 考試。〔註83〕

　　《新唐書・百官三》曰：

〔註82〕〔唐〕白居易著，謝思煒校注，《白居易文集校注》，第1版，北京：中華書局，2011年版，第6頁。

〔註83〕〔後晉〕劉昫等撰，《舊唐書》，第1版，北京：中華書局，1975年版，第71頁。

　　　　國子學：五經博士各二人，正五品上。掌以其經之學教國子。
　　《周易》、《尚書》、《毛詩》、《左氏春秋》、《禮記》為五經，《論語》、
　　《孝經》、《爾雅》不立學官，附中經而已。〔註84〕

《唐六典》曰：

　　　　國子監：……凡教授之經，以《周易》、《尚書》、《周禮》、《儀
　　禮》、《禮記》、《毛詩》、《春秋左氏傳》、《公羊傳》、《穀梁傳》各為
　　一經；《孝經》、《論語》、《老子》，學者兼習之。〔註85〕

科試以「明經」與「進士」為重，《通典・選舉三》曰：

　　　　（開元二十四年以後，復有此舉。其時以進士漸難，而秀才本
　　科無帖經及雜文之限，反易於進士）……自是士族所趣嚮，唯明經、
　　進士二科而已。〔註86〕

關於明經與進士的登第標準和等次，《唐六典》曰：

　　　　凡貢舉人有博識高才，強學待問，無失後選者，為秀才；通二
　　經已上者，為明經；明閑時務，精熟一經者，為進士……凡貢人行
　　鄉飲酒之禮，牲用少牢。若州縣春、秋二社及釋奠之禮，亦皆以少
　　牢。〔註87〕

　　貢舉人才通二經以上為「明經」，尚停留於理論研修層面。明達體用於時
務實學且精熟一經，則為「進士」，可見進士必須為理論與實踐緊密結合方能
登第。貢舉人才為薦「天官」，典禮具有明確規定，甚為莊重、盛大，表現出
朝野對人才事業的高度重視。

　　明經是選拔下層官吏的重要途徑。唐德宗時，顧少連（741～803）曾任
吏部尚書，其《請以口問經義錄於紙上以便依經疏對奏》曰：「伏以取士之
科，以明經為首。」〔註88〕唐德宗時權德輿（759～818）官曆太常博士、左

〔註84〕〔北宋〕歐陽修，宋祁等撰，《新唐書》，第1版，北京：中華書局，1975年
　　　　版，第1266頁。
〔註85〕〔唐〕李林甫等撰，《唐六典》，第1版，北京：中華書局，1992年版，第558
　　　　頁。
〔註86〕〔唐〕杜佑撰，王文錦、王永興、劉俊文等點校，《通典》，第1版，北京：
　　　　中華書局，1988年版，第354頁。
〔註87〕〔唐〕李林甫等撰，《唐六典》，第1版，北京：中華書局，1992年版，第748
　　　　頁。
〔註88〕〔清〕董浩等撰，《全唐文》，第1版，北京：中華書局，1982年版，第5221
　　　　頁。

補闕、兼制誥、中書舍人、禮部侍郎，曾三次知貢舉，其《答柳福州書》曰：
「且明經者，仕進之多數也。」〔註89〕

　　明經即可為官，進士更是鳳毛麟角更為貴重，是為清選。五代王定保《唐摭言·散序進士》載：

　　　　進士科始於隋大業中，盛於貞觀、永徽之際；縉紳雖位極人臣，
　　　　不由進士者，終不為美，以至歲貢不減八九百人。其推重謂之「白
　　　　衣公卿」，又曰「一品白衫」；其艱難謂之「三十老明經，五十少進
　　　　士」；其負倜儻之才，變通之術，蘇、張之辨說，荊、聶之膽氣，仲
　　　　由之武勇，子房之籌畫，弘羊之書計，方朔之詼諧，咸以是而晦之，
　　　　修身慎行，雖處子之不若；其有老死於文場者，亦所無恨。故有詩
　　　　云：「太宗皇帝真長策，賺得英雄盡白頭。」〔註90〕

　　進士一科創始於隋煬帝大業年間，在唐太宗、高宗時代大盛。進士集天下才學智慧、籌策謀略之精華，引領潮流，天下矚目。朝野以登進士第為美，高官以非進士出身為恨。《新唐書·選舉志》曰：

　　　　大抵眾科之目，進士尤為貴，其得人亦最為盛焉。方其取以辭
　　　　章，類若浮文而少實；及其臨事設施，奮其事業，隱然為國名臣者，
　　　　不可勝數，遂使時君篤意，以謂莫此之尚。」〔註91〕

　　進士聲望之高、品望之重，無與倫比，無不具有奮其智能、建功立業的良機，儼然是位極人臣的階梯。《通典·選舉三》曰：

　　　　其進士，大抵千人得第者百一二；明經倍之，得第者十一二。
　　　　其制詔舉人，不有常科，皆標其目而搜揚之。試之日，或在殿廷，
　　　　天子親臨觀之。試已，糊其名於中考之，文策高者特授以美官，其
　　　　次與出身。開元以後，四海晏清，士無賢不肖，恥不以文章達，其
　　　　應詔而舉者，多則二千人，少猶不減千人，所收百纔有一……（禮
　　　　部員外郎沈既濟曰：「……故太平君子唯門調戶選，徵文射策，以取
　　　　祿位，此行己立身之美者也。父教其子，兄教其弟，無所易業，大

〔註89〕〔清〕董浩等撰，《全唐文》，第1版，北京：中華書局，1982年版，第4994頁。
〔註90〕〔五代〕王定保撰，陽羨生校點，《唐摭言》，第1版，上海：上海古籍出版社，2012年版，第3頁。
〔註91〕〔北宋〕歐陽修，宋祁等撰，《新唐書》，第1版，北京：中華書局，1975年版，第1159頁。

者登臺閣，小者仕郡縣，資身奉家，各得其足，五尺童子，恥不言
文墨焉。是以進士為士林華選，四方觀聽，希其風采，每歲得第之
人，不浹辰而周聞天下。）」〔註92〕

進士「得第者百一二」，非出乎其類、拔乎其萃莫能問津。然則甫登進士
身價百倍，頃刻成為人中翹楚、域內精英。等次高者即授以「美官」，次者亦
為朝廷儲才，隨時擢用。一時間彷彿一馬平川，前途無量，故此普天之下趨
之若鶩。登第士子極具尊榮，非但光耀門楣、遺澤後世，而且推榮鄉里、提振
地方，實在是令人傾羨不已。如此一來，略有餘力則勉學晉身，成為普天之
下的共識。

唐太宗通過科舉考試廣泛搜羅人才，史家劉昫謂太宗求才若渴，《舊唐
書·太宗本紀》論曰：

> 拔人物則不私於黨，負志業咸盡其才。〔註93〕

唐太宗一朝，多次頒布求才詔制，務使才為國用、野無遺賢。貞觀十一
年四月頒《採訪孝悌儒術等詔》曰：

> 朕以寡薄，嗣守鴻基，實資多士，共康庶政，虛己側席，為日
> 已久……其有孝悌淳篤，兼閑時務，儒術該通，可為師範；文詞秀
> 美，才堪著述；明識治體，可委字民；並志行修立，為鄉閭所推者：
> 舉送洛陽宮。□給傳乘，優禮發遣，當隨其器能，擢以不次。若有
> 老病不堪入朝者，具以名聞，庶巖穴靡遺，俊乂可致，務盡搜揚之
> 道，稱朕意焉。〔註94〕

貞觀十五年頒《求訪賢良限來年二月集泰山詔》曰：「庶獨往之夫，不遺
於板築；藏器之士，方升於廊廟。務得奇偉，稱朕意焉。」〔註95〕貞觀十八
年二月頒《薦舉賢能詔》曰：「朕遐想千載，旁覽九流。詳求布政之方，莫若
薦賢之典……朕緬懷曩烈，虛己英奇。斷斷之士，必升於廊廟；九九之術，不

〔註92〕〔唐〕杜佑撰，王文錦、王永興、劉俊文等點校，《通典》，第1版，北京：
中華書局，1988年版，第357，358頁。

〔註93〕〔後晉〕劉昫等撰，《舊唐書》，第1版，北京：中華書局，1975年版，第63
頁。

〔註94〕〔宋〕宋敏求編，《唐大詔令集》，第1版，北京：中華書局，2008年版，第
518頁。

〔註95〕〔宋〕宋敏求編，《唐大詔令集》，第1版，北京：中華書局，2008年版，第
518頁。

棄於閭閻。」〔註96〕貞觀二十一年六月頒《搜訪才能詔》曰:「高明之天,資星辰以麗象;博厚之地,藉川嶽而成形。況帝王體元立極,臨馭萬物,字養生靈者乎……是以馭朽臨冰,銘心自戒。宵興旰食,側席思賢。庶欲博訪丘園,採搜英俊,弼我王道,臻於大化焉。」〔註97〕帝王具有唯才是舉的真誠願望,輔之以一系列行之有效的行政措施,天下士子唯恐業之不精、學而不明,不懼出身卑微、懷才不用。如此一來,順理成章地形成了貞觀之世人才鼎盛局面。五代王定保《唐摭言·述進士上篇》曰:

> 蓋文皇帝修文偃武,天贊神授,嘗私幸端門,見新進士綴行而
> 出,喜曰:「天下英雄入吾彀中矣!」若乃光宅四夷,垂祚三百,何
> 莫由斯之道者也。〔註98〕

科舉制度不重門第譜牒,相對公平、公正,充分拓寬了人才選拔範圍、士人進取渠道。崇儒力學人士不必憂心於門第清寒、名位卑微,得以安心鑽研經典,有條不紊地學習典章制度,埋頭苦煉辭章文法以圖仕進。《唐摭言》論曰:

> 科第之設,沿革多矣。文皇帝撥亂反正,特盛科名,志在牢籠
> 英彥。邇來林棲谷隱,櫛比鱗差,美給華資,非第勿處;雄藩劇郡,
> 非第勿居。斯乃名實相符,亨達自任,得以惟聖作則,為官擇人。
> 有其才者,靡捐於甕牖繩樞;無其才者,詎系於王孫公子!莫不理
> 推畫一,時契大同。垂三百年,擢士眾矣。〔註99〕

科舉制度作為先進的人才拔擢機制,垂一千三百餘年,意義極為深遠。科舉制度在形式上實現了社會公平,對黎民百姓參與國政產生了巨大推動效應,對社會政治結構的合理和完善產生了積極影響。科舉制度使得普天下百姓對自身的價值具有了較之前代更為深刻的認識,若勤勉力學,則具有參與國政的機會,並可藉此改變個人、家庭和宗族的命運。科舉制度通過競爭擇

〔註96〕〔宋〕宋敏求編,《唐大詔令集》,第 1 版,北京:中華書局,2008 年版,第
　　　519 頁。

〔註97〕〔宋〕宋敏求編,《唐大詔令集》,第 1 版,北京:中華書局,2008 年版,第
　　　519 頁。

〔註98〕〔五代〕王定保撰,陽羨生校點,《唐摭言》,第 1 版,上海:上海古籍出版
　　　社,2012 年版,第 2 頁。

〔註99〕〔五代〕王定保撰,陽羨生校點,《唐摭言》,第 1 版,上海:上海古籍出版
　　　社,2012 年版,第 28,29 頁。

優取士，平等價值觀逐漸形成，社會固化的等級差異帶來的憤懣與憂怨獲得良好的化解渠道，對社會穩定與文化繁榮具有重要的意義。

二、白居易宗族的科舉成就和仕歷

白居易深受儒家文化薰陶，與其家族世敦儒業密切相關，更與隋、唐以降社會政治趨向直接相關聯。歷經魏晉南北朝時期的分裂與政權頻繁更替，儒道浸微，思想混亂，天下思定。為避免重蹈魏晉南北朝時代國祚短暫、喪身滅族的覆轍，統一思想實為穩定政權的必然選擇。歷經多年戰亂兼之隋、唐制度的限制，世族、門閥體制已然衰微。隨著科舉制度的確立和興盛，士人意欲仕進主要經過科考此一途徑，白居易宗族自然也不例外。白居易宗族通過科舉考試步入仕途者人數甚多，白居易祖、父輩三明經、一鄉貢進士，同輩三進士的科試成就實為碩果累累。白居易祖父白鍠、外祖父陳潤、父親白季庚均為明經出身，叔父白季平為鄉貢進士。白居易與胞弟白行簡、從祖弟白敏中均為進士出身。白氏三代科舉考試均有所獲，就唐代科試書目來看，《周易》的研習不可或缺。白居易父祖輩雖多為中下層官吏，至白居易一代則大有成就，為帝王所倚重。

白居易在《故鞏縣令白府君事狀》陳述祖父白鍠事蹟，曰：

> 公諱鍠，字確鍾，都官郎中第六子。幼好學，善屬文，尤工五言詩，有集十卷。年十七，明經及第。解褐授鹿邑縣尉，洛陽縣主簿，酸棗縣令。理酸棗有善政。本道節度使令狐彰知而重之，秩滿奏授殿中侍御史內供奉，賜緋魚袋、充滑臺節度參謀。軍府之要，多諮度焉。居歲餘，公嘗規彰之失，彰不聽，公因留一書移彰，不辭而去。明年，選授河南府鞏縣令，在任三考。自鹿邑至鞏縣，皆以清直靜理聞於一時。公為人沉厚和易，寡言多可。至於涉是非、關邪正者，辨而守之，則確乎其不可拔也。大曆八年五月三日，遇疾殁於長安，春秋六十八……公有子五人。長子諱季庚，襄州別駕，事具後狀。次諱季般，徐洲沛縣令。次諱季軫，許州許昌縣令。次諱季寧，河南府參軍。次諱季平，鄉貢進士。〔註100〕

白居易祖父白鍠十七歲即明經及第，由此步入仕途，歷任縣尉、主簿、

〔註100〕〔唐〕白居易著，謝思煒校注，《白居易文集校注》，第 1 版，北京：中華書局，2011 年版，第 396 頁。

縣令，均有善政。後為侍御史、內供奉，賜緋魚袋。白居易謂祖父白鍠性「清直」「和易」「確乎其不可拔」。「和易」出自《禮記‧郊特牲》，孔穎達疏：「樂主和易，今奏此《肆夏》大樂者，示主人和易，嚴敬於賓也。」〔註101〕「確乎其不可拔」出自《周易‧文言》：「潛龍勿用何謂也？子曰：『龍德而隱者也。不易乎世，不成乎名；遯世無悶，不見是而無悶；樂則行之，憂則違之：確乎其不可拔，潛龍也。』」〔註102〕白居易父親、叔輩四人均有官職或科名。幺叔白季平雖未述官位，也具有「鄉貢進士」出身。白居易《泛渭賦序》曰：「右丞相高公之掌貢舉也，予以鄉貢進士舉及第。」〔註103〕白居易於貞元十六年（800）於中書侍郎高郢主試下應進士舉及第。《通典‧選舉三》曰：「其不在館學而舉者，謂之鄉貢。舊令諸郡雖一、二、三人之限，而實無常數……律曰：『諸貢舉非其人，（謂德行乖僻，不如舉狀者。）及應貢舉而不貢舉者，（謂才堪利用，蔽而不言也。）一人徒一年，二人加一等，罪止徒三年。』」〔註104〕可見白季平「鄉貢進士」亦屬於通曉經籍，才學德行出類拔萃的人物。

白居易《襄州別駕府君事狀》述父親白季庚事蹟，曰：

> 公諱季庚，字某，鞏縣府君之長子。天寶末，明經出身。解褐授蕭山縣尉，歷左武衛兵曹參軍，宋州司戶參軍。建中元年，授彭城縣令……德宗嘉之，命公自朝散郎超授朝散大夫，自彭城令擢拜本州別駕，賜緋魚袋，仍充徐泗觀察判官。故其制云：「今州將忠謀，翻然效順。叶其誠美，共贊良圖。我懸爵賞，俟茲而授。宜加佐郡之命，仍寵殊階之序。」貞元初，朝廷念公前功，加檢校大理少卿，依前徐州別駕、當道團練判官，仍知州事。故其制云：「嘗宰彭城，挈而歸國。舊勳若此，新寵蔑如。或不延厚於忠臣，將何勸於義士？宜崇亞列，再貳徐方。」秩滿，又除檢校大理少卿、兼衢州別駕。秩滿，本道觀察使皇甫政以公政績聞薦，又除檢校大理少卿、兼襄州別駕。貞

〔註101〕〔漢〕鄭玄注，〔唐〕孔穎達正義，呂友仁整理，《禮記正義》，第 1 版，上海：上海古籍出版社，2008 年版，第 1036 頁。

〔註102〕〔清〕阮元校刻，《十三經注疏‧周易正義》（清嘉慶刊本），第 1 版，北京：中華書局，2009 年版，第 26 頁。

〔註103〕〔唐〕白居易著，謝思煒校注，《白居易文集校注》，第 1 版，北京：中華書局，2011 年版，第 5 頁。

〔註104〕〔唐〕杜佑撰，王文錦、王永興、劉俊文等點校，《通典》，第 1 版，北京：中華書局，1988 年版，第 353，354 頁。

元十年五月二十八日，終於襄陽官舍，享年六十六。〔註105〕

白居易父親白季庚於天寶末年明經及第，歷任彭城縣令、朝散大夫、檢校大理少卿兼襄州別駕等官職。白季庚彭城縣令任上，本道節度使反叛，朝廷震動，白季庚與刺史李洧堅守徐州，身先士卒、晝夜抗敵，數十日救兵方至，得以保全地方，由此得到唐德宗嘉獎。

白居易在《襄州別駕府君事狀》中陳述其母事蹟，講述了自幼敦儒力學的過程，顯示出家庭教育的濃厚儒學氛圍，曰：

> 夫人潁川陳氏，陳朝宜都之後。祖諱璋，利州刺史。考諱潤，坊州酈城縣令。妣太原白氏。夫人無兄姊弟妹，八歲丁酈城府君之憂，居喪致哀，主祭盡敬，其情禮有過成人者。中外姻族，咸稱異之。十五歲事舅姑，服勤婦道，夙夜九年，迨於奉蒸嘗，睦娣姒，待賓客，撫家人，又三十三年，禮無違者。故中外凡為家婦者，皆景慕而儀刑焉。及別駕府君即世，諸子尚幼，未就師學。夫人親執《詩》《書》，晝夜教導，恂恂善誘，未嘗以一呵一杖加之。十餘年間，諸子皆以文學仕進，官至清近，實夫人慈訓所致也。夫人為女孝如是，為婦順如是，為母慈如是，舉三者而百行可知矣。〔註106〕

白居易母親為坊州酈城縣令陳潤之女，仁孝勤勉、知書達理，養育後輩、導示有方。白居易、白行簡、白敏中等均科考順通，實賴白居易母親慈訓之功。白居易外祖父陳潤，亦為明經出身。清代徐松《登科考記》曰：

> 明經科：陳潤。（《永樂大典》引《蘇州府志》：「陳潤是年舉明經，又中奇才異能科。」《唐詩記事》：「陳潤，大曆間人，終坊州酈城縣令，樂天之外祖也。」）〔註107〕

可見白居易宗族雖非豪門貴冑，卻也是歷代為官、世敦儒業，生活較為穩定。尤其是在以科考為仕進主要途徑的當時，白居易祖父白鍠、父親白季庚均為明經已是相當不易，兼有外祖父陳潤也為明經仕進，白居易母親為陳潤獨女，尤其知書達理、目光長遠，這就為白居易兄弟提供了良好的家庭儒

〔註105〕〔唐〕白居易著，謝思煒校注，《白居易文集校注》，第1版，北京：中華書局，2011年版，第402，403頁。

〔註106〕〔唐〕白居易著，謝思煒校注，《白居易文集校注》，第1版，北京：中華書局，2011年版，第403，404頁。

〔註107〕〔清〕徐松撰，趙守儼點校，《登科考記》，第1版，北京：中華書局，1984年版，第376頁。

學氛圍，為後輩科考仕進奠定了堅實的基礎。

　　白居易和胞弟白行簡、從弟白敏中一門三進士，白居易成為當時和後世名震寰宇的文章大家，白敏中官至宰輔之首，其家族提供了重要的條件。《舊唐書・白居易傳》曰：

> 白居易字樂天，太原人。北齊五兵尚書建之仍孫。建生士通，
> 皇朝利州都督。士通生志善，尚衣奉御。志善生溫，檢校都官郎中。
> 溫生鍠，歷酸棗、鞏二縣令。鍠生季庚，建中初為彭城令。時李正
> 己據河南十餘州叛。正己宗人洧為徐州刺史，季庚說洧以彭城歸國，
> 因授朝散大夫、大理少卿、徐州別駕，賜緋魚袋，兼徐泗觀察判官。
> 歷衢州、襄州別駕。自鍠至季庚，世敦儒業，皆以明經出身。季庚
> 生居易。初，建立功於高齊，賜田於韓城，子孫家焉，遂移籍同州。
> 至溫徙於下邽，今為下邽人焉。〔註108〕

　　白居易青少年時期，祖、父輩擔任中下層官吏，宗族具備力學仕進的經濟條件和儒學環境，但在朝廷之中並無人脈，不具備從才智學識之外，獲取政治地位的渠道，故此白居易唯有憑藉自身的發憤進取，方能一展宏圖。白居易《與元九書》曰：

> 初應進士時，中朝無緦麻之親，達官無半面之舊。策蹇步於利
> 足之途，張空拳於戰文之場。〔註109〕

　　白居易才思敏捷、翰采炳煥，其參加科舉考試前後經歷具有傳奇色彩，歷代傳為美談。唐代科舉有干謁溫卷之風，其價值尺度依然是文法詞章，形質辭令，是為承接六朝人物品藻遺風，成為科舉制度的輔助辦法。《唐才子傳》曰：

> （白居易）弱冠名未振，觀光上國，謁顧況。況，吳人，恃才
> 少所推可，因謔之曰：「長安百物皆貴，居大不易！」及覽詩卷，至
> 「離離原上草，一歲一枯榮，野火燒不盡，春風吹又生」，乃歎曰：
> 「有句如此，居天下亦不難。老夫前言戲之爾。」〔註110〕

〔註108〕〔後晉〕劉昫等撰，《舊唐書》，第 1 版，北京：中華書局，1975 年版，第
　　　　4340 頁。

〔註109〕〔唐〕白居易著，謝思煒校注，《白居易文集校注》，第 1 版，北京：中華書
　　　　局，2011 年版，第 325 頁。

〔註110〕傅璇琮主編，《唐才子傳校箋》（三），第 1 版，北京：中華書局，1990 年版，
　　　　第 3 頁。

　　溫卷此一特殊的形式，將士子真才實學從容公示於文壇翹楚、科考重臣、達官顯貴，依循此一渠道將詩文傳播民間，才識學力優劣付諸公議，規避一試而定高下的風險，亦可視為當時力求公平的途徑之一。〔註111〕白居易科考通順固然與稔熟儒家經典相關，從拜謁顧況看來，其謀求宦達之迫切願望，所採用之方式與謀略，亦深受典型的儒家進取思維所驅使，符合當時流行的干謁、溫卷風氣。《唐摭言》有《載應不捷聲價益振》篇，曰：

　　　　貞元中，樂天應宏辭，試《漢高祖斬白蛇》賦，考落。蓋賦有「知我者謂我斬白帝，不知我者謂我斬白蛇」也。然登科之人，賦並無聞，白公之賦，傳於天下也。論曰：無義而生，不若有義而死；邪曲而得，不若正直而失。雖抱屈於一時，竟垂裕於千載者，豈得之矣。比夫天地無全功，聖人無全能者，白得之矣。〔註112〕

　　白居易的科考經歷，並非一帆風順。白居易落第而以賦名震天下，及第者卻默默無聞，可見天道無私，常與善人之理不虛。白居易勤勉奮發、磨煉砥礪，備嘗艱辛，其《元九書》自述曰：

　　　　十五六始知有進士，苦節讀書。二十已來，晝課賦，夜課書，間又課詩，不遑寢息矣。以至於口舌成瘡，手肘成胝，既壯而膚革不豐盈，未老而齒髮早衰白。瞥瞥然如飛蠅垂珠在眸子中也，動以萬數。蓋以苦學力文所致，又自悲矣。〔註113〕

〔註111〕唐代薛用弱《集異記》載王維應考，可見干謁溫卷之風的流行：「王維右丞，年未弱冠，文章得名。性閑音律，妙能琵琶，遊歷諸貴之間，尤為岐王之所眷重。時進士張九皋聲稱籍甚。客有出入於公主之門者，為其致公主邑司牒京兆試官，令以九皋為解頭。維方將應舉，具其事言於岐王，仍求庇借。岐王曰：「貴主之強，不可力爭，吾為子畫焉。子之舊詩清越者，可錄十篇，琵琶之新聲怨切者，可度一曲，後五日當詣此。」維即依命，如期而至……公主尤異之，則曰：「子有所為文乎？」維即出獻懷中詩卷。公主覽讀，驚駭曰：「皆我素所誦習者，常謂古人佳作，乃子之為乎？」因令更衣，升之客右。維風流蘊藉，語言諧戲，大為諸貴之所親矚。岐王因曰：「若使京兆今年得此生為解頭，誠為國華矣。」公主乃曰：「何不遣其應舉？」岐王曰：「此生不得首薦，義不就試，然已承貴主論託張九皋矣。」公主笑曰：「何預兒事，本為他人所託。」顧謂維曰：「子誠取解，當為子力。」維起謙謝。公主則召試官至第，遣宮婢傳教。維遂作解頭，而一舉登第。」〔唐〕谷神子撰，《博物志》·〔唐〕薛用弱撰，《集異記》·第1版，北京：中華書局，1980年版，第9、10頁。

〔註112〕〔五代〕王定保撰，陽羨生校點，《唐摭言》，第1版，上海：上海古籍出版社，2012年版，第69頁。

〔註113〕〔唐〕白居易著，謝思煒校注，《白居易文集校注》，第1版，北京：中華書

艱難困苦，玉汝於成。苦學終歸物有所值，白居易「十年之中，三登科第」，可謂實至名歸，《唐摭言·慈恩寺題名遊賞賦詠雜記》曰：

> 白樂天一舉及第，詩曰：「慈恩塔下題名處，十七人中最少年。」樂天時年二十七。省試《性習相近遠賦》，《玉水記方流》詩，攜之謁李涼公逢吉。公時為校書郎，於時將他適。白遽造之，逢吉行攜行看，初不以為意；及覽賦頭，曰：「噫！下自人上，達由君成；德以慎立，而性由習分。」逢吉大奇之，遂寫二十餘本。其日，十七本都出。〔註114〕

貞元十六年（800年），白居易二十九歲，中進士，首次登第；〔註115〕貞元十九年（803年），以「書判拔萃科」登第，授「秘書省校書郎」，再次登第；〔註116〕憲宗元年（806年），白居易應「才識兼茂明於體用科」，以「對策語直」再登第，授盩厔尉，是為三登科第。〔註117〕白居易通過科考成名和躋身官宦，在其詩文中多次述及。元和十一年（816），白居易在江州，作白居易《答故人》詩曰：「自從筮仕來，六命三登科。顧慚虛劣姿，所得亦已多」〔註118〕「筮仕」指將出為官，卜問吉凶，亦指初出做官。「六命」為王之卿，是為近臣。《周禮·春官·典命》曰：「王之三公八命，其卿六命，其大夫四命。」〔註119〕約於元和十二（817）至十三年（818）間，白居易在江州，作《垂釣》詩曰：「臨水一長嘯，忽思十年初。三登甲乙第，一入承明廬」〔註120〕「承明廬」為侍臣直宿居所。白居易《與元九書》言及科考仕進歷程，頗為自得，曰：

局，2011年版，第324頁。

〔註114〕〔五代〕王定保撰，陽羨生校點，《唐摭言》，第1版，上海：上海古籍出版社，2012年版，第28頁。

〔註115〕朱金城著，《白居易年譜》，第1版，上海：上海古籍出版社，1982年版，第20頁。

〔註116〕朱金城著，《白居易年譜》，第1版，上海：上海古籍出版社，1982年版，第25頁。

〔註117〕朱金城著，《白居易年譜》，第1版，上海：上海古籍出版社，1982年版，第36頁。

〔註118〕謝思煒撰，《白居易詩集校注》，第1版，北京：中華書局，2006年版，第599頁。

〔註119〕〔漢〕鄭玄注，〔唐〕賈公彥疏，彭林整理，《周禮注疏》，第1版，上海：上海古籍出版社，2010年版，第786頁。

〔註120〕謝思煒撰，《白居易詩集校注》，第1版，北京：中華書局，2006年版，第635頁。

十年之間，三登科第。名入眾耳，跡升清貫。出交賢俊，入侍

晃旒。〔註121〕

欲得不朽之名，須有驚天之作，白居易既有此才，因得順遂此願。白居

易之進士名號絕非虛授，真真切合「明閒時務」「才識兼茂明於體用」的標準，

盩厔尉任上即以憂勞國政、訪民疾苦的樂府詩嶄露頭角。《資治通鑒》曰：

（憲宗元和二年十一月）盩厔尉、集賢校理白居易作樂府及詩

百餘篇，規諷時事，流聞禁中；上見而悅之，召入翰林學士。〔註122〕

白居易憑藉才識出眾，兼之體恤民情、心繫國家，為憲宗所青睞，拔擢

於前。自此白居易榮膺帝王清貴近臣之職，其波瀾壯闊、起伏跌宕的政治生

涯徐徐展開。

唐宣宗李忱《弔白居易》曰：

綴玉聯珠六十年，誰教冥路作詩仙。浮雲不繫名居易，造化無

為字樂天。童子解吟長恨曲，胡兒能唱琵琶篇。文章已滿行人耳，

一度思卿一愴然。〔註123〕

唐宣宗李忱從帝王至尊的高度，充分肯定了白居易詩文的崇高地位。白

居易憑藉自身的不懈努力，兼之心緒端正、稟賦超群，儒家精神充溢內心世

界，一腔報國熱誠溢於言表，方能不拘泥於辭章翰墨之精巧，而是緊密貼近

社會現實生活，高度關注國計民生，在詩文中注入深刻的思想內容，故此能

夠引起唐憲宗的垂青，獲取清貴之位，在政壇、文壇一展宏圖，為後世所激

賞。

白居易胞弟白行簡（776～826）於元和二年（807）進士及第，〔註124〕

《舊唐書·白行簡傳》曰：

行簡字知退。貞元末，登進士第，授秘書省校書郎。元和中，

盧坦鎮東蜀，辟為掌書記。府罷，歸潯陽。居易授江州司馬，從兄

之郡。十五年，居易入朝為尚書郎，行簡亦授左拾遺，累遷司門員

〔註121〕 〔唐〕白居易著，謝思煒校注，《白居易文集校注》，第1版，北京：中華書
局，2011年版，第325頁。

〔註122〕 〔宋〕司馬光撰，《資治通鑒》，第1版，北京：中華書局，1956年版，第
7646頁。

〔註123〕 〔清〕彭定求集，《全唐詩》，第1版，北京：中華書局，1960年版，第49
頁。

〔註124〕 朱金城著，《白居易年譜》，第1版，上海：上海古籍出版社，1982年版，第
38頁。

　　外郎、主客郎中。長慶末，振武奏水運營田使賀拔志言營田數過實，
　　詔令行簡按覆之，不實，志懼，自刺死。行簡寶曆二年冬病卒，有
　　文集二十卷。行簡文筆有兄風，辭賦尤稱精密，文士皆師法之。居
　　易友愛過人，兄弟相待如賓客，行簡子龜兒，多自教習，以至成名。
　　當時友悌，無以比焉。〔註125〕

　　白行簡從白居易讀書交遊，兄弟二人感情至深。白行簡文章筆法類似於
白居易，以辭賦精密為文士師法，可見白行簡亦為不可多得的翰苑良才。白
行簡寶曆二年（826）卒，51 歲。白居易無子，視白行簡子龜兒若己出，言傳
身教至其成名。

　　白居易從弟白敏中（792 年～861 年）長慶二年（822 年）進士登第，
〔註126〕《舊唐書・白敏中傳》曰：

　　　　敏中字用晦，居易從父弟也。祖鏻，位終揚府錄事參軍。父季
　　康，溧陽令。敏中少孤，為諸兄之所訓厲。長慶初，登進士第……
　　武宗皇帝素聞居易之名，及即位，欲徵用之，宰相李德裕言居易衰
　　病不任朝謁，因言從弟敏中辭藝類居易，即日知制誥，召入翰林充
　　學士，遷中書舍人。累至兵部侍郎、學士承旨。會昌末，同平章事，
　　兼刑部尚書、集賢史館大學士。宣宗即位，加右僕射、金紫光祿大
　　夫、太清宮使、太原郡開國公、食邑二千戶。及李德裕再貶嶺南，
　　敏中居四輔之首，雷同毀譽，無一言伸理，物論罪之。五年，罷相，
　　檢校司空，出為邠州刺史、邠寧節度、招撫党項都制置等使。七年，
　　進位特進、成都尹、劍南西川節度副大使、知節度等事。十一年二
　　月，檢校司徒、平章事、江陵尹、荊南節度使。懿宗即位，徵拜司
　　徒、門下侍郎、平章事，復輔政。尋加侍中。三年罷相，為河中尹、
　　河中晉絳節度使。累遷中書令。太子太師致仕卒。〔註127〕

　　白敏中官至兵部侍郎、學士承旨，曾居四輔之首。白敏中自幼失怙，為
白居易等兄長扶持成立，其起於微末小吏，經由不斷進取，累遷至宰輔之首，

〔註125〕〔後晉〕劉昫等撰，《舊唐書》，第 1 版，北京：中華書局，1975 年版，第
　　　　4358 頁。
〔註126〕朱金城著，《白居易年譜》，第 1 版，上海：上海古籍出版社，1982 年版，第
　　　　129 頁。
〔註127〕〔後晉〕劉昫等撰，《舊唐書》，第 1 版，北京：中華書局，1975 年版，第
　　　　4358 頁。

亦可為勵志範例。從中晚唐黨爭熾烈的政治局面看來，各派勢力內部相互奧援，對外競相攻訐，白敏中後期居於高位，處於政治漩渦中心位置，的確難於獨善其身，以至於後世對其評價不一。無論如何，在當時社會歷史條件下，遷居高位，得以全軀善終，則必然有其過人之處。〔註128〕

　　白居易祖、父輩三明經、一鄉貢進士，可見其宗族濃厚的儒學氛圍。社會政治因素與家族環境的疊加，至白居易一代則兄弟三人同為進士，均有成就。白居易被譽為文壇「元和主盟」、文章「實重過於六典」，以參政奮不顧身、直言極諫、詩文流於人口而名垂青史；弟白行簡「文筆有兄風」，為當時儒林普遍推重，士子競相效法；從弟白敏中因「辭藝類居易」而拔擢，官至宰輔之首，可見白氏宗族在當時實在是名滿寰區的儒學世家。《周易》為明經、進士之必考書目，可以見出白居易宗族人等當對《周易》等儒家經典深研細琢，方能於眾多英才之中傲視群倫，經由科舉脫穎而出。

2.2.2　白居易科考所作策、判、賦、詩與《周易》的關係

　　白居易青少年時代，其父祖輩雖經由科考仕進，但僅只作為中下層官吏，並無較高社會地位。宗族的昌盛，有待後輩。作為儒家子弟，白居易具有延續儒風、振興祖業的職分。白居易器宇非凡，天資聰穎、秉賦清奇，靈根慧性卓然超群，又具有父祖輩長久積累和鋪墊，借助科舉考試以晉身，成為白居易進入社會上層的必然選擇。

　　《周易》為「明經」「進士」的重要書目，唐代科舉試題常出於《周易》。白居易參加科舉考試所作策、賦、詩，多與《周易》相關聯，白居易援引《周易》理論思想進行論述，可以見出白居易對《周易》研習深透。貞元十六年（800），白居易二十九歲，在長安，應進士考，作策五道、賦一篇、詩一首，藉此登進士第。〔註129〕

　　《禮部試策五道·第一道》曰：

　　　　問：……若驅彼齊人，強以周索，牲盛布帛，必由己出，無乃物力有限，地宜不然，而匱神廢禮，誰曰非闕？且使日中為市，貿遷有無者，更何事焉？

〔註128〕關於白敏中的仕歷和評價，參見孫芬慧《白敏中神道碑與歷史記載》，《蘭臺世界》，2005年第11期第70，71頁。

〔註129〕朱金城著，《白居易年譜》，第1版，上海：上海古籍出版社，1982年版，第20頁。

對：……夫先王酌教本，提政要，莫先乎任土辨物，簡能易從，然後立為大中，垂之不朽也……且聖人辨九土之宜，別四人之業，使各利其利焉，各適其適焉。猶懼生生之物不均也，故日中為市，交易而退，所以通貨食，遷有無，而後各得其所矣。由是言之，則《大易》致人之制，《周官》勸人之典，《論語》利人之利，三科具舉，有條而不紊矣。謹對。〔註 130〕

「《大易》」即《周易》。「辨物」出自《周易‧繫辭下》：「開而當名辨物，正言斷辭則備矣。」〔註 131〕「簡能易從」出自《周易‧繫辭上》：「乾以易知，坤以簡能；易則易知，簡則易從；易知則有親，易從則有功。」〔註 132〕「生生」出自《周易‧繫辭上》：「生生之謂易。」〔註 133〕「日中為市」出自《周易‧繫辭下》「日中為市，致天下之民，聚天下之貨，交易而退，各得其所，蓋取諸《噬嗑》。」〔註 134〕

《禮部試策五道‧第二道》曰：

問：……《易》稱：「利用安身，以崇德也。」而《語》云：「無求生以害仁，有殺身以成仁。」若然，則明哲者不成仁歟？殺身者非崇德歟？

對：……蓋否與泰各繫於時也，生與死同歸於道也。由斯而觀，則非謂崇德者不為成仁，殺身者不為明哲矣。鳴呼！聖王立教，同出而異名，君子行道，百慮而一致。亦猶水火之相庚，同根於冥數，共濟於人用也。亦猶寒暑之相反，同本於元氣，共濟於歲功也。〔註 135〕

〔註 130〕〔唐〕白居易著，謝思煒校注，《白居易文集校注》，第 1 版，北京：中華書局，2011 年版，第 425，426 頁，參見附錄 1 第 1 條。

〔註 131〕〔清〕阮元校刻，《十三經注疏‧周易正義》（清嘉慶刊本），第 1 版，北京：中華書局，2009 年版，第 185 頁。

〔註 132〕〔清〕阮元校刻，《十三經注疏‧周易正義》（清嘉慶刊本），第 1 版，北京：中華書局，2009 年版，第 157 頁。

〔註 133〕〔清〕阮元校刻，《十三經注疏‧周易正義》（清嘉慶刊本），第 1 版，北京：中華書局，2009 年版，第 162 頁。

〔註 134〕〔清〕阮元校刻，《十三經注疏‧周易正義》（清嘉慶刊本），第 1 版，北京：中華書局，2009 年版，第 180 頁。

〔註 135〕〔唐〕白居易著，謝思煒校注，《白居易文集校注》，第 1 版，北京：中華書局，2011 年版，第 429，430 頁，參見附錄 1 第 2 條。

　　試題直接點明出自《周易》，《周易·繫辭下》曰：「精義入神，以致用也；利用安身，以崇德也。」〔註136〕「否與泰」出自《雜卦》：「否泰，反其類也。」〔註137〕「崇德」出自《周易·繫辭下》：「利用安身，以崇德也。」〔註138〕「百慮而一致」出自《周易·繫辭下》：「子曰：『天下何思何慮？天下同歸而殊塗，一致而百慮。』」〔註139〕

　　《禮部試策五道·第三道》曰：

　　　　問：聖哲垂訓，言微旨遠。至於禮樂之同天地，易簡之在《乾》《坤》，考以何文？徵於何象？

　　　　對：……上下之大同大和，由禮樂之馴致也。易簡之在《乾》《坤》者，其象可得而徵也，豈不以《乾》以柔克而運四時，不言而善應？《坤》以陰騭而生萬物，不爭而善勝？柔克不言之謂易，陰騭不爭之謂簡。簡易之道，不其然乎？〔註140〕

　　「三易」之一為「易簡」，《周易·繫辭上》曰：「易簡，而天下之理得矣；天下之理得，而成位乎其中矣。」〔註141〕「大和」出自《周易·乾·彖》：「乾道變化，各正性命，保合大和，乃利貞。」〔註142〕「馴致」出自《周易·坤·象》：「履霜堅冰，陰始凝也；馴致其道，至堅冰也。」〔註143〕「乾」「坤」「剛柔」「陰騭」等均與《周易》思想密切相關。

　　《禮部試策五道·第四道》曰：

　　　　問：天地有常道，日月有常度，水火草木有常性，皆不易之理

〔註136〕〔清〕阮元校刻，《十三經注疏·周易正義》（清嘉慶刊本），第1版，北京：中華書局，2009年版，第182頁。

〔註137〕〔清〕阮元校刻，《十三經注疏·周易正義》（清嘉慶刊本），第1版，北京：中華書局，2009年版，第202頁。

〔註138〕〔清〕阮元校刻，《十三經注疏·周易正義》（清嘉慶刊本），第1版，北京：中華書局，2009年版，第182頁。

〔註139〕〔清〕阮元校刻，《十三經注疏·周易正義》（清嘉慶刊本），第1版，北京：中華書局，2009年版，第182頁。

〔註140〕〔唐〕白居易著，謝思煒校注，《白居易文集校注》，第1版，北京：中華書局，2011年版，第432，433頁，參見附錄1第23條。

〔註141〕〔清〕阮元校刻，《十三經注疏·周易正義》（清嘉慶刊本），第1版，北京：中華書局，2009年版，第157頁。

〔註142〕〔清〕阮元校刻，《十三經注疏·周易正義》（清嘉慶刊本），第1版，北京：中華書局，2009年版，第23，24頁。

〔註143〕〔清〕阮元校刻，《十三經注疏·周易正義》（清嘉慶刊本），第1版，北京：中華書局，2009年版，第32頁。

也……

　　對：原夫元氣運而至精分，三才立而萬物作。惟天地日月暨水火草木，度數情性，各有其常。其隨事應物而邊變者，斯人之所感也……蓋品匯之生，則守其常性也；精誠之至，則感而常通也。靜守常性，動隨常通，是道可於物而非常於一道也。夫如是，則兩儀之道，七曜之度，萬物之性，可察矣，可信矣。夫何疑焉？謹對。〔註144〕

「不易」出自《恒·象》：「雷風，恒；君子以立不易方。」〔註145〕孔穎達《論易之三名》：「『不易』者，言天地定位不可相易。」〔註146〕「至精」出自《周易·繫辭上》：「非天下之至精，其孰能與於此？」〔註147〕「三才」出自《周易·繫辭下》：「《易》之為書也，廣大悉備：有天道焉，有人道焉，有地道焉。兼三才而兩之，故六。」〔註148〕《周易·咸·彖》：「觀其所感，而天地萬物之情可見矣。」〔註149〕「感而常通」出自《周易·繫辭上》：「《易》無思也，無為也，寂然不動，感而遂通天下之故。非天下之至神，其孰能與於此？」〔註150〕「兩儀」出自《周易·繫辭上》曰：「是故《易》有太極，是生兩儀。」〔註151〕「常道」「常度」「常性」等均出自《周易》或與相關聯。

　　《禮部試策五道·第五道》曰：

　　　　問：……今者若官司上聞，追葺舊制，以時斂散，以均貴賤，

〔註144〕〔唐〕白居易著，謝思煒校注，《白居易文集校注》，第1版，北京：中華書局，2011年版，第436，437頁，參見附錄1第24條。

〔註145〕〔清〕阮元校刻，《十三經注疏·周易正義》（清嘉慶刊本），第1版，北京：中華書局，2009年版，第97頁。

〔註146〕〔清〕阮元校刻，《十三經注疏·周易正義》（清嘉慶刊本），第1版，北京：中華書局，2009年版，第15頁。

〔註147〕〔清〕阮元校刻，《十三經注疏·周易正義》（清嘉慶刊本），第1版，北京：中華書局，2009年版，第167頁。

〔註148〕〔清〕阮元校刻，《十三經注疏·周易正義》（清嘉慶刊本），第1版，北京：中華書局，2009年版，第188頁。

〔註149〕〔清〕阮元校刻，《十三經注疏·周易正義》（清嘉慶刊本），第1版，北京：中華書局，2009年版，第95頁。

〔註150〕〔清〕阮元校刻，《十三經注疏·周易正義》（清嘉慶刊本），第1版，北京：中華書局，2009年版，第167頁。

〔註151〕〔清〕阮元校刻，《十三經注疏·周易正義》（清嘉慶刊本），第1版，北京：中華書局，2009年版，第169頁。

其於美利不亦多乎？

　　對：……夫天地之數無常，故歲一豐必一儉也。衣食之生有限，故物有盈則有縮也……當今將欲開美利利天下，以厚生生蒸人……可以均天時之豐儉，權生物之盈縮，修而行之，實百代不易之道也。虞災救弊，利物寧邦，莫斯甚焉。〔註152〕

　　論題針對紡績倉廩等黎民百姓切身事宜，論證斂散以時、均衡貴賤之道，白居易對如何處置「不足」與「有餘」的關係，避免穀賤傷農，以期災年活命表明了觀點。文中「無常」「盈縮」「美利」「生生」「利物」等思想，均與《周易》相關，《周易·繫辭下》：「上下無常，剛柔相易。」〔註153〕《周易·豐·彖》：日中則昃，月盈則食；天地盈虛，與時消息，而況於人乎？況於鬼神乎？〔註154〕《周易·文言》：「乾始能以美利利天下，不言所利，大矣哉。」〔註155〕《周易·繫辭上》曰：「生生之謂易。」〔註156〕《周易·文言》：「利物足以和義。」〔註157〕

　　白居易試策五道出題與對答均與《周易》具有直接聯繫，可見白居易對《周易》的深入理解，以至於達到運用自如、援筆成章的程度。白居易同時試《省試性習相近遠賦》賦一道，其辭曰：

　　習相遠者，豈不以殊途異致，乃差於千里？昏明波注，導為愚智之源；邪正歧分，開成理亂之軌。安得不稽其本，謀其始，觀所恒，察所以……是以君子稽古於時習之初，辨惑於成性之所。然則性者中之和，習者外之徇。中和思於馴致，外徇戒於妄進。非所習而習則性傷，得所習而習則性順。故聖與狂，由乎念與罔念；福與

〔註152〕〔唐〕白居易著，謝思煒校注，《白居易文集校注》，第1版，北京：中華書局，2011年版，第438，439頁，參見附錄1第25條。

〔註153〕〔清〕阮元校刻，《十三經注疏·周易正義》（清嘉慶刊本），第1版，北京：中華書局，2009年版，第187頁。

〔註154〕〔清〕阮元校刻，《十三經注疏·周易正義》（清嘉慶刊本），第1版，北京：中華書局，2009年版，第139頁。

〔註155〕〔清〕阮元校刻，《十三經注疏·周易正義》（清嘉慶刊本），第1版，北京：中華書局，2009年版，第29頁。

〔註156〕〔清〕阮元校刻，《十三經注疏·周易正義》（清嘉慶刊本），第1版，北京：中華書局，2009年版，第162頁。

〔註157〕〔清〕阮元校刻，《十三經注疏·周易正義》（清嘉慶刊本），第1版，北京：中華書局，2009年版，第25頁。

禍，在乎慎與不慎。慎之義，莫匪乎率道為本，見善而遷。觀炯誠
於既往，審進退於未然。〔註158〕

「殊途異致」「謀其始」「成性」「馴致」「見善而遷」等論述，均直接或間
接與《周易》相關聯，《周易‧訟‧象》曰：「君子以作事謀始。」〔註159〕《周
易‧繫辭上》曰：「成性存存，道義之門。」〔註160〕《周易‧益‧象》曰：「君
子以見善則遷，有過則改。」〔註161〕

白居易所試詩一首為《玉水記方流詩》，其辭曰：

良璞含章久，寒泉徹底幽。浮尹光灩灩，方折浪悠悠。凌亂波
紋異，縈迴水性柔。似風搖淺瀨，疑月落清流。潛穎應傍達，藏真
豈上浮。玉人如不記，淪棄即千秋。〔註162〕

起筆「含章」即出自《周易》，《周易‧坤》曰：「六三，含章可貞；或
從王事，無成有終。」白居易此詩主旨緊扣「含章可貞」本義及孔疏，《周
易‧坤‧象》曰：「含章可貞，以時發也；或從王事，知光大也。」孔穎達
疏曰：「『含章可貞，以時發』者，夫子釋『含章』之義，以身居陰極，不敢
為物之首，但內含章美之道，待時而發，是『以時發也』。『或從王事，知光
大』者，釋『無成有終』也。既隨從王事，不敢主成物始，但奉終而行，是
知慮光大，不自擅其美，唯奉於上。」〔註163〕良璞含章，寒泉陰極；浮尹
灩灩，潛穎旁達。白居易以玉比喻君子，《禮記‧聘義》曰：「夫昔者君子比
德於玉焉……浮尹旁達，信也。」〔註164〕「藏真」謂不為物首、待時而發；
「奉終而行」「不自擅其美，唯奉於上」表現在內斂於中的「豈上浮」，唯希

〔註158〕〔唐〕白居易著，謝思煒校注，《白居易文集校注》，第 1 版，北京：中華書
　　　局，2011 年版，第 25 頁，參見附錄 1 第 19 條。
〔註159〕〔清〕阮元校刻，《十三經注疏‧周易正義》（清嘉慶刊本），第 1 版，北京：
　　　中華書局，2009 年版，第 47 頁。
〔註160〕〔清〕阮元校刻，《十三經注疏‧周易正義》（清嘉慶刊本），第 1 版，北京：
　　　中華書局，2009 年版，第 163 頁。
〔註161〕〔清〕阮元校刻，《十三經注疏‧周易正義》（清嘉慶刊本），第 1 版，北京：
　　　中華書局，2009 年版，第 109 頁。
〔註162〕謝思煒撰，《白居易詩集校注》，第 1 版，北京：中華書局，2006 年版，第
　　　2832 頁。
〔註163〕〔清〕阮元校刻，《十三經注疏‧周易正義》（清嘉慶刊本），第 1 版，北京：
　　　中華書局，2009 年版，第 32 頁。
〔註164〕〔漢〕鄭玄注，〔唐〕孔穎達正義，呂友仁整理，《禮記正義》，第 1 版，上
　　　海：上海古籍出版社，2008 年版，第 2347 頁。

求「玉人」垂青，光大事業，免其「淪棄」。

元和元年（806年），白居易應「才識兼茂明於體用科」，其《才識兼茂明於體用科策一道》援引《周易》更為頻繁：

問：皇帝若曰：「朕觀古之王者，受命君人，兢兢業業，承天順地，靡不思賢能以濟其理，求讜直以聞其過。」

對：……是時漢興四十載，萬方大理，四海大和，而賈誼非不見之……當二宗之時，利無不興，弊無不革，遠無不服，近無不和……禮行故上下輯睦，樂達故內外和平。所以兵偃而萬邦懷仁，刑清而兆民自化……有執契垂衣之道，委下專上之宜，敦儒學而業衰，責課實而政失者。此皆政化之所急，古今之所疑。陛下幸念之，臣有以見天下之理興矣。夫執契之道垂衣不言者，蓋言已成之化，非謀始之課也……夫垂衣不言者，豈不謂無為之道乎……明察其刑，明慎其賞，外序百揆，內勤萬樞，昃食宵衣，念其不息之道。夫如是，豈非大有為者？終則安於恭己，逸於得賢，明刑至於無刑，明賞至於無賞，百職不戒而舉，萬事不勞而成，端拱凝旒，立於無過之地。夫如是，豈非真有為者乎？故臣以為無為者非無所為也，必先有為而後至於無為也……利害之效，可略而言。且如軍暴而後戢之，兵亂而後過之，善則善矣，不若防其微，杜其漸，使之不至於暴亂也……既往者且追救於弊後，將來者宜早防於事先。夫然，則保邦恒在於未危，恭己常居於無過。〔註165〕

上述文辭與《周易》的關聯詳列於附錄1第93條。

元和二年（807年），白居易36歲，自盩厔尉調充進士考官，其《進士策問五道·第一道》以《周易》「樂天知命」為題，問曰：

……《易》曰：「樂天知命故不憂。」又《語》曰：「君子憂道不憂貧。」斯又憂道者，非知命乎？樂天不憂者，非君子乎？夫聖人立言，皆有倫理，雖前後上下，若貫珠然。今離之則可以旁行，合之則不能同貫。豈精義有二耶？抑學者未達其微旨耶？〔註166〕

〔註165〕〔唐〕白居易著，謝思煒校注，《白居易文集校注》，第1版，北京：中華書局，2011年版，第409～415頁，參見附錄1第93條。

〔註166〕〔唐〕白居易著，謝思煒校注，《白居易文集校注》，第1版，北京：中華書

「樂天知命」為《周易》重要觀念,《周易·繫辭上》曰:「旁行而不流,樂天知命,故不憂。」〔註167〕另涉及《周易·繫辭下》曰:「精義入神,以致用也。」〔註168〕《周易·繫辭下》:「夫《易》,彰往而察來,而微顯闡幽。」〔註169〕

《進士策問五道·第二道》問曰:

　　……然則雷一發而蟄蟲蘇,勾萌達;霜一降而天地肅,草木衰。

　　其為時也大矣,斯豈不齊者乎?日月代明而晝夜分,刻漏者準之,無

　　杪忽之失焉;春秋代謝而寒暑節,律呂者候之,無黍累之差焉。〔註170〕

試題涉及《周易·解·象》:「天地解而雷雨作,雷雨作而百果草木皆甲坼。」〔註171〕《周易·隨·彖》:「隨,大亨,貞无咎,而天下隨時。隨時之義大矣哉!」〔註172〕《周易·繫辭下》:「日月相推而明生焉。寒往則暑來,暑往則寒來,寒暑相推而歲成焉。」〔註173〕

《唐摭言·載應不捷聲價益振》曰:「貞元中,樂天應宏辭,試《漢高祖斬白蛇》賦,考落。」〔註174〕該文題為《漢高皇帝親斬白蛇賦》,其中亦有多處援引《周易》文辭,詳見附錄1第83條。

白居易為參加科舉考試擬有《百道判》101篇,其中涉及《周易》凡51篇;〔註175〕擬《策林》75篇,其中涉及《周易》凡54篇。〔註176〕可見白居

　　　　　局,2011年版,第444頁,參見附錄1第11條。

〔註167〕〔清〕阮元校刻,《十三經注疏·周易正義》(清嘉慶刊本),第1版,北京:中華書局,2009年版,第160頁。

〔註168〕〔清〕阮元校刻,《十三經注疏·周易正義》(清嘉慶刊本),第1版,北京:中華書局,2009年版,第182頁。

〔註169〕〔清〕阮元校刻,《十三經注疏·周易正義》(清嘉慶刊本),第1版,北京:中華書局,2009年版,第185頁。

〔註170〕〔唐〕白居易著,謝思煒校注,《白居易文集校注》,第1版,北京:中華書局,2011年版,第446頁,參見附錄1第151條。

〔註171〕〔清〕阮元校刻,《十三經注疏·周易正義》(清嘉慶刊本),第1版,北京:中華書局,2009年版,第106頁。

〔註172〕〔清〕阮元校刻,《十三經注疏·周易正義》(清嘉慶刊本),第1版,北京:中華書局,2009年版,第69頁。

〔註173〕〔清〕阮元校刻,《十三經注疏·周易正義》(清嘉慶刊本),第1版,北京:中華書局,2009年版,第182頁。

〔註174〕〔五代〕王定保撰,陽羨生校點,《唐摭言》,第1版,上海:上海古籍出版社,2012年版,第69頁。

〔註175〕參見附錄1,第31～82條。

〔註176〕參見附錄1,第94～148條。

易應試所研習的經典之中，《周易》具有相當重要的地位。

　　白居易為參加科試所預擬的判、策之中，援引《周易》文辭甚為密集；參加科舉考試所作策、判、賦、詩與《周易》密切相關，多處援引《周易》思想作為理論依據和材料論述試題；作為進士考官，所列試題亦有部分出自《周易》思想，可見白居易高度重視《周易》的研習，其詩文與《周易》的關係緊密，對《周易》思想理解深透，對其原理得之於心、應之以手，幾近運斤成風、遊刃有餘的程度。同時，白居易對《周易》的詮釋和運用切合朝廷主流思想，否則白居易無法在眾多士子中脫穎而出，做到「十年之中，三登科第」，充翰林學士、清選為左拾遺和知制誥，更無法勝任文衡之職。白居易受到《周易》的重大影響，接受了《周易》核心觀念，為其政治思想、精神世界奠定了基礎。白居易的仕宦生涯與個人生活中，將《周易》此一鑽研深透、論述精當的經典理論思想，運用於政治實踐與生活實踐中，成為順理成章、符合邏輯的自覺行為。

2.2.3　白居易及同輩名、字選取與《周易》的關係

　　白居易宗族與《周易》的密切聯繫，在白居易、白行簡、白敏中的名、字的選取上亦有突出體現。白居易字「樂天」、胞弟白行簡字「知退」、從弟白敏中字「用晦」。「居易」「樂天」「行簡」「知退」「用晦」均出自於《周易》。兄弟三人名字如此集中地源於《周易》，在當時乃至於後世亦不多見，可以見出其宗族對《周易》的情有獨鍾和寓意深刻。

　　白居易、白行簡二人之名「居易」「行簡」源自《周易》。《周易・繫辭上》曰：

　　　　乾以易知，坤以簡能。易則易知，簡則易從。〔註177〕

　　《周易》中重要概念為「易簡」，「居易」與「行簡」相偕而出絕非偶然，是為白氏宗族重視《易》理的外在表現。《周易・繫辭上》曰：

　　　　易簡，而天下之理得矣；天下之理得，而成位乎其中矣。
〔註178〕

〔註177〕〔清〕阮元校刻，《十三經注疏・周易正義》（清嘉慶刊本），第 1 版，北京：中華書局，2009 年版，第 157 頁。

〔註178〕〔清〕阮元校刻，《十三經注疏・周易正義》（清嘉慶刊本），第 1 版，北京：中華書局，2009 年版，第 157 頁。

「易簡」具有高度的概括性，可以得天下以簡馭繁之理。得理必成就其「位」，推之於社會現實生活，即具有成就大業，開創局面，引領潮流，創新風尚之意義。《論語・衛靈公篇》曰：「子曰：『君子疾沒世而名不稱焉。』」〔註 179〕在此明確了人生最終意義就是明達天下大道、成就一番事業，獲得應有的名位，此即儒家君子積極進取、推行大道、致君堯舜的人生理想。《周易・繫辭上》曰：

> 廣大配天地，變通配四時，陰陽之義配日月，易簡之善配至德。
> 〔註 180〕

白居易當知曉「易簡」思想觀念規範下的人生，當遵循乾健坤順、變通隨時，廣大高明、止於至善的天則。《新唐書・白居易傳》論曰

> 觀居易始以直道奮，在天子前爭安危，冀以立功，雖中被斥，
> 晚益不衰。當宗閔時，權勢震赫，終不附離為進取計，完節自高。
> 〔註 181〕

白居易年少即有文名，青年才俊仗義直諫，中晚年隨遇而安。在朝堂居上位之時不明哲保身、惜位自營；遭貶謫居下位不攀附苟且、憂怨憤世。無論何種境域總是樂天安命、有所作為，歐陽修論白居易「完節自高」可謂盛譽。白居易認識人生經歷絕非一帆風順，平易與艱難、簡約與繁劇相輔相成，若此方為中正、大和之道。乾卦之剛健堅貞品性，對白居易仕途之初「直言強鯁」影響至巨；坤卦的柔順包容特徵，對白居易後期「安時順命」同樣具有指導意義。《論語・雍也篇》曰：

> 仲弓問子桑伯子。子曰：「可也簡。」仲弓曰：「居敬而行簡，
> 以臨其民，不亦可乎？居簡而行簡，無乃大簡乎？」子曰：「雍之言
> 然。」〔註 182〕

在此「行簡」指以簡易的方式方法治理邦國、管理百姓。順其與民休息

〔註 179〕楊伯峻譯注，《論語譯注》，第 3 版，北京：中華書局，2009 年版，第 164 頁。

〔註 180〕〔清〕阮元校刻，《十三經注疏・周易正義》（清嘉慶刊本），第 1 版，北京：中華書局，2009 年版，第 163 頁。

〔註 181〕〔北宋〕歐陽修、宋祁等撰，《新唐書》，第 1 版，北京：中華書局，1975 年版，第 4305 頁。

〔註 182〕楊伯峻譯注，《論語譯注》，第 3 版，北京：中華書局，2009 年版，第 53 頁。

的自然之理，不人為干涉行繁苛之政。

宋代晁迥《法藏碎金錄》（卷九）曰：

> 白公名居易，蓋取《禮記·中庸》篇云「君子居易以俟命。」
> 字樂天，又取《周易·繫辭》云：「樂天知命故不憂。」予觀公之事
> 蹟，可謂名行相副矣。〔註183〕

「居易」在此指君子恒處於平易無虞的境地，素其位而行，以靜候天命的降臨。亦指君子明於大道，心有所止，思有所歸，故能寧靜淡泊，從容優雅看待世界。《周易·繫辭上》曰：「旁行而不流，樂天知命，故不憂。」〔註184〕白居易字「樂天」，品德和行為樂從天德之意。樂見天道周行，曉暢性命應然，故此寵辱不驚、得失無慮，可作為白居易一生樂天安命、曠達任心的最好詮釋。《禮記·哀公問》曰：「孔子遂言曰：『古之為政，愛人為大。不能愛人，不能有其身；不能有其身，不能安土；不能安土，不能樂天；不能樂天，不能成其身。』」〔註185〕鄭玄注曰：「有，猶保也，不能保身者，言人將害之也。不能安土，動移失業也。不能樂天，不知己過而怨天也。」〔註186〕孔穎達疏曰：「『不能樂天』者，身既失業，不知己過所招，乃更怨天，是不能愛樂於天也。『不能成其身』者，既不能樂天，不自知其罪，將謂天之濫罰，罪惡之事，無所不為，是「不能成其身。」」〔註187〕儒家思想觀念中，「樂天」對立身處世之用可謂大矣。不樂於天道，無以盡人事；不能盡人事，則無以成其身。事業不成，不反身求諸己，此為怨天尤人的根源。

白居易胞弟白行簡字「知退」，《周易·文言》曰：

> 亢之為言也，知進而不知退，知存而不知亡，知得而不知喪。
> 其唯聖人乎！知進退存亡，而不失其正者，其唯聖人乎！〔註188〕

〔註183〕陳友琴編，《白居易資料彙編》，第1版，北京：中華書局，1962年版，第35頁。

〔註184〕〔清〕阮元校刻，《十三經注疏·周易正義》（清嘉慶刊本），第1版，北京：中華書局，2009年版，第160頁。

〔註185〕〔漢〕鄭玄注，〔唐〕孔穎達正義，呂友仁整理，《禮記正義》，第1版，上海：上海古籍出版社，2008年版，第1921頁。

〔註186〕〔漢〕鄭玄注，〔唐〕孔穎達正義，呂友仁整理，《禮記正義》，第1版，上海：上海古籍出版社，2008年版，第1921頁。

〔註187〕〔漢〕鄭玄注，〔唐〕孔穎達正義，呂友仁整理，《禮記正義》，第1版，上海：上海古籍出版社，2008年版，第1921頁。

〔註188〕〔清〕阮元校刻，《十三經注疏·周易正義》（清嘉慶刊本），第1版，北京：中華書局，2009年版，第30頁。

　　白行簡多年伴隨白居易左右，切磋學問、研討籌策，兄弟二人感情至深，唯惜白行簡五十一歲英年早逝，未能有更大作為。白行簡字「知退」，「知退」二字在白居易身上體現得更為貼切。白居易初入朝堂奮發有為、確乎不拔，在聲名達到巔峰時節，也處於謗亦隨之的境地。從白居易後期進退出處的選擇來看，其避禍全身之道，全然在於明瞭「知退」二字，藉此免遭「甘露之變」的災禍，得以化悔吝為吉慶，逍遙自得，全軀善終。

　　白居易從弟白敏中（792 年～861 年）字「用晦」，亦為進士及第並官至四輔之首。《周易·明夷·象》曰

　　　　君子以莅眾，用晦而明。〔註189〕

王弼注曰：

　　　　藏明於內，乃得明也；顯明於外，巧所辟也。〔註190〕

　　「用晦」既規範了謙謙君子懷玉守拙之形，又蘊含了明達體用之實。君子韜光養晦、和光同塵於外，高明聰睿、藏器蓄志於內，若此則可消除眾人戒懼之心而得到擁戴，成就一番事業。《舊唐書·白敏中傳》曰：「敏中少孤，為諸兄之所訓厲。」〔註191〕白敏中在白居易訓導下成長，文章風格頗為類似白居易。會昌二年（842 年）武宗以白居易名高，欲徵用，時白居易七十一歲，雖老邁卻「慶留後昆」，五十一歲的白敏中受白居易之惠，被擢為知制誥。自此，白敏中得以厚積薄發、一鳴驚人，由翰林、中書舍人等屢遷至於宰輔之首，成為當時白氏宗族最為顯赫的人物，果然應驗了其字「用晦而明」的深刻內涵。〔註192〕

　　名、字往往蘊含著深刻的寓意，表達了對人生基本格局的期許。《顏氏家訓》曰：「名以正體，字以表德。」〔註193〕秉國王侯自不待言，就文人士大夫而言，取名亦為人生一件大事。《禮記·內則》曰：「三月之末，擇日翦髮為

〔註189〕〔清〕阮元校刻，《十三經注疏·周易正義》（清嘉慶刊本），第 1 版，北京：中華書局，2009 年版，第 101 頁。

〔註190〕〔清〕阮元校刻，《十三經注疏·周易正義》（清嘉慶刊本），第 1 版，北京：中華書局，2009 年版，第 101 頁。

〔註191〕〔後晉〕劉昫等撰，《舊唐書》，第 1 版，北京：中華書局，1975 年版，第 4358 頁。

〔註192〕朱金城著，《白居易年譜》，第 1 版，上海：上海古籍出版社，1982 年版，第 318，319 頁。

〔註193〕檀作文譯注，《顏氏家訓》，第 1 版，北京：中華書局，2007 年版，第 64 頁。

鬠……父執子之右手，咳而名之。」〔註194〕子生三月，父親即微笑著握住嬰兒的右手，為之取名。《禮記・曲禮》曰：「男子二十，冠而字。」〔註195〕男子二十歲行加冠禮並獲字，以示成年。西漢劉向《說苑・修文》曰：

> 冠者，所以別成人也，修德束躬，以自申飾，所以檢其邪心，守其正意也。君子始冠必祝。成禮加冠，以屬其心。故君子成人必冠帶以行事，棄幼少嬉戲惰慢之心，而衍衍於進德修業之志。
> 〔註196〕

男子二十於宗廟行加冠禮，以示成年，主持者為父親，並指定尊貴賓客加冠。《禮記・曲禮》曰：「名子者，不以國，不以日月，不以隱疾，不以山川。」〔註197〕名字的選取頗為慎重，既有諸多忌諱，更有深刻寓意。關於子弟名字的寓意和期望，唐代劉禹錫的《名子說》進行了詳述，曰：

> 魏司空王昶名子制誼，咸得立身之要。前史是之。然則書紳銘器，孰若發言必稱之乎？今餘名爾：長子曰咸允，字信臣，次曰同廙，字敬臣。欲爾於人無賢愚，於事無小大，咸推以信，同施以敬。俾物從而眾說，其庶幾乎！夫忠孝之於人，如食與衣，不可斯須離也。豈俟余勖哉？仁義道德，非訓所及，可勉而企者，故存乎名。夫朋友字之，非吾職也。顧名旨所在，遂從而釋之。孝始於事親，終於事君，偕曰臣，知終也。〔註198〕

劉禹錫（772年～842年），字夢得，河南洛陽人，貞元九年（793年），進士及第。〔註199〕劉禹錫初在淮南節度使杜佑幕府中任記室，為杜佑所器重，後從杜佑入朝，為監察御史。《劉禹錫交遊錄》曰：「劉禹錫晚年與白居易交誼之篤，過從之密，人所共知，自是由於二人年齒相同，詩力相敵，蹤

〔註194〕〔漢〕鄭玄注，〔唐〕孔穎達正義，呂友仁整理，《禮記正義》，第1版，上海：上海古籍出版社，2008年版，第1159，1160頁。

〔註195〕〔漢〕鄭玄注，〔唐〕孔穎達正義，呂友仁整理，《禮記正義》，第1版，上海：上海古籍出版社，2008年版，第69頁。

〔註196〕〔漢〕劉向撰，向宗魯校證，《說苑校證》，第1版，北京：中華書局，1987年版，第482頁。

〔註197〕〔漢〕鄭玄注，〔唐〕孔穎達正義，呂友仁整理，《禮記正義》，第1版，上海：上海古籍出版社，2008年版，第68頁。

〔註198〕〔唐〕劉禹錫著，瞿蛻園箋證，《劉禹錫集箋證》，第1版，上海：上海古籍出版社，1989年版，第542頁。

〔註199〕〔後晉〕劉昫等撰，《舊唐書》，第1版，北京：中華書局，1975年版，第4210頁。

跡相近。」〔註200〕劉禹錫與白居易生於同一年，早白居易 4 年歿，年七十一。劉禹錫在科考、宦途、辭章諸方面與白居易頗有相似之處，故此二人惺惺相惜，引為知己，晚年交遊酬唱密切。劉禹錫為二子取名，專門作文以記之，表達了對二子的期望與要求，也充分說明當時名字選取的慎重，對於子弟未來人生走向和價值觀的形成具有的重大意義。

　　從白居易兄弟的名、字與《周易》的密集關聯可以見出，白居易宗族對《周易》的倚重。白居易祖、父輩從宗族長遠利益出發，秉承儒家安身立命的根本大道，對於子弟取名採取高屋建瓴的態勢，表達了對子弟未來發展格局的深刻思考，具有極強的心理暗示和行為指向。「居易」「樂天」「行簡」「知退」「用晦」等《周易》思想觀念，與白居易密切相關。白居易有意識地實踐了自己名號所蘊含的意義，居易行簡、隨緣順境，與時偕行、樂天安命，博得了當時和後世的高度讚譽。

2.3　白居易的詩文成就和接受《周易》影響的階段

2.3.1　白居易的詩文成就

　　白居易在中晚唐文壇地位崇高，其散文成就並不遜色於詩歌。白居易作為地方官員和翰林、拾遺、知制誥的職分所在，補察時政、陳述治國方略、處理行政事務的需要，必然以文為主業，詩歌作為輔助。白居易之所以詩名大於文名，原因在於其詩歌平易淺近，為更多人群所接受。白居易散文多為對策、書表、詔制、銘誄、信函等，與普羅大眾的日常生活較為隔膜，較之詩歌的廣泛傳播，其散文不為多數人熟知。

　　史家劉昫《舊唐書·白居易傳》論曰：

> 國初開文館，高宗禮茂才，虞、許擅價於前，蘇、李馳聲於後。或位昇臺鼎，學際天人，潤色之文，咸布編集。然而向古者傷於太僻，徇華者或至不經，齷齪者局於宮商，放縱者流於鄭、衛。若品調律度，揚搉古今，賢不肖皆賞其文，未如元、白之盛也。昔建安才子，始定霸於曹、劉；永明辭宗，先讓功於沈、謝。元和主盟，微之、樂天而已。臣觀元之制策，白之奏議，極文章之壺奧，盡治

〔註200〕〔唐〕劉禹錫著，瞿蛻園箋證，《劉禹錫集箋證》附錄二：《劉禹錫交遊錄》，第 1 版，上海：上海古籍出版社，1989 年版，第 1606 頁。

亂之根荄。非徒謠頌之片言，盤盂之小說。就文觀行，居易為優，放心於自得之場，置器於必安之地，優游卒歲，不亦賢乎。贊曰：文章新體，建安、永明。沈、謝既往，元、白挺生。但留金石，長有《莖英》。不習孫、吳，焉知用兵？〔註201〕

劉昫肯定了白居易等文壇「主盟」地位，讚譽白居易等對「文以載道」的追求，認為其詩文格度清雅、涵蓋古今，自形式至內容，為廣大人群所共賞，為前所未有之盛；白居易、元稹對於時事的高度關注，對國家治亂的深刻見解，非為歌功頌德與虛浮不實的局促制作所能望其項背。

《新唐書·白居易傳》曰：

居易敏悟絕人，工文章。未冠，謁顧況。況，吳人，恃才少所推可，見其文，自失曰：「吾謂斯文遂絕，今復得子矣！」〔註202〕

居易於文章精切，然最工詩。初，頗以規諷得失，及其多，更下偶俗好，至數千篇，當時士人爭傳。雞林行賈售其國相，率篇易一金，甚偽者，相輒能辯之。初，與元稹酬詠，故號「元白」；稹卒，又與劉禹錫齊名，號「劉白」……居易在元和、長慶時，與元稹俱有名，最長於詩，它文未能稱是也。多至數千篇，唐以來所未有。〔註203〕

元稹《白氏長慶集序》曰：

貞元末，進士尚馳競，不尚文，就中六籍尤擯落。禮部侍郎高郢始用經藝為進退。樂天一舉擢上第。明年，拔萃甲科。由是《性習相近遠》、《求玄珠》、《斬白蛇》等賦，及百道判，新進士競相傳於京師矣。會憲宗皇帝策召天下士，樂天對詔稱旨，又登甲科。未幾，入翰林，掌制誥，比比上書言得失，因為《賀雨》、《秦中吟》等數十章，指言天下事，時人比之《風》、《騷》焉……自篇章已來，未有如是流傳之廣者。〔註204〕

〔註201〕〔後晉〕劉昫等撰，《舊唐書》，第1版，北京：中華書局，1975年版，第4359，4360頁。

〔註202〕〔後晉〕劉昫等撰，《舊唐書》，第1版，北京：中華書局，1975年版，第4300頁。

〔註203〕〔北宋〕歐陽修，宋祁等撰，《新唐書》，第1版，北京：中華書局，1975年版，第4300～4305頁。

〔註204〕〔唐〕元稹著，冀勤點校，《元稹集》，第1版，北京：中華書局，1982年

較之《舊唐書》譽白居易、元積為元和文壇「主盟」,《新唐書》則認為白居易詩歌成就高於散文。

陳寅恪《元白詩箋證稿》曰:

> 元和一代文章正宗,應推元白,而非韓柳。〔註205〕

付興林《白居易散文研究》曰:

> 在《舊唐書》的作者看來,元、白而非韓、柳是文壇的盟主。
> 這一定位至少表明在以駢文為正宗文體而廣為士子、官宦所承認接
> 受的時代,古文尚難以取得與駢文相抗衡的地位。但是到了宋代,
> 隨著自唐末五代以來綺靡的駢文文風引起人們的不滿,復興古文的
> 力量在北宋文人的努力下空前高漲後,白文的地位開始動搖,並日
> 趨下降。〔註206〕

對白居易揚詩抑文的評價出現,與宋代復興古文、排斥駢文的風氣相關。關於散文與詩歌的孰重孰輕,投入精力的多寡,白居易具有自己的表述。白居易《與元九書》曰:

> 既第之後,雖專於科試,亦不廢詩……此誠雕蟲之戲,不足為
> 多。然今時俗所重,正在此耳。〔註207〕

文與詩的體裁所限,散文長於敘事明理;詩歌長於狀物言情。「時俗」重詩歌,在於詩歌的娛樂功能和大眾化程度遠高於散文。白居易三十五歲完成「三登科第」之前,專注於科考事業。從「專於科試,亦不廢詩」看來,白居易潛心鑽研的重點,在於科舉考試的經典書目,詩歌僅只作為輔助事業、調節身心的一種形式,故謂之「不廢」。

宋洪邁《容齋隨筆·唐書判》曰:

> 唐銓選擇人之法有四:一曰身,謂體貌豐偉;二曰言,言辭
> 辯正;三曰書,楷法遒美;四曰判,文理優長。凡試判登科謂之
> 入等,甚拙者謂之藍縷,選未滿而試文三篇謂之宏辭,試判三條

版,第 641,642 頁。

〔註205〕陳寅恪著,《元白詩箋證稿》,第 1 版,上海:上海古籍出版社,1978 年版,第 114 頁。

〔註206〕付興林撰,《白居易散文研究》,陝西師範大學博士論文,西安:陝西師範大學,2006 年,第 6 頁。

〔註207〕〔唐〕白居易著,謝思煒校注,《白居易文集校注》,第 1 版,北京:中華書局,2011 年版,第 324,325 頁。

謂之拔萃。中者即授官。既以書為藝，故唐人無不工楷法，以判為貴，故無不習熟。而判語必駢儷，今所傳《龍筋鳳髓判》及《白樂天集甲乙判》是也。自朝廷至縣邑，莫不皆然，非讀書善文不可也。〔註208〕

洪邁謂唐代選擇人的重要一環即為「判」，須「文理優長」方能勝任。列舉的白居易文集中《甲乙判》，即為白居易為預備參加考試所擬判詞《百道判》。

白居易確為具有開拓創新思想之人，思人之所未思，行人之所未行，非但以文章立身，於文章程式規章亦有創建。元稹作《酬樂天餘思不盡加為六韻之作》詩注曰：

樂天於翰林中書，取書詔批答詞等，撰為程式，禁中號曰白樸。每有新入學士求訪，寶重過於六典也。〔註209〕

宋代王楙《野客叢書》曰：

每訪此書不獲，適有以一編求售，號曰：《制樸》，開帙覽之，即微之所謂《白樸》者是也。為卷上中下三卷，上卷文武階勳等，中卷制頭、制肩、制腹、制腰、制尾，下卷將相刺史節度之類，此蓋樂天取當時制文編類以規後學者。〔註210〕

白居易於翰林學士任上，精研詔制批答文本，總結為具有指導意義的規程範式，當時新進士子為求以文章進一步獲取實職，將白居易所撰辭章奉為典範。《周禮・天官》曰：「大宰之職，掌建邦之六典，以佐王治邦國。」〔註211〕此「六典」為治典、禮典、教典、政典、刑典、事典；唐代有李林甫編撰的《唐六典》，述唐代典章制度，可見白居易文章在當時地位崇高，有科考範文美稱。

白居易《與元九書》曰：

〔註208〕〔宋〕洪邁撰，孔凡禮點校，《容齋隨筆》，第 1 版，北京：中華書局，2005年版，第 129 頁。

〔註209〕〔唐〕元稹著，冀勤點校，《元稹集》，第 1 版，北京：中華書局，1982 年版，第 284 頁。

〔註210〕陳友琴編，《白居易資料彙編》，第 1 版，北京：中華書局，1962 年版，第 160 頁。

〔註211〕〔漢〕鄭玄注，〔唐〕賈公彥疏，彭林整理，《周禮注疏》，第 1 版，上海：上海古籍出版社，2010 年版，第 37 頁。

禮、吏部舉選人，多以僕私試賦判傳為準的。〔註212〕

　　國家掄才大典，以白居易辭章為評判標準，可見朝野認同程度。白居易三十六歲擢為翰林學士，其後擔任左拾遺、知制誥等以文為主的職務。至七十一歲致仕，白居易均為官員身份，可見較之詩歌，與政務直接相關的散文當為安身立命、獲取俸祿的主業。穆宗長慶元年（821），元稹擬《白居易授尚書主客郎中知制誥》曰：

　　　　勅：先帝付朕四海九州之重，尚賴威靈。天下甫定，思獲論議
　　文章之臣，以在左右。俾之詳考今古，周知物情。而朝議郎、行尚
　　書司門員外郎白居易，州里舉進士，有司升甲科。元和初，對詔稱
　　旨，翱翔翰林，藹然直聲，留在人口。朕嘗視其詞賦，甚喜與相如
　　並處一時。由是召自南賓，序補郎位。會牛僧孺以御史丞解制誥職，
　　嗣掌書命，人推爾先。予亦飽其風猷，爾宜副茲超異。可守尚書主
　　客郎中、知制誥。餘如故。〔註213〕

　　穆宗登基，求「論議文章之臣」，白居易為首選。制稱白居易於憲宗元和初年對詔稱旨，讜言直聲流於人口，辭賦有漢代大家司馬相如之風。知制誥之職缺位，眾人推薦白居易，穆宗亦熟知白居易道德風範，稱「飽其風猷」。可見白居易翰林馳騁，才德超拔，其知制誥是眾望所歸。制誥出自帝王，非將人君所思所欲琢磨深透不能稱旨。當時天下英才濟濟，競相奉獻者如過江之鯽，白居易唯有通曉經典、明晰現實、執論中肯、辭章雅正，才能在朝堂之上立於不敗之地。其後白居易多次擔任制策考官，可見朝野對其文章的高度認可，即白居易當時文章，公認代表了文質相符的最高水準。

　　《唐詩紀事·張為》：

　　　　為作詩人主客圖序曰：若主人門下處其客者，以法度一則也。

　　以白居易為廣大教化主。〔註214〕

　　唐代張為撰《詩人主客圖》，將唐代詩人按作品內容、風格分為六類，各以一人為主。白居易列為第一類詩人之首，尊稱為「廣大教化主」。唐代吳融

〔註212〕〔唐〕白居易著，謝思煒校注，《白居易文集校注》，第 1 版，北京：中華書局，2011 年版，第 325 頁。

〔註213〕〔唐〕元稹著，冀勤點校，《元稹集》，第 1 版，北京：中華書局，1982 年版，第 565 頁。

〔註214〕〔宋〕計有功撰，王仲鏞校箋，《唐詩紀事校箋》，第 1 版，北京：中華書局，2007 年版，第 2183 頁。

《貫休禪月集序》曰：

> 國朝能為歌為詩者不少，獨李太白為稱首。蓋氣骨高舉，不失
> 頌美風刺之道焉。厥後白樂天《諷諫》五十篇，亦一時之奇逸極言。
> 昔張為作詩圖五層，以白氏為廣德大教化主，不錯矣。〔註215〕

張為約唐僖宗乾符初（874）前後在世，閩中人，生卒年不詳。吳融生於唐宣宗大中四年（850），卒於唐昭宗天復三年（903）。張為、吳融均為白居易之後不久的人物，在論白居易詩歌時，推白居易為繼李白之後最具成就與盛名的大詩人，表述為「廣大教化主」和「廣德大教化主」，可見白居易在當時的影響之巨。「廣德」既為唐代宗的年號（763～764），亦表達了白居易於詩壇的崇高地位，即具有崇高道德之意。「教化」為上行教導而化成於下民，指儒家所提倡的政以體化、教以效化、民以風化，具有儒家移風易俗、淳良民風之效，揭示出白居易詩作具有「文以載道」的功能。「廣大教化主」之譽為對白居易「奇逸极言」表示讚賞，對白居易詩作於朝野的影響給予了高度肯定。

綜上所述，白居易詩、文兼美，於中晚唐時代地位崇高，獲得帝王與朝野人士的充分肯定和高度讚譽。白居易散文的思想觀點，在繼承經典思想理論的基礎上有所發揮，與中晚唐社會現實緊密聯繫，自成一格，為唐憲宗等帝王所藉重，更成為士子爭相模擬的典範。唐代以後，對其詩歌的成就與評價，自始至終未曾變化；對其散文的評價，則隨著文壇風尚之不同有所起伏。

2.3.2 白居易受《周易》影響與接受的階段

《周易》思想貫穿白居易一生，其擬就的策論、書判、詔誥、表章、銘誄、信函、詩歌等，多處運用《周易》思想觀念作為理論依據。在白居易潛心鑽研蓄勢待發，直至名滿天下的過程中，《周易》或顯或隱伴隨著白居易生命的各個階段。《周易》是白居易馳騁翰苑的靈感源泉，政治思想和人生哲學的重要理論基礎。

永貞元年（805年），白居易34歲，在長安任校書郎，作《永崇里觀居》曰：

〔註215〕陳友琴編，《白居易資料彙編》，第 1 版，北京：中華書局，1962 年版，第 13 頁。

季夏中氣候，煩暑自此收。蕭颯風雨天，蟬聲暮啾啾……寡欲
雖少病，樂天心不憂。何以明吾志，周易在床頭。〔註216〕

24 年之後，經歷了召為翰林、授左拾遺、貶為江州司馬、擢忠州刺史、除知制誥、出任杭州刺史等宦途波折，大和三年（829 年）白居易 58 歲，在洛陽為太子賓客分司，作《想東遊五十韻》曰：

幻世春來夢，浮生水上漚。百憂中莫入，一醉外何求。未死癡
王湛，無兒老鄧攸。蜀琴安膝上，周易在床頭。〔註217〕

白居易津津樂道於《周易》，一再表述「周易在床頭」，隨時把玩參悟，有形影不離之狀，可見《周易》與其生活的密切關聯。

謝思煒《白居易文集校注》收錄白居易文 849 篇（含賦 15 篇，不含補錄），其中涉及《周易》凡 388 篇，占 45.7%。謝思煒《白居易詩集校注》收錄白居易詩 2804 首（不含補錄），其中涉及《周易》凡 254 首，占 9.05%。可見白居易作品與《周易》的密切聯繫，尤其是詩歌以外的作品與《周易》的關係更為緊密。

從白居易文章、詩作對《周易》的援引和論述進行分析，可以見出，白居易一生之中的不同階段，對《周易》的接受程度與側重點存在差異。表現為由於「時」「位」的變化，年歲與生活閱歷的不同，在理論研習的文化層面、從政兼濟的政治層面、養志獨善的精神層面，對《周易》思想觀念產生共鳴和具體運用表現出一定的差異。白居易受到《周易》的影響和對《周易》核心思想觀念的接受，大致可以分為三個階段。第一階段，約 35 歲之前，為系統研習和理論闡述《周易》思想觀念階段。第二階段，約 35 至 44 歲，為白居易仕途前期運用《周易》核心思想，參與國家治理的政治實踐階段。第三階段，約 44 至 75 歲，為白居易仕途後期，白居易運用《周易》思想，以直觀感性的材料，總結人生得失，指導生活實踐階段。

一、白居易學習與科考時期與《周易》

約 35 歲之前。白居易 29 歲進士登第，32 歲「書判拔萃」科登第，授秘書省校書郎，35 歲「才識兼茂明於體用」科登第。從白居易「既第之後，雖

〔註216〕謝思煒撰，《白居易詩集校注》，第 1 版，北京：中華書局，2006 年版，第
456 頁，參見附錄 2 第 8 條。

〔註217〕謝思煒撰，《白居易詩集校注》，第 1 版，北京：中華書局，2006 年版，第
2119 頁。

專於科試，亦不廢詩」的表述看來，〔註218〕白居易完成「三登科第」之前，
即便是秘書省校書郎職位上，亦為以舉業為重點。此一階段是白居易通過理
論學習逐步接受《周易》核心思想觀念的階段，較為集中地體現在為備考所
預先擬就的判、策之中，以及參加科舉考試所作策、賦、詩之中。白居易登進
士第所作《禮部試策五道》、賦一篇、詩一首，《才識兼茂明於體用科策一道》
均與《周易》密切相關；〔註219〕白居易應試「書判拔萃科」，先期擬作《百道
判》103 篇，其中涉及《周易》凡 51 篇，占 49.5%；應試「才識兼茂明於體
用科」，先期擬作《策林》75 篇，其中涉及《周易》凡 54 篇，占 72%。此一
階段對《周易》思想觀念的吸收，以「明於體用」的治國理政方略為出發點，
以理論闡述、邏輯推理、學理思辨為主要內容。文章論題廣泛，涵蓋社會政
治、經濟、軍事、文化、法律及國計民生諸方面。

　　白居易在此一階段受到《周易》的影響和接受的特徵，在《策林》中表
現突出。憲宗元和元年（806 年），白居易與元稹為參加科舉考試，在長安
華陽觀閉門用功數月，撰寫模擬策論七十五篇，是為《策林》。《策林·序》
曰：

　　　　元和初，予罷校書郎，與元微之將應制舉，退居於上都華陽觀。
　　閉戶累月，揣摩當代之事，構成策目七十五門。及微之首登科，予
　　次焉。凡所應對者，百不用其一二。其餘自以精力所致，不能棄捐。
　　次而集之，分為四卷，命曰《策林》云耳。〔註220〕

　　同年四月，白居易與元稹應「才識兼茂明於體用科」，同時入第。〔註221〕
「閉戶累月，揣摩當代之事」的表述，當為遵循朝廷主流政治觀念，針對當
時社會現實需要進行選題與論述，是典型的經典理論學習，試圖學以致用的
狀態。謝思煒認為：「很難設想，初出茅廬、毫無治政經驗的白居易，不參
照其他思想材料，便能設計出這樣一套類似『治國綱要』的完整計劃。就這
類製作的用途和主旨而言，也要求作者盡可能全面、敏銳地搜羅、反映同時

〔註218〕〔唐〕白居易著，謝思煒校注，《白居易文集校注》，第 1 版，北京：中華書
　　　　　局，2011 年版，第 324，325 頁。

〔註219〕參見 2.2.2 節《白居易參加科舉考試所作策、判、賦、詩與〈周易〉的關
　　　　　係》。

〔註220〕〔唐〕白居易著，謝思煒校注，《白居易文集校注》，第 1 版，北京：中華書
　　　　　局，2011 年版，第 1351 頁。

〔註221〕朱金城著，《白居易年譜》，第 1 版，上海：上海古籍出版社，1982 年版，第
　　　　　35，36 頁。

代最新進、最流行的觀念、學說。」〔註 222〕《百道判》成於《策林》前四年，為應試「書判拔萃科」所預擬判詞，《百道判》與《策林》寫作目的當類似。白居易作為儲才，通過研習前代經典理論和歷史經驗，逐步形成契合時代主流思想觀念、符合時代需要的治國理念，為將來脫穎而出打下了堅實的理論基礎。

白居易現存直接引用《易》《周易》《大易》書名的文章有 15 篇，此一階段有 10 篇，為《禮部試策五道‧第一道》:「由是言之，則《大易》致人之制。」〔註 223〕《禮部試策五道‧第二道》:「《易》稱:『利用安身，以崇德也。』」〔註 224〕《祭烏江十五兄文》:「《易》云:『積善之家，必有餘慶。』」〔註 225〕《動靜交相養賦》:「《易》曰:『蒙養正。』」〔註 226〕《百道判‧得景請與丁卜……》:「聖人建《易》，雖用稽疑;君子樂天，固宜知命。」〔註 227〕《策林‧教必成化必至》:「臣又聞《易》曰:『聖人久於其道而天下化成。』」〔註 228〕《策林‧號令》:「其在《周易》，渙汗之義，言號令如汗，渙然一出不可復也。」〔註 229〕《策林‧議守險》:「臣聞《易》曰:『王公設險，以守其國。』」〔註 230〕《策林‧議赦》:「又《易》曰:『雷雨作，解，君子以赦過宥罪。』」〔註 231〕《策林‧議文章》:「《易》曰:『觀乎人文以化成天下。』」〔註 232〕

白居易存賦 13 篇，每篇均涉及《周易》，其中 7 篇作於 28 歲至 33 歲。貞元十五年（799），白居易 28 歲，作《宣州試射中正鵠賦》，〔註 233〕引《睽》《蹇》等卦論述君子反身修德之理。作《傷遠行賦》，〔註 234〕引《象》《需》

〔註 222〕謝思煒著，《白居易集綜論》，第 1 版，北京:中國社會科學出版社，1997 年版，第 218 頁。
〔註 223〕參見附錄 1 第 1 條。
〔註 224〕參見附錄 1 第 2 條。
〔註 225〕參見附錄 1 第 3 條。
〔註 226〕參見附錄 1 第 4 條。
〔註 227〕參見附錄 1 第 5 條。
〔註 228〕參見附錄 1 第 6 條。
〔註 229〕參見附錄 1 第 7 條。
〔註 230〕參見附錄 1 第 8 條。
〔註 231〕參見附錄 1 第 9 條。
〔註 232〕參見附錄 1 第 10 條。
〔註 233〕參見附錄 1 第 17 條。
〔註 234〕參見附錄 1 第 18 條。

等卦論述素履獨行，敬慎不敗之理。貞元十六年（800），白居易 29 歲，作《省試性習相近遠賦》，〔註235〕此為白居易應進士舉，在中書侍郎高郢主試下及第所作。作《求玄珠賦》，〔註236〕引《周易》思想論述馴致幽明、頤養保真之道。貞元十八年（802），白居易 31 歲，作《動靜交相養賦》，〔註237〕引《震》《復》《蒙》等卦論證動靜與陰陽進退的關係。貞元十九年（803），白居易 32 歲，以《漢高皇帝親斬白蛇賦》為題，〔註238〕應博學宏辭科落選，文中引《屯》《大畜》等卦論述聖君草昧經綸、應天順人開創基業。貞元二十年（804），白居易 33 歲，作《汎渭賦（并序）》，白居易是時進士及第，又以書判拔萃選登科，引《周易》原理論述樂天道大和之氣，以《既濟》卦論聖賢相契，《序卦傳》曰：「有過物者必濟，故受之以既濟」，〔註239〕暗喻有過人之才德方能登第。

此階段運用《周易》原理，涵蓋面最廣的單篇文章當屬《為人上宰相書》。永貞元年（805），白居易 34 歲，上書宰相韋執誼。韋執誼因「永貞新政」失敗遭貶，故冠「為人」二字。〔註240〕文中援引《周易》中《鼎》《損》《師》《隨》《咸》《豫》《艮》《賁》等卦和《繫辭》《文言》等文辭，論證尊卑貴賤、聰明神聖、見善而遷、損益盈虛、上下交感、天下化成、時位契合、事業光明、受命如響等觀點。〔註241〕此文作於白居易參加科試的學習階段之末，授予地方官吏進行政治實踐前夕，文中表現出強烈的進取精神和對國家治理的深刻思考，可以見出白居易積極用世、建功立業的迫切願望。

總體說來白居易此一時段重點是夯實基礎、積蓄才識，以應對科舉考試，為步入朝堂進行準備。相關《周易》的引用以學習、理解和闡發為主。所作「策」「判」「賦」「詩」為自擬題目和科舉考試答卷，並不針對現實生活中具體事件、涉及具體人物。論題多為虛擬，可以無所顧忌、暢所欲言，

〔註235〕 參見 2.2.2 節《白居易參加科舉考試所作策、判、賦、詩與〈周易〉的關係》。

〔註236〕 參見附錄 1 第 20 條。

〔註237〕 參見附錄 1 第 4 條。

〔註238〕 參見附錄 1 第 83 條。

〔註239〕 〔清〕阮元校刻，《十三經注疏·周易正義》（清嘉慶刊本），第 1 版，北京：中華書局，2009 年版，第 201 頁。

〔註240〕 朱金城著，《白居易年譜》，第 1 版，上海：上海古籍出版社，1982 年版，第 33，34 頁。

〔註241〕 參見附錄 1 第 91 條。

旁徵博引、酣暢淋漓。由於直接關涉「書判拔萃」和「才識兼茂明於體用」此二科，故援引《周易》之中涉及國家治理與刑獄賞罰等思想較為集中，如陰陽之道、保合太和、正位經邦、神道設教、感通天地、隨時順命、勞謙守位、居安思危、明慎用刑等。此時白居易對《周易》原理的論述尚停留於從個人認識的層次，遵循社會主流政治觀念，印證歷史史實，解釋社會現狀和他人人生遭際，並無對社會政治生活的切身感受和體驗，尚未以《周易》原理具體運用於政治實踐。

二、白居易仕途前期與《周易》

約 35 至 44 歲。白居易 35 歲授盩厔尉，36 歲為翰林學士，37 歲擢為左拾遺，40 至 42 歲丁母憂，43 歲授太子左善贊大夫，44 歲貶為江州司馬，此一時期主要為白居易作為官員參與國家治理的政治實踐階段，總體上以自強不息、積極進取為基調。表現為運用《周易》原理，詮釋天道國運，闡述治國方略。側重點在於天道君德之義、君臣繁簡之道、感而遂通之理、馴致化成之功、朝乾夕惕之志、天地交泰之利、保合大和之美、「時」「位」「才」之契合、與時偕行和居安思危等。此一階段，白居易對《周易》思想的接受和運用，立足於朝廷近臣的位置，從國家典章制度的層面出發，較為頻繁地以詔制、書表等形式進行表達，於社會治理產生了直接的功效。亦有論及禍福、窮通、進退之理，主要以歷史人物與好友為對象，抒發感慨和認識。白居易《與元九書》曰：

> 自登朝來，年齒漸長，閱事漸多。每與人言，多詢時務。每讀
> 書史，多求理道。始知文章合為時而著，歌詩合為事而作。〔註242〕

白居易所稱「時務」指目前的重大事件、客觀形勢；「理道」即道理或理政之道。理論聯繫實際，針對具體的國家事務和民眾訴求，解決實際問題，為白居易所重點關注。

此一階段白居易運用《周易》思想觀點，直指其人其事。如強調帝王權威，對「天道君德」「馴致化成」的論述，《答黃裳請上尊號表》：「雷霆未震，豐太社而服刑。斯皆十聖降靈，幽贊窈昧；百辟叶德，馴致和平……朕嘗以宰元化者曲成於物，法天道者從欲於人。」〔註243〕《答馮伉請上尊號表》：「朕統承大

〔註242〕〔唐〕白居易著，謝思煒校注，《白居易文集校注》，第 1 版，北京：中華書局，2011 年版，第 324 頁。

〔註243〕參見附錄 1 第 159 條。

寶，時屬小康……斯皆宗社垂佑，天地降和。非予沖人，所能馴致。」〔註244〕《上元日歡道文》：「吹煦寒暑，陰陽節而歲功成；輔相乾坤，上下交而生物遂。」〔註245〕《與承宗詔》：「體天地含弘之德，厚君臣終始之恩。常以人安為心，豈欲物失其所？」〔註246〕《代忠亮答吐蕃東道節度使論結都離等書》：「皇帝君臨萬方，迨及四載。道光日月，德動乾坤。南北東西，化無不及。」〔註247〕對帝王秉承天德、感通天地的論述，《答長安萬年兩縣百姓耆壽等謝許上尊號表》：「開予以天地無私之心，起予以聖宗不易之訓……卿等誠至感通，義深欣戴。」〔註248〕《除裴垍中書侍郎同平章事制》：「至誠感通，上帝眷佑。果賴良弼，輔予一人。」〔註249〕冊封藩屬，論述「大德」「大名」，《冊迴鶻可汗加號文》：「叶德保和，以至今日……宜乎思大德，稱大名，懋哉始終，欽若唐之休命。」〔註250〕對君臣「朝乾夕惕」「居安思危」的論述，《答李扞等謝上尊號表》：「位雖託於人上，化未洽於域中……再省謝章，彌增惕厲。」〔註251〕《謝恩賜冰狀》：「永懷履薄之戒，以斯惕厲，用答皇慈。」〔註252〕《答馮伉謝許上尊號表》：「朕以眇身，嗣於丕業。心雖勞於惕厲，化未及於雍熙。」〔註253〕《初授拾遺獻書》：「朝慚夕惕，已逾半年。塵曠漸深，憂愧彌劇。」〔註254〕對用人之道，「才適其位」的論述，《論于頔裴均狀》：「要重位即得重位，要大權即得大權。進退周施，無求不獲……語無方便，動有悔尤。」〔註255〕《論制科人狀》：「若數人進，則必君子之道長；若數人退，則必小人之道行。故卜時事之否臧，在數人之進退也。」〔註256〕另有「與時偕行」「君臣繁簡」「進德修業」「積善餘慶」「勤於王事」「承家致用」「天地交泰」、「保合大和」等論述。白居易充進士考官，出題直接點明《周易》書名有《進士策問五道‧第一道》：「《易》曰：

〔註244〕參見附錄 1 第 162 條。
〔註245〕參見附錄 1 第 176 條。
〔註246〕參見附錄 1 第 219 條。
〔註247〕參見附錄 1 第 188 條。
〔註248〕參見附錄 1 第 163 條。
〔註249〕參見附錄 1 第 182 條。
〔註250〕參見附錄 1 第 260 條。
〔註251〕參見附錄 1 第 161 條。
〔註252〕參見附錄 1 第 179 條。
〔註253〕參見附錄 1 第 184 條。
〔註254〕參見附錄 1 第 190 條。
〔註255〕參見附錄 1 第 192 條。
〔註256〕參見附錄 1 第 191 條。

『樂天知命故不憂。』」〔註257〕

此一階段，白居易仕途順通，其「兼濟天下」「歎息民病」思想有著充分的發揮。《周易》具體運用於輔弼君王治國理政方面，針對具體事實有的放矢，發表諫言、頒發政令、批答奏表、品評臣屬，為莊嚴蕭穆、中正大和之論。因多以詔制、書表進行論述，對國家治理產生了實際功效。上述對《周易》核心觀念的運用，與白居易授盩厔尉、翰林學士、左拾遺職位密切相關。間或有人生禍福休咎之論述，亦侷限於抒發對史實與他人的感慨。此一階段白居易對「性命之理」從理論上進行了主動自覺的探究。《周易》陰陽交流、否泰轉換、窮達相隨原理對白居易的啟發尤其深刻，故此白居易對未來具有較為準確的預估，能夠胸有成竹、未雨綢繆，而不至於遭受貶斥事到臨頭而手足無措。此為《周易》對白居易在人生轉折關頭的重要啟示。

三、白居易仕途後期與《周易》

約 44 至 75 歲，為白居易運用《周易》思想原理，以直觀感性的材料，總結人生得失，指導生活實踐，形成較為穩定的生活態度和生存理念，思想觀念走向成熟的階段。白居易 44 歲為太子左贊善大夫，同年貶江州司馬。48 歲授忠州刺史。49 至 51 歲累任尚書司門員外郎、主簿郎中、知制誥、尚書主客郎中、中書舍人。52 歲自請杭州刺史，以後均為外任。58 歲後以太子賓客、太子少傅分司東都時間較長，前後十餘年。

此一階段，白居易對《周易》思想觀念的運用，主要集中在對自身及同儕人生經歷的解析，對立身處世之道的論述，為精神世界尋求理論支撐。包括對「一陰一陽之謂道」所推衍的禍福、窮通、進退之理的詮釋，《與元九書》：「始得名於文章，終得罪於文章。」「既竊時名，又欲竊時之富貴，使已為造物者，肯兼與之乎？今之屯窮理固然也。」「進退出處，何往而不自得哉。」〔註258〕《祭中書韋相公文》：「窮通榮悴之感，離合存歿之悲。」〔註259〕《祭匡山文》：「居易賦命蹇連，與時參差，願於靈山，棲止陋質。」〔註260〕《祭微之文》：「行止通塞，靡所不同」〔註261〕《與劉禹錫書》：「否極則泰，物數

〔註257〕參見附錄 1 第 11 條。
〔註258〕參見附錄 1 第 234 條。
〔註259〕參見附錄 1 第 360 條。
〔註260〕參見附錄 1 第 238 條。
〔註261〕參見附錄 1 第 361 條。

之常。」〔註262〕對「順性命之理」的論述，《與楊虞卿書》：「今且安時順命，用遣歲月。」〔註263〕《答戶部崔侍郎書》：「雖賦命之間則有厚薄，而忘懷之後亦無窮通。」〔註264〕《江州司馬廳記》：「若有人養志忘名，安於獨善者處之，雖終身無悶。」「何哉？識時知命而已。」〔註265〕《故饒州刺史吳府君神道碑銘（并序）》：「浮沉消息，無往而不自得者，其達人乎！」「澹乎自處，與天和始終。」「屈伸寵辱，委順而已。」〔註266〕《讀謝靈運詩》：「吾聞達士道，窮通順冥數。」〔註267〕對「樂天知命」「保合大和」的論述，《嚴綬可太子少傅制》：「況理心以體道，知命而安時。」〔註268〕《永崇里觀居》：「寡欲雖少病，樂天心不憂。」〔註269〕《渭村退居寄禮部崔侍郎翰林錢舍人詩一百韻》：「樂天無怨歎，倚命不劬勤。」〔註270〕《詠懷》：「長笑靈均不知命，江蘺叢畔苦悲吟。」〔註271〕《枕上作》：「若問樂天憂病否，樂天知命了無憂。」〔註272〕《春眠》：「至適無夢想，大和難名言。」〔註273〕《無可奈何》：「然後能冥至順而合大和。故吾所以飲大和，扣至順。」〔註274〕

　　白居易另有賦6篇，作於長慶三年（823），52歲之前，或為江州司馬、杭州刺史任上。《大巧若拙賦》，〔註275〕引《巽》《隨》等卦，論述動則有度、舉則合規，隨形製器、因勢取利，收靈活簡易之效。《雞距筆賦》，〔註276〕引《師》《艮》《乾》《賁》等卦，論筆法有度，如師出以律、名實相符、動靜有時、萬物包舉、人文化成等。《黑龍飲渭賦》，〔註277〕引《未濟》《艮》《乾》等卦，論述黑龍行藏無悔、動靜有儀，或隱或現、行止以時。《敢諫

〔註262〕參見附錄1第365條。
〔註263〕參見附錄1第235條。
〔註264〕參見附錄1第236條。
〔註265〕參見附錄1第242條。
〔註266〕參見附錄1第355條。
〔註267〕參見附錄2第107條。
〔註268〕參見附錄1第338條。
〔註269〕參見附錄2第8條。
〔註270〕參見附錄2第90條。
〔註271〕參見附錄2第120條。
〔註272〕參見附錄2第236條。
〔註273〕參見附錄2第69條。
〔註274〕參見附錄2第167條。
〔註275〕參見附錄1第344條，謝注為長慶三年（823）之前。
〔註276〕參見附錄1第345條，謝注為長慶三年（823）之前。
〔註277〕參見附錄1第12條，謝注為長慶三年（823）之前。

鼓賦》，〔註 278〕引《泰》《損》《蹇》等卦論述上下交流、發揮通情，正辭諷諫、謇謇匪躬。《君子不器賦》，〔註 279〕引《節》《井》《隨》論述君子順於通塞、行乎語默，事業大成、天下隨時。《賦賦》，〔註 280〕引《繫辭》《文言》論述藝文之義類錯綜、詞采舒布，可潤色鴻業、發揮皇猷。

　　元和十五年（820）十二月二十八日，白居易 49 歲，知制誥；〔註 281〕長慶二年（822）七月赴杭州刺史任，〔註 282〕此一年半左右所擬詔制、書表中，涉及《周易》思想內容與仕途前期大體類似。其餘涉及《周易》思想觀點，重點表現在詮釋陰陽禍福之道，解析天道性命之理，闡發「與時偕行」「樂天知命」觀念，探索「黃中通理」「保合大和」之道。此一階段，對《周易》陰陽之道所生發的否泰、休咎、禍福、窮達、進退的論述，詩文兼重。尤其對於樂天安命、順性命之理、中正大和之道論述繁夥。其安時順命思想，自江州之貶逐漸濃厚，直至大和三年（829），白居易 58 歲，其順性命之理、保合大和思想完整系統地體現在《中隱》詩中。白居易自左遷江州至於暮年，從「兼濟天下」逐漸走向「獨善其身」，表現在主動放棄朝廷近臣之職，屢次自請外任。由於「時」「位」所造成的外部環境的原因，年齒漸長引起的內心世界的變化，白居易因時順勢，充分展現與自然萬物相交融的天然秉性，創造出諸多流傳久遠的精神財富，為人欽羨的生存觀念、生活模式，彰顯出生命的光彩奪目，由此實現了精神境界的昇華與人生價值的永恆。

　　綜上所述，白居易在不同時段，處於不同職位，在客觀環境和外部條件的影響下，結合自身的秉性與意趣，對《周易》的感悟、理解與詮釋，具有明顯的差異。從白居易人生起伏的現實遭際與詩文表達的精神世界進行分析，其接受《周易》思想的脈絡十分清晰。從宏觀整體看來，白居易受到《周易》陰陽之道、大化流行，「三易」原理、時位觀念等核心思想的影響。在同一篇詩文之中，往往貫穿了《周易》各個方面的理論思想。從微觀局部方面考察，白居易受到《周易》的影響和對《周易》核心概念的接受，在不同階段有所側

重。不同時段產生差異重要原因，在於「時」「位」的不同，即白居易根據「時」「位」的變化採取「與時偕行」和「守位安時」的因應策略，其本質要求即達到立身處世「保合大和」之效。《周易》有「百姓日用而不知」的論斷，作為才具卓越的文士，白居易並非「不知」，而是知之甚深，但「日用」二字所顯示的，則是切合白居易此一以通俗平易、貼近日常生活的文士，所凸現出的顯著特徵。白居易人生經歷的豐富多彩，精神世界恬淡沖和，所彰顯出的恒久魅力，正是其對《周易》思想深刻理解、自覺運用的結果，亦為對《周易》大道無時不存、無所不容的精妙詮釋。

第 3 章　白居易與《周易》「道論」

　　《周易》「一陰一陽之謂道」辨正思想提綱挈領包羅萬象，闡明了天地自然大道的本質屬性。白居易將《周易》陰陽諧調、盈虛歷數、萬物滋養、生命化育諸多哲理運用在現實之中。天地萬物陰陽交替、周而復始的自然屬性，相對於社會人事，則推衍出動靜、休咎、吉凶、禍福、窮達、得失、進退等相對的概念。白居易對「陰陽之道」理解深刻，運用於政治實踐之中，由自然萬物陰陽交替之理，闡釋國運盛衰興亡的因由，論述應對之法。運用到日常生活之中，調和與紓解社會現實與人生理想的矛盾。面對社會變遷、人生起伏，白居易明瞭時勢變化的偶然之中蘊含的必然性，坦然面對艱難困苦，隨時隨地保持樂觀向上、平和寧靜的心態。

3.1　白居易對《周易》「一陰一陽之謂道」的理解

　　「一陰一陽之謂道」是《周易》的核心思想，天地自然萬物一切現象均從「陰陽」生發推衍而來。白居易將《周易》理論中陰陽相對的辯證思想充分發揮，依據盈虛、動靜、繁簡、休咎、禍福等原理，領會國家興衰周而復始之道，治國安邦未雨綢繆之策；對於個人的窮達進退，樂天安命，以平常心處之。

3.1.1　白居易的陰陽調和論

　　「陰陽」是為《周易》所闡述的天地萬物的本質規律，為天地萬物運動、發展、變化的本源，人類觀察、認識、理解天地萬物所領悟的基本法則。《周

易‧繫辭上》曰：

> 一陰一陽之謂道。繼之者善也，成之者性也。仁者見之謂之仁，知者見之謂之知，百姓日用而不知，故君子之道鮮矣。〔註1〕

「陰陽」之道作為《周易》思想的根本核心，衍生出一系列思想觀念，陰陽調和、天道周行在於不止息的運動之中，天地自然有寒來暑往的季節交替，推衍至於人事社會，則有動靜、盈虛、禍福、興亡、窮達、進退等常理。明達上述常理，是君子安身立命，有位者治國安邦的不二法門。劉玉平《論〈周易〉的陰陽和諧思維》曰：

> 陰與陽的對應、統一、和諧，貫穿在《周易》構建的無限時空中，是《易》之為《易》的精髓。〔註2〕

白居易對「陰陽」此一宇宙本體和思想本源多有闡述和發揮。陰陽調和是白居易思想觀念的重要特徵，白居易《策林‧議祥瑞辨妖災》曰：

> 抑臣又聞，王者之大瑞，在乎天地泰，陰陽和，風雨時，寒暑節，百穀熟，萬人安，賦役輕，服用儉，兵革偃，刑罰措，賢者出，不肖者退，聲教日被，謳歌日興。〔註3〕

白居易認為帝王臣僚，景仰天地、和合陰陽、心存畏懼、行止合度是理政安邦的前提。天清地寧、寒暑交互、風調雨順則自然萬物欣欣向榮，由此芸芸眾生安居樂業、國泰民安。白居易作《為宰相賀雨表》曰：

> 臣某言：臣聞聖明在上，刑政叶中，則天地氣和，風雨時若。常聞其語，今見其時。臣某等誠歡誠躍，頓首頓首。臣伏以陰陽氣數，盈縮相隨，去秋多霖，今春少雨。宿麥猶茂，農功未妨。陛下念物憂人，先時戒事。靡神不舉，有感必通。故雲出于山，月離于畢。初灑塵以霢霂，漸破塊而霶霈。圃圃田疇，無不霑足。雨之所致，臣知其由。自上而來，雖因天降；從中而得，實與心期。發於若屬之誠，散作如膏之澤。凡在率土，孰不歡心？臣等位忝鈞衡，職乖燮理。仰陰陽而增懼，顧霖雨而懷慚。無任兢惕歡欣之至。〔註4〕

〔註1〕〔清〕阮元校刻，《十三經注疏‧周易正義》（清嘉慶刊本），第1版，北京：中華書局，2009年版，第161頁。

〔註2〕劉玉平撰，《論〈周易〉的陰陽和諧思維》，《周易研究》2004年第5期，第67頁。

〔註3〕〔唐〕白居易著，謝思煒校注，《白居易文集校注》，第1版，北京：中華書局，2011年版，第1396頁，參見附錄1第106條。

〔註4〕〔唐〕白居易著，謝思煒校注，《白居易文集校注》，第1版，北京：中華書

　　白居易為宰相作賀雨表，表達了位居中樞輔弼帝王的感受：聖君秉從天道則陰陽調和、風調雨順，即使偶有災變，若帝王聖明憂勤，則感天通神，天災自消，甘霖普降。同時祝賀於上，自責於下，認為身為宰輔仰承天恩，必朝乾夕惕、兢兢業業，以符職守。白居易擬《答宗正卿李詞等賀德音表》曰：

　　　　朕統承鴻緒，子育蒼生。累歲有秋，今春不雨。在陰陽之數，
　　雖有盈虛；為父子之心，敢忘惻隱？俾除人弊，以盪歲災。卿等任
　　重宗卿，恩連屬籍。省茲陳賀，深見忠誠。〔註5〕

　　白居易為帝王擬詔制，同樣從陰陽交替此一天理常道出發，宏觀闡述君主秉承天道，子育蒼生所承擔的責任，認為即使就天道常軌而言，有盈虛禍福之往返交替，但作為統領萬邦的君主，懷惻隱之心，推行仁義之政，興利除弊，可感動天地，消滅天災。在治國安邦層面，為黎民百姓生計策劃，居安思危、未雨綢繆是為謀國者的根本。

　　白居易依據《周易》陰陽調和、盈縮交互之常道，闡述治國安邦道理。《周易·損·彖》曰：

　　　　損剛益柔有時，損益盈虛，與時偕行。

　　王弼注云：

　　　　自然之質，各定其分，短者不為不足，長者不為有餘，損益將
　　何加焉？非道之常，故必與時偕行也。〔註6〕

　　剛柔相濟，陰陽互補，轉換隨時，是為常道。天道如此，人道亦如此。白居易在《策林·辨水旱之災明存救之術》中明確闡述，曰：

　　　　夫天之道無常，故歲有豐必有凶。地之利有限，故物有盈必有
　　縮。聖王知其必然，於是作錢刀布帛之貨，以時交易之，以時斂散
　　之。所以持豐濟凶，用盈補縮。〔註7〕

　　白居易《禮部試策五道·第五道》曰：

　　　　夫天地之數無常，故歲一豐必一儉也。衣食之生有限，故物有

　　　　局，2011 年版，第 1326 頁，參見附錄 1 第 328 條。
〔註5〕〔唐〕白居易著，謝思煒校注，《白居易文集校注》，第 1 版，北京：中華書
　　　　局，2011 年版，第 1172 頁。
〔註6〕〔清〕阮元校刻，《十三經注疏·周易正義》（清嘉慶刊本），第 1 版，北京：
　　　　中華書局，2009 年版，第 108 頁。
〔註7〕〔唐〕白居易著，謝思煒校注，《白居易文集校注》，第 1 版，北京：中華書
　　　　局，2011 年版，第 1408 頁，參見附錄 1 第 108 條。

盈則有縮也……權生物之盈縮，修而行之，實百代不易之道也。虞
災救弊，利物寧邦，莫斯甚焉。然則布帛之賤者，由錐刀之壅也。
苟粟麥足用，泉貨通流，則布帛之價輕重平矣。〔註8〕

天地自然運行規律不以人的意志為轉移。天道盈虛相隨，豐儉吉凶之年
往往交替呈現，黎民百姓的禍福生死，仰賴君主及其臣僚從整體出發，對豐
凶之年的歲入進行合理調節與掌控。善謀國者，充分認識天地生物有限的自
然規律，宏觀把握大局，不以豐稔而忘飢饉，不因荒年而損黎民。為政者善
於採取行之有效的措施，使百姓得以豐儉相濟、以豐濟凶，是社會穩定、國
泰民安的基本要求。

元和七年（812），白居易作《納粟》曰：「常聞古人語，損益周必復。」
〔註9〕白居易謂陰陽損益周而復始，側面要求為政者恭謹行政，秉承天命，順
應民心，苟有所違，則難免遭受天譴。《捕蝗》曰：

捕蝗捕蝗誰家子？天熱日長飢欲死。興元兵久傷陰陽，和氣蠹
蠹化為蝗。始自兩河及三輔，薦食如蠶飛似雨。雨飛蠶食千里間，
不見青苗空赤土。〔註10〕

出於利益爭奪的戰爭實為人禍，人禍擴大了災殃，其直接後果就是黎民
百姓顛沛流離，田園荒蕪、民不聊生；更有甚者，民心離亂之間，偶有自然災
害，皇權動搖，國祚堪危，不可不察。《老子》曰：

以道佐人主者，不以兵強天下，其事好還。師之所處，荊棘生
焉。大軍之後，必有凶年。善有果而已，不敢以取強。果而勿矜，
果而勿伐，果而勿驕，果而不得已，果而勿強。物壯則老，是謂不
道，不道早已。〔註11〕

老子語境為議兵慎武，其意當是一切有違天理人道的作為，當遭受天譴。
孔子謂「不教而殺謂之虐」，〔註12〕君主設道立極教化萬民，當以上天好生之

〔註8〕〔唐〕白居易著，謝思煒校注，《白居易文集校注》，第1版，北京：中華書
　　　局，2011年版，第439頁，參見附錄1第25條。
〔註9〕謝思煒撰，《白居易詩集校注》，第1版，北京：中華書局，2006年版，第107
　　　頁。
〔註10〕謝思煒撰，《白居易詩集校注》，第1版，北京：中華書局，2006年版，第321
　　　頁。
〔註11〕〔魏〕王弼注，樓宇烈校釋，《老子道德經注》，第1版，北京：中華書局，
　　　2011年版，第80頁。
〔註12〕楊伯峻譯注，《論語譯注》，第3版，北京：中華書局，2009年版，第208頁。

德化育百姓，慎刑獄、戒殺戮。

　　白居易從《周易》原理和社會實踐之中，體會出陰陽相對、循環往復而必得中正的中道思想，對沉浮起伏的社會人生領會深刻。唯「易」不易，「無常」即常。陰陽、動靜、禍福並非一成不變的固定狀態，而是在兩者之間循環往復。白居易《策林・使臣盡忠人愛上》曰：

　　　　夫欲使臣節盡忠，人心愛上，則在乎明報施之道也。《傳》曰：「美惡周必復。」又曰：「其事好還。」然則復與還皆報施之謂也。夫日月不復，則晝夜不生。陰陽不復，則寒暑不行。善惡不復，則君臣不成。昔者五帝接其臣以道，故其臣致君以德也。三王使其臣以禮，故其臣事君以忠也。秦漢以降，任其臣以利，故其臣奉君以賈道。〔註13〕

　　白居易以陰陽往復之道，論證帝王當恭行仁善之政，擯棄以利祿駕馭臣僚。認為陰陽周而復始，凡事皆有與之相應的回報。為君者若欲使臣子竭誠盡忠、敬愛尊長，首先必須明瞭善惡相應之道。人世間並無無緣無故的恩怨福慶，施與恩德，必收忠信；施與暴虐，必招仇怨。此為陰陽交替一般循環往復、毫釐不爽。善惡必應，此為禮樂之本，也是君臣上下至為嚴肅的利害關係。唯有遵循此中道理，方能家邦有序有則，安定和暢。上古三皇五帝遵循君道、憂勤莊嚴，臣子恭行臣道、報君以德，故國祚綿長。至於周德衰微，秦季暴虐，以利益相誘惑，則臣子背信棄義、唯利是圖，故此天祿永終。白居易引《左傳》昭公十一年典故，謂楚之伐蔡，蔡雖必亡，而楚之所得必生驕奢而盈滿，後楚子弒君，此為「美惡周必復」之典。〔註14〕在精神層面，國家的福祉、民眾的安居樂業莫大於樹禮儀、移風俗、明教化、美人倫。作為帝王也好，臣屬也罷，心存畏懼，是兢兢業業、朝乾夕惕理政安邦的前提。故此白居易所擬詔制及奏議之中無不對陰陽調和再三強調，以正人心、順天命。理解這一基本原理，在治國安民和人生歷程問題上，可以居安思危、未雨綢繆；又可以處變不驚、從容不迫。

　　「一陰一陽之謂道」恆處於無止息的交流往復之間，《周易・繫辭下》曰：

〔註13〕〔唐〕白居易著，謝思煒校注，《白居易文集校注》，第 1 版，北京：中華書局，2011 年版，第 1612 頁，參見附錄 1 第 145 條。

〔註14〕楊伯峻編著，《春秋左傳注》，第 2 版，北京：中華書局，1990 年版，第 1325 頁。

　　　　《易》窮則變，變則通，通則久，是以「自天佑之，吉无不利」。
〔註15〕

　　「陰」「陽」各有其「窮」，亦各有其「通」。「窮」「通」是為一體，本身
並無吉凶善惡之分，亦無先後順序之差。「窮」極即「通」「通」極則「窮」，
其本質內涵上更無二致。關鍵在於「窮」「通」之間的無窮往復，所體現的最
終意義為「久」，即天地間萬事萬物的生生不息，無有止境。「久」是為天地本
質狀態，故「久」為天所幽贊，可得「吉无不利」。《周易》「一陰一陽之謂道」
的辯證發展觀，涵蓋天地之間事物發展的一般規律，推廣至於人事，於順通與
福慶之時須「朝乾夕惕」「居安思危」，以應對兇險災殃的出現；於迍窮塞躓之
時須充滿希望、振作精神，隨著時勢的發展必走向光明開朗世界。聖君賢哲之
所以坦然面對一切榮辱得失而不以為意，乃是由於參悟通透天地自然之理，理
解天道周行之本質規律。

　　白居易根據《周易》「一陰一陽之謂道」原理闡述為君為臣之道，所擬詔
制及奏議之中，無不對「陰陽」調和再三強調和闡發，認為「陰陽」調和則天
地和氣，天地和氣則萬物繁茂，由此可至國泰民安。從「陰陽之道」推衍出治
國安邦必須遵循的根本大道，即帝王及其臣僚當順應天則，對天地懷有敬畏
之心，對眾生懷有惻隱之心，此為代天養育萬民的為君之道。「陰陽」之道的
根本核心，即是在於萬事萬物均處於發展變化過程之中，但凡一種狀態，無
論其優劣成敗，皆為暫時的表象，其內在本質，總是朝向相反的方向轉化。
據此原理，《周易》陰陽交替思想觀念以「大和」為至為嘉美的狀態，推行於
社會人事，即是達到了安定平和的境界。白居易內心深刻領會天道盈虛之理，
知性命之理的本源來路，認為名利和安逸不可兼得，人生猶如自然世界，陰
陽交替、寒來暑往體現為禍福相倚、窮達相隨，故淡泊身心、寵辱不驚；從容
處世、隨遇而安，實踐了「居易」「樂天」名、字所賦予的深刻內涵。

3.1.2　白居易的禍福相倚論

　　白居易文章之中對《周易》「禍福相倚」思想有充分的論述，認為人世間
總是禍福相倚、安危相與、悲喜相隨，鮮有獨立而不周行，孤高而不危殆者。
人生世間，無有名利雙收、安居富貴的坦途。元和十五年（820），白居易在忠

〔註15〕〔清〕阮元校刻，《十三經注疏・周易正義》（清嘉慶刊本），第 1 版，北京：
　　　中華書局，2009 年版，第 180 頁。

州，作《遣懷》曰：

> 樂往必悲生，泰來猶否極。誰言此數然，吾道何終塞？嘗求詹
> 尹卜，拂龜竟默默。亦曾仰問天，天但蒼蒼色。〔註16〕

白居易精研古往今來經典理論，諳熟歷史故實，明瞭人間禍福相倚、否極泰來之理，其思想觀念的重要理論來源即是《周易》，印證的是歷史記載中屢屢呈現的事實。居於高位固然可以一展抱負，但利益攸關爭奪不已，往往潛藏著巨大的危機。處朝夕驚懼間，其樂也短暫，其憂也綿長；居於低位困蹇之中，既不為人群所關注，更非生死利益之漩渦，反而身形相對安全與自在，精神相對放鬆與自由。此即高位常憂懼而低位常心安的由來，為古代哲人所深刻領會和不厭其煩地闡述。白居易對位高權重的利害得失深入剖析，元和初，在長安，作有《凶宅》曰：

> 凡為大官人，年祿多高崇。權重持難久，位高勢易窮。驕者物
> 之盈，老者數之終。四者如寇盜，日夜來相攻。假使居吉土，孰能
> 保其躬？因小以明大，借家可諭邦。周秦宅崤函，其宅非不同。一
> 與八百年，一死望夷宮。寄語家與國，人凶非宅凶。〔註17〕

白居易作此詩，正是科考順遂，仕途通達，授為翰林學士和左拾遺前後。《周易・乾・象》曰：「亢龍有悔，盈不可久也。」〔註18〕白居易對人生事業的成敗得失自有其冷靜客觀的思考，認為官居要津，時常有巔墜之虞，更有罹禍之由。若不知收斂、不知謙卑，往往導致不虞之災。故此白居易認為高官厚祿固然顯達富貴，所居位置眾目睽睽為人豔羨，亦為人忌妒怨恨，此為古往今來史實再三印證的普遍規律。其《青冢》亦曰：「禍福安可知，美顏不如醜。何言一時事，可戒千年後。」〔註19〕為人處世若不知持盈保泰、以柔克剛、謙恭保位之道，則難免產生驕奢淫逸、盈滿亢奮心態，進而剛愎自用、不可一世。殊不知凡事盛極則衰，物極必反。名利至於極盛，則危機四伏，禍不旋踵。此禍福相倚之理，為白居易初履仕途即反覆琢磨、充分領悟並深為戒懼。

〔註16〕謝思煒撰，《白居易詩集校注》，第1版，北京：中華書局，2006年版，第882頁，參見附錄2第154條。

〔註17〕謝思煒撰，《白居易詩集校注》，第1版，北京：中華書局，2006年版，第15頁，參見附錄2第12條。

〔註18〕〔清〕阮元校刻，《十三經注疏・周易正義》（清嘉慶刊本），第1版，北京：中華書局，2009年版，第25頁。

〔註19〕謝思煒撰，《白居易詩集校注》，第1版，北京：中華書局，2006年版，第261頁。

　　元和十年（815），白居易四十四歲，由左拾遺改授太子左贊大夫，充翰林學士。八月，宰相以白居易先臺鑒言事，貶刺史，王涯奏白居易不當治郡，加貶江州司馬。〔註20〕冬，至江州，作長文《與元九書》，與摯友元稹通報消息，分析自身困順根由，論述禍福相倚道理，現身說法、有理有據，《與元九書》自我總結曰：

> 十年之間，三登科第。名入眾耳，跡升清貫。出交賢俊，入侍
> 晃疏，始得名於文章，終得罪於文章，亦其宜也。〔註21〕

　　揚名立萬，與之對應的是開罪豪門；名震寰區，與之相伴的是毀亦隨之。總之禍福對等，是為陰陽相交一般的如影相隨。白居易終於在朝堂抗言、翰苑馳騁，博得高名尊榮之後，以罹禍左遷江州司馬告一段落。元和十二年（817），白居易在江州，作《東南行一百韻寄通州元九侍御》曰：

> 日近恩雖重，雲高勢却孤。翻身落霄漢，失脚倒泥塗。博望移
> 門籍，潯陽佐郡符。（予自太子贊善大夫出為江州司馬。）時情變寒
> 暑，世利算錙銖……貧室如懸磬，端憂劇守株。時遭人指點，數被
> 鬼揶揄。〔註22〕

　　白居易經多年的儒家倫理薰陶、文章操練，憑才學躋身近臣之列，本屬肩擔道義、心繫黎民的新銳。十年朝堂坎坷經歷，雖名重一時卻屢遭攻訐；雖有經世報國之誠，往往是心有餘而力不足。白居易遷謫之後，感慨良多，對於科考仕進，地方官吏實踐，朝堂參政輔政的過程進行冷靜思考，頗多心得。其《與元九書》條分縷析表裏俱陳，曰：

> 古人云：「名者公器，不可多取。」僕是何者？竊時之名已多。
> 既竊時名，又欲竊時之富貴，使己為造物者，肯兼與之乎？今之迍
> 窮，理固然也。〔註23〕

　　白居易深入領悟人生境遇的錯綜複雜，看似世事無常的偶然之中，所蘊含的必然規律，深得造物損益盈虛、禍福相倚之道，曉暢天道中正法則，以

〔註20〕朱金城著，《白居易年譜》，第 1 版，上海：上海古籍出版社，1982 年版，第 63 頁。

〔註21〕〔唐〕白居易著，謝思煒校注，《白居易文集校注》，第 1 版，北京：中華書局，2011 年版，第 325 頁。

〔註22〕謝思煒撰，《白居易詩集校注》，第 1 版，北京：中華書局，2006 年版，第 1247 頁，參見附錄 2 第 118 條。

〔註23〕〔唐〕白居易著，謝思煒校注，《白居易文集校注》，第 1 版，北京：中華書局，2011 年版，第 325，326 頁，參見附錄 1 第 234 條。

執兩用中為寶。《老子》曰：「天之道，其猶張弓與！高者抑之，下者舉之；有餘者損之，不足者補之。天之道，損有餘而補不足。」〔註24〕由於理有所本，白居易於是心下坦然。白居易於名利之間洞明豁達，由此生發出源自內心的知足常樂、隨遇而安、簡約平易的生活態度。孔穎達疏《周易·困》曰：

> 「困」者，窮厄委頓之名，道窮力竭，不能自濟，故名為「困」。
> 亨者，卦德也。小人遭困，則「窮斯濫矣」。君子遇之，則不改其操。
> 君子處困而不失其自通之道，故曰「困，亨」也……處困而能自通，
> 必是履正體大之人，能濟於困，然後得吉而「无咎」，故曰：「貞，
> 大人吉，无咎」也。〔註25〕

孔穎達認為，君子遭遇困境，無改其節操。居於途窮身困之境，能夠自我調適以達理安心，則為心緒端正、識得大體的君子。《論語·衛靈公篇》曰：「子曰『君子固窮，小人窮斯濫矣。』」〔註26〕白居易覺悟到「今之迍窮，理固然也」，則進入到如何從容應對「窮」與「困」的層面。白居易對人生起伏波折探究透徹，面對諸多艱難困苦從容優雅、節操不改，運掉自如、遊刃有餘。因其明達乎天地大道，曉暢萬事萬物陰陽循環、禍福相倚的本質規律，故此頗為窮達隨緣、寵辱不驚。白居易面臨迍窮局面，不以一己之得失進退為念，合乎孔子無可無不可之深邃內涵。其格局實在是切合「遯世無悶」的高標，也正是為世人稱道和模擬的難能可貴之處。順境當仁不讓、慷慨激越、除舊布新、激濁揚清；逆境隨緣就勢、隱忍待時、胎息龜縮、調養身心。《與元九書》曰：「進退出處，何往而不自得哉？」〔註27〕白居易即使面臨從廟朝落向丘樊間的天壤之別，亦氣定神閒安之若素，沉穩清雅不為所動，此一境界，實為白居易參透《易》理之陰陽交流、否泰相隨、禍福相倚所致。

白居易對「禍福相倚」之道的認識具有明顯的發展過程。青年白居易遵循「禍福相倚」必至其中正大和的原則，在文章中即表現得稔熟與自然。早年即便是純為喜樂的詔制、書表亦不偏不倚、恪守中正大和之道。元和二年

〔註24〕〔魏〕王弼注，樓宇烈校釋，《老子道德經注》，第 1 版，北京：中華書局，2011 年版，第 194 頁。

〔註25〕〔清〕阮元校刻，《十三經注疏·周易正義》（清嘉慶刊本），第 1 版，北京：中華書局，2009 年版，第 121 頁。

〔註26〕楊伯峻譯注，《論語譯注》，第 3 版，北京：中華書局，2009 年版，第 159 頁。

〔註27〕〔唐〕白居易著，謝思煒校注，《白居易文集校注》，第 1 版，北京：中華書局，2011 年版，第 326 頁。

（807），白居易年方36歲，初為翰林學士，即明達於「禍福相倚」原理，其
《答李扞謝許遊宴表》曰：

> 朕自御萬方，僅經三載。運逢休泰，俗漸和平。當朝野無虞之
> 時，見君臣相遇之樂。是故去滋彰之化，宏憂貸之恩。近自宗親，
> 下及士庶。賜其宴衎，遂以優游。蓋以己之所安，思與人之共樂。
> 雖夕惕而若厲，每戒志於無荒。賜春遊以發生，宜助時而有慶。卿
> 等榮崇宗寺，恩重本枝。省所謝陳，彌嘉誠懇。〔註28〕

太平世道，天下無事，往往潛藏和滋生著未可預測的危機。志得意滿時
節，最是因目標游移無定而懈怠憚懶於國政民事。白居易冷靜分析禍福相倚
之道，文中雖為慶賀朝野無虞、君臣知遇，但同時強調朝乾夕惕、居安思危。
唯在福慶之中時存咎殃之思，在太平之日每作亂離之想，才能長保休泰、久
歷安康。

白居易從青年才俊為帝王草詔，從理論上闡述「禍福相倚」之道，到壯
年作為當事人切身感受「禍福相倚」原理的真實不虛，並對此反覆論述，及
至中年，已然對於此中道理領悟深透，對於波詭云譎的朝堂政治洞若觀火。

長慶元年（821），白居易50歲，對《周易》「否泰」「休咎」等「禍福相
倚」原理的認識和演繹，已然達到爐火純青的境界，由此從容應對了一系列
人生難題、宦途兇險。《唐會要》曰：

> 長慶元年敕：「今年禮部侍郎錢徽下進士鄭郎等一十四人，宜令
> 中書舍人王起，主客郎中、知制誥白居易重試。」覆落十三人。三
> 月丁未詔：「國家設文學之科，本求實才，苟容僥倖，則異至公。訪
> 聞近日浮薄之徒，扇為朋黨，謂之關節，干擾主司，每歲策名，無
> 不先定。眷言敗俗，深用興懷。鄭郎等昨令重試，乃求深僻題目，
> 貴觀學藝淺深。孤竹管是祭天之樂，出於周禮正經，閱其呈試之文，
> 都不知其本事，辭律鄙淺，蕪累至多。其溫業等三人粗通，可與及
> 第，其餘落下。今後禮部舉人，宜准開元二十五年敕，及第人所試
> 雜文，先送中書門下詳覆。侍郎錢徽貶江州刺史。」〔註29〕

─────────────

〔註28〕〔唐〕白居易著，謝思煒校注，《白居易文集校注》，第1版，北京：中華書
　　　局，2011年版，第1126，1127頁，參見附錄1第169條。
〔註29〕〔宋〕王溥撰，《唐會要》，第2版，上海：上海古籍出版社，2006年版，第
　　　1634，1635頁。

　　禮部侍郎錢徽主試進士，及第一十四人多為權貴親朋。新進士未及彈冠相慶，旋為李德裕、元稹等舉發，穆宗命白居易等主持重試。白居易作為「文衡」名播朝野，雖高高在上卻岌岌可危：徇私苟且則有愧於天地君父，秉公裁奪又有損於權貴公卿，實在是跋前躓後、動輒得咎，風口浪尖之上個中滋味唯有自知。重試結局，落選十三人，朝野震動。《資治通鑒》曰：

　　　　（穆宗長慶元年三月）翰林學士李德裕，吉甫之子也，以中書
　　　　舍人李宗閔嘗對策譏切其父，恨之。宗閔又與翰林學士元稹爭進取
　　　　有隙。右補闕楊汝士與禮部侍郎錢徽掌貢舉，西川節度使段文昌、
　　　　翰林學士李紳各以書屬所善進士於徽；及榜出，文昌、紳所屬皆不
　　　　預，及第者，鄭朗，覃之弟；裴譔，度之子；蘇巢，宗閔之婿；楊
　　　　殷士，汝士之弟也。文昌言於上曰：「今歲禮部殊不公，所取進士皆
　　　　子弟無藝，以關節得之。」上以問諸學士，德裕、稹、紳皆曰：「誠
　　　　如文昌言。」上乃命中書舍人王起等覆試。夏，四月，丁丑，詔黜
　　　　朗等十人，貶徽江州刺史，宗閔劍州刺史，汝士開江令。或勸徽奏
　　　　文昌、紳屬書，上必悟，徽曰：「苟無愧心，得喪一致，奈何奏人私
　　　　書，豈士君子所為邪！」取而焚之，時人多之。紳，敬玄之曾孫；
　　　　起，播之弟也。自是德裕、宗閔各分朋黨，更相傾軋，垂四十年。
　　　　〔註30〕

　　重試結果不出所料，濫竽充數之狀昭然若揭。穆宗所謂「每歲策名，無不先定」，唯有位高權重方有「先定」門徑。身居「文衡」此一握人前途命運要職的白居易，不願參與任何宗派，但又難於與朋黨人物相切割，白居易之妻即為楊汝士之妹。此次重試，致使李宗閔之婿蘇巢與楊汝士之弟楊殷士落第，李宗閔與楊汝士被貶。自此之後，當事者構怨，相互傾軋數十年，即使帝王亦無可奈何於朋黨之爭。《資治通鑒》曰：

　　　　（文宗太和八年十一月）李宗閔言李德裕制命已行，不宜自便。
　　　　乙亥，復以德裕為鎮海節度使，不復兼平章事。時德裕、宗閔各有
　　　　朋黨，互相擠援。上患之，每歎曰：「去河北賊易，去朝廷朋黨難！」
　　　　〔註31〕

〔註30〕〔宋〕司馬光撰，《資治通鑒》，第 1 版，北京：中華書局，1956 年版，第 7790，
　　　　　7791 頁。
〔註31〕〔宋〕司馬光撰，《資治通鑒》，第 1 版，北京：中華書局，1956 年版，第 7899 頁。

李德裕與李宗閔因父輩事早有齟齬，因科舉之事又相攻訐，自此二人各羅朋黨，相互掣肘，朝政日趨不堪，以至於文宗發出「去河北賊易，去朝廷朋黨難」的歎息。帝王居高臨下，目光如炬，燭照世事，其高位無可匹敵，然對於結黨營私亦無可奈何。文豔蓉《白居易生平與創作實證研究》曰：

> 從家族利益與政治立場來說，白居易屬牛黨派系，但他又與李黨魁首元稹、裴度、李紳關係相當不錯。這種人事關係，使他容易處於夾縫之中，但他卻能自如地應付，未受到什麼重大打擊……這主要取決於白居易在黨爭中採取避禍以保全自我的態度。在牛李黨爭中保全自我，這也是白居易出於個人與家族利益不得已而處之。〔註32〕

白居易於朝廷並無深厚根基，父祖輩止於中下層官吏，唯有清望、並無實權。白居易憑才識方略晉身，得到帝王賞識本為榮貴之事，但處於政治漩渦中又非全身之道。白居易為文宦，飽讀經典，勵志頗深，誠心報國，並無更多私心雜念。白居易《錢徽司封郎中知制誥制》：「中臺草奏，內庭掌文，西掖書命，皆難其人也。非慎行敏識，茂學懿文，四者兼之，則不在此選。」〔註33〕白居易擬制論知制誥品望才識，可作自況。並白居易頗有公平選舉之聲，《舊唐書‧賈餗傳》曰：「長慶初，策召賢良，選當時名士考策，餗與白居易俱為考策官，選文人以為公。」〔註34〕然政治污濁，沽名弔譽結黨營私者比比皆是，白居易秉公選人，不徇私情，長此以往，其結局不容樂觀。無太宗之開明，則無魏徵之耿直，更無貞觀之盛世。由此說來，白居易幾經挫折磨難之後，也就慣看世界，隱忍求安。

「禍福相倚」本源於《周易》「一陰一陽之謂道」的陰陽循環思想，老子謂之「禍兮福之所倚，福兮禍之所伏。」〔註35〕白居易之所以得以安然善終，全然在於明晰禍福相倚、避禍全軀之理。穆宗長慶二年（822），白居易 51 歲，主持復試的次年，為脫離禍源，自求外任，除杭州刺史。白居易從天子

〔註32〕 文豔蓉撰，《白居易生平與創作實證研究》，浙江大學，博士論文，杭州：浙江大學，2009 年，第 43 頁。

〔註33〕 〔唐〕白居易著，謝思煒校注，《白居易文集校注》，第 1 版，北京：中華書局，2011 年版，第 1002 頁。

〔註34〕 〔後晉〕劉昫等撰，《舊唐書》，第 1 版，北京：中華書局，1975 年版，第 4407 頁。

〔註35〕 〔魏〕王弼注，樓宇烈校釋，《老子道德經注》，第 1 版，北京：中華書局，2011 年版，第 156 頁。

近臣、士林尊長主動請求外任，具有充分的思考與強烈的動因，明確表達於赴任途中所作《宿清源寺》詩中，其辭曰：

> 往謫潯陽去，夜憩輞溪曲。今為錢塘行，重經茲寺宿。爾來幾何歲，溪草二八綠。不見舊房僧，蒼然新樹木。虛空走日月，世界遷陵谷。我生寄期間，孰能逃倚伏？隨緣又南去，好住東廊竹。〔註36〕

「陵谷」語本《詩經・小雅・十月之交》「高岸為谷，深谷為陵。」〔註37〕喻世事變遷，高下易位。白居易憶往昔江州之貶，湓浦冷月、潯陽苦竹，何其為人歎惋。只因白居易樂觀豁達，並無長久哀怨慘惻情緒，反覺得郡守優容、匡廬美盛。可見白居易等超拔之士，隱藏於內心深處的靈根慧性，自可隨時隨處顯現，不因世道時位之變幻，稍有壓抑與無趣。隨著歲月流逝、年齒漸長，白居易更加善於體察時變，傾向淡漠名物。白居易深諳盛名之下，潛伏的無窮禍端。久居朝堂政治爭鬥之中，難免馬失前蹄、構禍於無心未測間。故此白居易避禍全軀，和光同塵於山野江湖之思，具備了充足的理由。長慶二年（822），白居易自長安至杭州任刺史途中，作《山雉》曰：

> 五步一啄草，十步一飲水。適性遂其生，時哉山梁雉。梁上無罾繳，梁下無鷹鸇。雌雄與群雛，皆得終天年。嗟嗟籠下雞，及彼池中雁。既有稻粱恩，必有犧牲患。〔註38〕

白居易自求外任動因十分明確，脫離是非之地，避免禍患為其主；遂性自然、調養身心為其次，《山雉》詩明確地表達出其中道理。山梁之雉適性自在、往來隨心，雖有覓食之艱，並無不測之禍；籠池雞雁，固有稻粱之美、安食之樂，卻有性命之憂。禍福得失之間，白居易選擇的是捨得而積福。

白居易《寓意詩五首・其二》曰：

> 赫赫京內史，炎炎中書郎。昨傳徵拜日，恩賜頗殊常。貂冠水蒼玉，紫綬黃金章。佩服身未暖，已聞竄遐荒。親戚不得別，吞聲泣路旁。賓客亦已散，門前雀羅張。富貴來不久，倏如瓦溝霜。權勢去尤速，瞥若石火光。不如守貧賤，貧賤可久長。傳語宦遊子，

〔註36〕謝思煒撰，《白居易詩集校注》，第 1 版，北京：中華書局，2006 年版，第 659頁，參見附錄 2 第 159 條。

〔註37〕〔漢〕鄭玄箋，〔唐〕孔穎達疏，朱傑人、李慧玲整理，《毛詩注疏》，第 1 版，上海：上海古籍出版社，2013 年版，第 1039 頁。

〔註38〕謝思煒撰，《白居易詩集校注》，第 1 版，北京：中華書局，2006 年版，第 674頁。

且來歸故鄉。〔註39〕。

白居易對於朝廷政治變化莫測深有感觸，朝履青雲乃巍峨之士，暮落塵泥若喪家之犬，此中反差巨大，難為一般人所承受。對於居於高位為名利所累，以至於落魄傷身，白居易殊為戒懼。大和九年（835），白居易作《九年十一月二十一日感事而作》曰：

> 禍福茫茫不可期，大都早退似先知。當君白首同歸日，是我青山獨往時。顧索素琴應不暇，憶牽黃犬定難追。麒麟作脯龍為醢，何似泥中曳尾龜？〔註40〕

白居易擅長從經典理論思想中擷取精華，從歷史典故中總結教訓，將經典與史實相互印證，得出毋庸置疑的結論。「憶牽黃犬」為秦相李斯之典。《史記·李斯列傳》曰：

> 二世二年七月，具斯五刑，論腰斬咸陽市。斯出獄，與其中子俱執，顧謂其中子曰「吾欲與若復牽黃犬俱出上蔡東門逐狡兔，豈可得乎？」遂父子相哭，而夷三族。〔註41〕

白居易所謂「老龜刳腸」之典，歷來為人引述。白居易於《答〈桐花〉》詩中亦有類似思考，曰：「老龜被刳腸，不如無神靈。雄雞自斷尾，不願為犧牲。」〔註42〕《莊子·秋水》曰：

> 莊子釣於濮水。楚王使大夫二人往先焉，曰：「願以境內累矣！」莊子持竿不顧，曰：「吾聞楚有神龜，死已三千歲矣。王巾笥而藏之廟堂之上。此龜者，寧其死為留骨而貴乎？寧其生而曳尾於塗中乎？」二大夫曰：「寧生而曳尾塗中。」莊子曰：「往矣！吾將曳尾於塗中。」〔註43〕

莊子於生死至為通透，但較之儒家的積極進取理念，老莊思想在白居易

〔註39〕謝思煒撰，《白居易詩集校注》，第1版，北京：中華書局，2006年版，第195頁。

〔註40〕謝思煒撰，《白居易詩集校注》，第1版，北京：中華書局，2006年版，第2482頁。

〔註41〕〔漢〕司馬遷撰、〔宋〕裴駰集解、〔唐〕司馬貞索隱、〔唐〕張守傑正義，《史記》，第1版，北京：中華書局，1955年版，第2562頁。

〔註42〕謝思煒撰，《白居易詩集校注》，第1版，北京：中華書局，2006年版，第223頁。

〔註43〕〔晉〕郭象注，〔唐〕成玄英疏，《莊子注疏》，第1版，北京：中華書局，2011年版，第328頁。

的精神世界體現並不十分顯著。固然從入朝為官至衰年致仕,「禍福相倚」思想伴隨白居易一生,但白居易從來未曾徹底脫離官場而遁入山林。會昌二年(842),白居易七十一歲,以刑部尚書致仕,給半俸。是年七月,劉禹錫卒,年七十一,白居易有《哭劉尚書夢得二首(其一)》曰:

> 四海齊名白與劉,百年交分兩綢繆。同貧同病退閑日,一死一
> 生臨老頭。杯酒英雄君與操,文章微婉我知丘。賢豪雖歿精靈在,
> 應共微之地下游。〔註44〕

白居易、元稹、劉禹錫三人才高名顯,轟轟烈烈一場,白居易與元稹等更是推心置腹、志同道合。《周易·文言》曰:「子曰:『同聲相應,同氣相求。』」〔註45〕《周易·繫辭上》曰:「方以類聚,物以群分。」〔註46〕在白居易、元稹、劉禹錫實在是完美體現。韶光大好留不住,千里搭長棚,沒有不散的筵席。摯友凋零、知音隕散,白居易深感唇亡齒寒、時不我待。樂府舊章即將終結,文壇新銳次第登場,白居易撫今追昔,感慨良多,對興廢典故、禍福規律,進行了一番總結,作《閑坐看書貽諸少年》曰:

> 雨砌長寒蕪,風庭落秋果。窗間有閑叟,盡日看書坐。書中見
> 往事,歷歷知福禍。多取終厚亡,疾驅必先墮。勸君少干名,名為
> 錮身鎖。勸君少求利,利是焚身火。我心知己久,吾道無不可。所
> 以雀羅門,不能寂寞我。〔註47〕

「禍福相倚」源自《周易》思想,「多藏厚亡」亦為老子心得,干名攫利更是滅身險途,白居易對此了然於心,故警戒後輩少年,關涉名利須適可而止,不至於為外物所禁錮,有損身心。此為白居易於暮年慣看世事、通時情達至理之後,給予後輩的忠告。

深刻理解《周易》「陰陽之道」所生發出的「禍福相倚」思想,是白居易立身處世既能成就事業,又得以避禍永年的重要原因。白居易之所以能夠從容不迫地應對社會變幻、人生起伏,其思想根源和精神世界已然將所遇所求

〔註44〕謝思煒撰,《白居易詩集校注》,第 1 版,北京:中華書局,2006 年版,第 2785 頁。

〔註45〕〔清〕阮元校刻,《十三經注疏·周易正義》(清嘉慶刊本),第 1 版,北京:中華書局,2009 年版,第 28 頁。

〔註46〕〔清〕阮元校刻,《十三經注疏·周易正義》(清嘉慶刊本),第 1 版,北京:中華書局,2009 年版,第 156 頁。

〔註47〕謝思煒撰,《白居易詩集校注》,第 1 版,北京:中華書局,2006 年版,第 2735 頁。

思考周備，故一切不出白居易的估測之中。但凡心有定準，一切容納於人生擘畫之中，並無許多意料之外的情形出現，則人的內心的平和與適意即具有了充分的依據。史上如同白居易一樣能夠居安思危、未雨綢繆，對於自身的人生歷程具有相對準確的預估和設計，並為後世諸方稱道者並不多見。就此一端看來，白居易的智慧與明達，適應環境的強大能力，調和理想與現實之間矛盾的高超技巧，獲得後世睿智超絕、才學卓越的蘇軾等士人的欽服與效法，得到社會各階層人士的高度認可與讚賞，成為順理成章之事。

3.1.3　白居易的動靜交養論

　　陰陽調和動靜得宜是白居易思想的顯著特徵。由「一陰一陽之謂道」根本原理生發而來，《周易》對形而下之具體現象，在動靜、休咎等方面演繹最深，推衍最廣。白居易對於動、靜於生命之始終，軀體之蒙養論述精當，對於動、靜之於萬事萬物的深邃意蘊具有獨特理解。

　　白居易《動靜交相養賦序》曰：

> 居易常見今之立身從事者，有失於動，有失於靜。斯由動靜俱
> 不得其時與理也。因述其所以然，用自儆導，命曰《動靜交相養賦》
> 云。〔註48〕

　　天地萬物陰陽相對，動靜交流，循環往復，以得其中道。白居易認為立身處世當遵循動靜得宜之理，此其作《動靜交相養賦》的動因。《易·繫辭上》曰：

> 天尊地卑，乾坤定矣。卑高以陳，貴賤位矣。動靜有常，剛柔
> 斷矣。〔註49〕

　　白居易自天道推衍至於人道，認為動靜得宜是立身處世、定國安邦必須遵循的根本大道，於《動靜交相養賦》中闡釋動靜與時勢的關係，曰：

> 今之人，知動之可以成功，不知非其時，動必為凶。知靜之可
> 以立德，不知非其理，靜亦為賊。大矣哉！動靜之際，聖人其難之。
> 先之則過時，後之則不及時。交養之間，不容毫釐。〔註50〕

〔註48〕〔唐〕白居易著，謝思煒校注，《白居易文集校注》，第1版，北京：中華書
　　　　局，2011年版，第1頁，參見附錄1第4條。

〔註49〕〔清〕阮元校刻，《十三經注疏·周易正義》（清嘉慶刊本），第1版，北京：
　　　　中華書局，2009年版，第156頁。

〔註50〕〔唐〕白居易著，謝思煒校注，《白居易文集校注》，第1版，北京：中華書

　　白居易深諳動靜以時的原理，透徹分析其成敗利害，認為為政者必全方位把握諸方因素，方可決策實施。若非其時而動，是為妄作，主其凶；當動不動，是為怠政，無所作為亦生其凶。「靜」亦類此。切合孔子所謂「過猶不及」的觀點。《周易・繫辭下》曰：

　　　　子曰：「知幾其神乎？君子上交不諂，下交不瀆，其知幾乎！幾者，動之微，吉之先見者也。君子見幾而作，不俟終日。」〔註51〕

　　動靜之間敏銳地察覺事物發生變化的隱微徵兆，是為聖賢從容駕馭動靜行止、以此具有先見之明的奧秘。人生、宗族、國家、天下凡此種種，若動靜失察，違其法度，極端與強力所求，均謂之違乎常道，必然導致紊亂不和，招徠禍殃。動靜之中神妙玄遠與細微徵象，歷來為賢哲之人所深入體察，藉以修身蓄志，圓成德業。白居易《動靜交相養賦》闡釋道：

　　　　天地有常道，萬物有常性。道不可以終靜，濟之以動；性不可以終動，濟之以靜。養之則兩全而交利，不養之則兩傷而交病。故聖人取諸《震》以發身，受諸《復》而知命。所以《莊子》曰：「智者恬」，《易》曰：「蒙養正」。吾觀天文，其中有程。日明則月晦，日晦則月明。明晦交養，晝夜乃成。吾觀歲功，其中有信。陽進則陰退，陽退則陰進。進退交養，寒暑乃順。且躁者本於靜也，斯則躁為民，靜為君。以民養君，教化之根，則動養靜之道斯存。且有者生於無也，斯則無為母，有為子。以母養子，生成之理，則靜養動之理明矣。〔註52〕

　　白居易由天理「常道」推演至於萬物，由萬物推演至於人事，得出修身處世之道。《周易・序卦》曰：「震者，動也。」〔註53〕《周易・說卦》曰：「震為雷……其究為健，為蕃鮮。」〔註54〕「震卦」的本質是強健及其基礎之上的生生不息、茂盛鮮明。白居易認為古來聖人取《周易》「震卦」之運動

　　　　局，2011 年版，第 2 頁，參見附錄 1 第 4 條。

〔註51〕〔清〕阮元校刻，《十三經注疏・周易正義》（清嘉慶刊本），第 1 版，北京：中華書局，2009 年版，第 184 頁。

〔註52〕〔唐〕白居易著，謝思煒校注，《白居易文集校注》，第 1 版，北京：中華書局，2011 年版，第 1，2 頁，參見附錄 1 第 4 條。

〔註53〕〔清〕阮元校刻，《十三經注疏・周易正義》（清嘉慶刊本），第 1 版，北京：中華書局，2009 年版，第 201 頁。

〔註54〕〔清〕阮元校刻，《十三經注疏・周易正義》（清嘉慶刊本），第 1 版，北京：中華書局，2009 年版，第 198 頁。

活力，達成順應天道，培育仁德，進而施行美政的目標。「發身」為完善自身、成就功業之謂，《大學》曰：「仁者以財發身，不仁者以身發財。」〔註 55〕朱熹注曰：「發，猶起也。仁者散財以得民，不仁者亡身以殖貨。」〔註 56〕「發身」為古之君子成就之道，仁德之人專注於濟眾厚生，援金投身於人群，博施厚德成就美善名望，方可領群倫、引萬民。白居易對「發身」多有闡釋，其根本亦源之於「動」，有所作為之意。《唐故湖州長城縣令贈戶部侍郎博陵崔府君神道碑銘（并序）》曰：「以學發身，以文飾吏，以干蠱克家，以忠壯許國。」〔註 57〕白居易認為以才學成就功名，有德於家、有功於國，是為「動」的具體顯現。白居易引《震卦》論證天道周流、萬物欣欣向榮，必以剛健運動為其本源。然動靜之有常，依時序、位勢而變幻無窮，故變動不居時節，又須因時位而異，與時偕行，繼之以靜。《周易・序卦》曰：「復則不妄矣。」〔註 58〕白居易以《復卦》論證凡事不可至其極端，知動靜相隨是為事物存在的根本，復歸天道的本質，不妄動、不亢奮，此謂明常道，得天命。《老子》曰：

> 致虛極，守靜篤，萬物並作，吾以觀復。夫物芸芸，各復歸其根。歸根曰靜，是謂復命。復命曰常，知常曰明。不知常，妄作，凶。知常容，容乃公，公乃王，王乃天，天乃道，道乃久，沒身不殆。〔註 59〕

老子尚柔主靜，是為以柔克剛達成持盈保泰的智慧。「持」「保」之間，以「靜」取其「歸根」「得常」之要。陰陽交替之道，表現為動靜得宜之理。動無止息，未少得其靜，必然導致身形疲怠，心緒紊亂。若非得其靜，則不能安、不能慮，不能得。白居易所論「天文」之「程」和「歲功」之「信」，為天象運行、四時交替之「常道」。天地萬物動、靜相對而生，交流依存，不偏廢其一端，則可達到兩相得宜之利。萬物不可始終處於停滯膠著狀態，必由

〔註 55〕〔宋〕朱熹撰，《四書章句集注》，第 1 版，北京：中華書局，1983 年版，第 12 頁。

〔註 56〕〔宋〕朱熹撰，《四書章句集注》，第 1 版，北京：中華書局，1983 年版，第 12 頁。

〔註 57〕〔唐〕白居易著，謝思煒校注，《白居易文集校注》，第 1 版，北京：中華書局，2011 年版，第 1912 頁，參見附錄 1 第 362 條。

〔註 58〕〔清〕阮元校刻，《十三經注疏・周易正義》（清嘉慶刊本），第 1 版，北京：中華書局，2009 年版，第 200 頁。

〔註 59〕〔魏〕王弼注，樓宇烈校釋，《老子道德經注》，第 1 版，北京：中華書局，2011 年版，第 39 頁。

變化發展以彰顯生機活力；亦不可自始至終處於變動不居之中，必有穩定寧靜之時以養其真性、固其本質。動靜兩相輔助則得交互和諧之利，兩相混亂顛倒則共生咎殃。動靜交養有常，於「靜」的一端，白居易認為「智養恬」。《莊子・繕性》曰：

> 古之治道者，以恬養知。知生而無以知為也，謂之以知養恬。知與恬交相養，而和理出其性。夫德，和也；道，理也。德無不容，仁也；道無不理，義也；義明而物親，忠也；中純實而反乎情，樂也；信行容體而順乎文，禮也。禮樂偏行，則天下亂矣。彼正而蒙己德，德則不冒。冒則物必失其性也。〔註60〕

白居易引莊子之言，論述修身養性與治理邦國之理，在於以恬淡寧靜之心養成智慧之學，遵循生生之天道，不以機巧運用於事業。恬靜而養智慧，智慧而促寧靜，二者交融互為所得，是《易》理運用於個人修養的具體顯現。《周易・蒙・彖》曰：「蒙以養正，聖功也。」〔註61〕謂於蒙昧隱默狀態滋養中正大道。白居易援引此言在於闡述「靜」於修身養性之中的妙用。溯源循本，白居易認為動靜之形成，本諸陰陽相生，陰陽相生則日月消長，寒暑交替，四季循環，萬物萌生。

將「動靜交養」觀念施之於國政，白居易認為君王內心的躁靜奢儉，關涉普天之下百姓的勞逸貧富，故君主須慎修其德、常養其性。白居易《策林・人之困窮由君之奢欲》曰：

> 君之躁靜為人勞逸之本，君之奢儉為人富貧之源。故一節其情，而下有以獲其福；一肆其欲，而下有以罹其殃。一出善言，則天下之心同其喜；一違善道，則天下之心共其憂。蓋百姓之殃不在乎鬼神，百姓之福不在乎天地，在乎君之躁靜奢儉而已。是以聖王之修身化下也。宮室有制，服食有度，聲色有節，畋遊有時。不徇己情，不窮己欲，不殫人力，不耗人財。夫然，故誠發乎心，德形乎身，政加乎人，化達乎天下。〔註62〕

〔註60〕〔晉〕郭象注，〔唐〕成玄英疏，《莊子注疏》，第 1 版，北京：中華書局，2011年版，第 297，298 頁。

〔註61〕〔清〕阮元校刻，《十三經注疏・周易正義》（清嘉慶刊本），第 1 版，北京：中華書局，2009 年版，第 36 頁。

〔註62〕〔唐〕白居易著，謝思煒校注，《白居易文集校注》，第 1 版，北京：中華書局，2011 年版，第 1427，1428 頁，參見附錄 1 第 110 條。

　　白居易認為百姓之禍福不在於天地、鬼神，而在於君王。人君一舉一動，
為天下人矚目，亦為天下人悲喜禍福之源。此種思想對白居易從政動機，對
待帝王的態度具有重大影響。人君廣有天下，百姓唯一人是依，故此人君簡
靜，天下有休養生息之利，是為百姓之福，聖君之道；人君繁奢，天下受反覆
嚴苛之苦，是為百姓之禍，昏君之狀。天下百姓之禍福，為君主所掌控。故此
君主修身累德，以天地生生之大德養民，以父母之至愛育民，是為聖君的作
為。天地禍福休咎之降臨，以君主聖明與昏瞶作為表徵；民眾之富裕安泰，
為君主天祿久長之根本。由此說來，君主尚簡靜去奢華，則天地必施萬民以
福慶。天下之化成與和睦，則是國祚永久之根本。

　　長慶三年（823），白居易作《黑龍飲渭賦》曰：

　　　　龍為四靈之長，渭居八水之一。飲亹亹之清流，浴彬彬之玄質。
　　忽兮下降，賁然躍出。首蜿蜒以涌煙，鱗錯落而點漆。動而無悔，
　　爰作瑞於秦川；應必有徵，乃效靈於漢日。觀其攸止，察其所為。
　　行藏不忒，動靜有儀。睛眸炫耀，文采陸離。躍於泉，於焉表異；
　　守其黑，所以標奇。或隱或見，時行時止。順冬夏而無乖，應昏明
　　而有以。於是稽大易，按前史。符聖人之昌運，飛而在天；表王者
　　之休徵，下而飲水。〔註63〕

　　龍為「四靈之長」，「龍德」為聖人之德，天子之德。動靜得宜、行止有度
是其本質。升降有義、行藏有儀、隱現有則，合乎大道。順應時序，通達神明，
唯有賢哲聖王具備。聖王依此施教，則可化成天下。白居易追本溯源，《大易》
即《周易》，「飛龍在天」乃九五至尊，故龍德亦為帝王嘉行懿德。

　　大和三年（829），白居易詩《玩止水》曰：

　　　　動者樂流水，靜者樂止水。利物不如流，鑒形不如止……迎眸
　　洗眼塵，隔胸蕩心滓。定將禪不別，明與誠相似。清能律貪夫，淡
　　可交君子。豈唯空狎玩，亦取相倫擬。欲識靜者心，心源只如此。
　　〔註64〕

　　以動利物，得萬物之生機；以靜凝神，察宇宙之玄妙。動靜相間，是為

〔註63〕〔唐〕白居易著，謝思煒校注，《白居易文集校注》，第1版，北京：中華書
　　　　局，2011年版，第55頁，參見附錄1第12條。

〔註64〕謝思煒撰，《白居易詩集校注》，第1版，北京：中華書局，2006年版，第1774
　　　　頁。

既利於身形舒泰，又利於心源明澈的修身養性奧秘。由天地自然聯想類比社會現象，得人生感悟，是為中國經典思想之特色。同時也是順應自然、取法自然思想觀念的天然秉性。寧靜恬淡性靈的培養，在於孜孜不倦的進取中進行。聰明睿智生長於無有止息的觀察思考之中，心靈的恬淡寂靜與精神的豐富多彩相互助益、交相輝映。白居易作為文壇巨擘，亦頗能理解「動靜」於文思之意義。《文心雕龍・神思》曰：

> 文之思也，其神遠矣。故寂然凝慮，思接千載，悄焉動容，視通萬里；吟詠之間，吐納珠玉之聲；眉睫之前，卷舒風雲之色：其思理之致乎！〔註65〕

劉勰所謂「寂然凝慮」即為極靜狀態下的神思玄邈狀態，其結果表現的是接通「千載」「萬里」之「動」。上至於治國理政，下至於修身養性，乃至於翰墨辭章的制作，動、靜之間，一如陰陽交匯，為白居易所領悟深透、運用自如，此既為文章大家的重要素質，更是文章本身的特殊要求。

白居易人生歷程之中，對動靜的把握因時勢而異。前期風華正茂、精力充沛之時，外在表現上「動」至為顯著。作為翰林、拾遺知無不言、言無不盡，強鯁諍諫、義無反顧。即便是自左拾遺改官之後，依然敢於「先臺鑒言事」，〔註66〕以此獲罪為貶在所不惜。看似白居易由「動」得咎，究其內在本質原因，乃是由於其內心的「靜」所導致，即白居易知「止」，人生目標明確。《大學》曰：「知止而後有定，定而後能靜，靜而後能安，安而後能慮，慮而後能得。」〔註67〕白居易的動靜、進退的理解，包含了儒家與道家的成分，對此兩家兼收並蓄，融會貫通。白居易精神世界「靜」的蘊涵深厚，那就是人生目標明確、自覺行為突出和自我意識強烈。白居易之名望所得，皆由於精神世界的「靜」而導致實際行為的「動」。取儒家之進取精神，作為傳統文人為國盡忠的理論基礎，在此基礎之上，直言強諫而無所畏懼，廷爭折面而無有退縮。其諷喻詩文，有扶危濟困、拯厄除難之功。其文針砭時弊，激濁揚清，革故鼎新，流傳至今。在儒家進取一面，白居易做到了一個儒家士子的

〔註65〕〔南朝梁〕劉勰著，黃叔琳注，李詳補注，楊明照校注拾遺，《增訂文心雕龍校注》，第 1 版，北京：中華書局，2012 年版，第 372 頁。

〔註66〕朱金城著，《白居易年譜》，第 1 版，上海：上海古籍出版社，1982 年版，第 63 頁。

〔註67〕〔宋〕朱熹撰，《四書章句集注》，第 1 版，北京：中華書局，1983 年版，第 3 頁。

本分，一如其初履仕途，甫為拾遺時節的誓言。

　　白居易將「一陰一陽之謂道」所生發的「動靜交養」思想，運用到修身養性與君王治國等方面，認為動靜相對以出，有如陰陽相生，不可缺失其一端而獨存。天道交流往復，動靜之間互為依存，有乾道統天之剛健，有坤道承天之柔順。天道如此，萬物秉承天道，亦為動靜相間，相促相生、相輔相成。白居易認為動靜得宜是涵養性靈的玄機，立身處世的根本，遵循此道則可彰顯生命活力，涵養人生智慧。白居易認為君王的躁靜，與百姓的福祉密切相關。君主代天養育萬民，動靜之間，以號令天下之動，得保國安寧之靜。君主之動在於勵精圖治、憂勤國事；君主之靜在於戒除繁奢、簡約行政、與民休息，如此則可得中正大道，造就仁德聖君以化成天下。

3.2　白居易對「陰陽之道」與「感而遂通」的認識

　　白居易從《周易》「一陰一陽之謂道」原理出發，將「感而遂通」思想觀念運用於政治實踐之中，無論是主觀願望還是現實意義，理論依據還是客觀效用，均對統治階層治國安邦和黎民百姓休養生息具有積極作用。白居易強調「感而遂通」思想的根本目的，在於從儒家經典理論出發，以前代得失成敗為鏡鑒，於理論與實踐兩方面闡述治國方略，以此勸諫帝王及統治階層謹遵天道、尊崇經典、效法先聖、造福黎民。《周易》「感而遂通」原理，既為白居易諷喻帝王的理論依據，更是其一以貫之的遵循儒道、關注民生的民本思想的理論來源。

3.2.1　《周易》「感而遂通」觀念的緣起

　　白居易對《周易》「感而遂通」思想進行詮釋，論述君王修身治國方略，諷喻帝王遵循天道、積善累德以撫育蒼生、統御萬方。「感而遂通」思想的充分詮釋，使得白居易相關文章，既具有不可撼動的經典理論依據，又具有迫切的社會現實需要，與國家的治亂興衰、黎民百姓的日常生活息息相關，充分體現出白居易作為帝王近臣，為國籌策所承擔的責任之重大與精神之可貴。

　　「感而遂通」思想出自《周易·繫辭上》，在表達聖王君主至高無上的地位、未可超越的神聖與睿智的同時，更是強調了作為天子代天牧民的責任，這本身即為《周易》所蘊含的禍福、休咎相反相成的關係，在大人、君子身上的體現。《周易·繫辭上》曰：

《易》無思也，無為也，寂然不動，感而遂通天下之故。非天下之至神，其孰能與於此？夫《易》，聖人之所以極深而研幾也。唯深也，故能通天下之志；唯幾也，故能成天下之務；唯神也，故不疾而速，不行而至。〔註68〕

《周易》思想認為，天地宇宙自然規律永恆存在，不以它物而有所改變，故此「無思」「無為」，岑寂安詳，歸然不動，是為「常道」。《易》理簡明而難測，「常道」長存而神妙。「常道」乃是天地宇宙間至理，非達到「極高明」神通境界而未可估測。然天道即人道，天人交感的表現在於，感應天道則通於人事，其作用於人事亦尊其常道。常道無所偏私，順者昌之，逆者抑之。《周易》思想認為，天地宇宙常道不易，無思、無為，不以萬物之紛繁複雜而有所偏私，但天道如何作用於人事，則有聖人君主代天養民，謹遵天道以遂其「生生」「存存」之大德。《周易·咸·彖》曰：

天地感而萬物化生，聖人感人心而天下和平。〔註69〕

聖君感應人心，人心得天之幽贊，故和平降臨。《詩經·大雅·文王》曰：「文王陟降，在帝左右。」〔註70〕具有感通天地此一極高明境界之人是為「聖人」，上接於天，下施與民，即聖王能觀天意，舉動順天應人，能獲得上天之幽贊。貴為天子以其「大寶」，即「天子」之位，理當「奉天承運」，代行天德，未可有稍許違背。《周易·文言》曰：

夫大人者，與天地合其德，與日月合其明，與四時合其序，與鬼神合其吉凶。先天而天弗違，後天而奉天時。天且弗違，而況於人乎？況於鬼神乎？〔註71〕

《周易》思想闡明了大人、君子、聖王的概念，即具備上天的德性，其行止契合日月、四時自然規律，對鬼神之吉凶具有切身的感知，行事作為無論先後均遵循天道而不相違背。既然具有如此的睿智神奇，則代天化育蒼生即具有了不可撼動的法理依據。《周易·觀·彖》曰：

〔註68〕〔清〕阮元校刻，《十三經注疏·周易正義》（清嘉慶刊本），第1版，北京：中華書局，2009年版，第167，168頁。

〔註69〕〔清〕阮元校刻，《十三經注疏·周易正義》（清嘉慶刊本），第1版，北京：中華書局，2009年版，第95頁。

〔註70〕〔漢〕鄭玄箋，〔唐〕孔穎達疏，朱傑人、李慧玲整理，《毛詩注疏》，第1版，上海：上海古籍出版社，2013年版，第1370頁。

〔註71〕〔清〕阮元校刻，《十三經注疏·周易正義》（清嘉慶刊本），第1版，北京：中華書局，2009年版，第30頁。

觀天之神道，而四時不忒；聖人以神道設教，而天下服矣。
〔註72〕

鄭萬耕《「神道設教」說考釋》曰：「其（《觀》卦）所強調的重心，仍然是人文教化，主張發揮聖人的能動作用，以人文教化化成天下，建立一個文明而和諧的社會。」〔註73〕帝王在此種思想觀念的基礎之上，秉承天德、順應天道，代天子育蒼生就具備了毋庸置疑的神聖權威。

關於「天人之道」思想觀念的發生與發展，《漢書‧五行志》曰：

昔殷道弛，文王演《周易》；周道敝，孔子述《春秋》。則《乾》《坤》之陰陽，效《洪範》之咎徵，天人之道粲然著矣。〔註74〕

班固在此明確了「天人之道」思想源於《周易》，即周文王、孔子在總結商、周社會由盛至衰的歷史發展進程的基礎之上，依據「乾坤」「陰陽」的運行規律，取法《洪範》而逐步演變成為「天人之道」理論。《周易》「感而遂通」思想觀念，以「否泰」「休咎」等可感、可知的具體徵象作用於人類社會，是為天人關係的形象表達。《尚書‧洪範》曰：

曰休徵：曰肅，時雨若；曰乂，時暘若；曰晢，時燠若；曰謀，時寒若；曰聖，時風若。曰咎徵：曰狂，恒雨若；曰僭，恒暘若；曰豫，恒燠若；曰急，恒寒若；曰蒙，恒風若。〔註75〕

君主的行為舉止、喜怒哀樂均會感應上天，引發上天施以相應的徵兆。「休徵」「咎徵」即「天人感應」理論思想的現實徵象。「休徵」表現為天地萬物運行遵守常德恒道，應「時」以施「利」，故此陰陽寒暑四時交替，各安其位，表現為「大和」狀態；「咎徵」表現為天地之間萬物失其秩序，陰陽凝滯、寒暑無節、四時紊亂，居於無有休止的某種狀態之中，表現出的是一種極端的徵候。但凡一種遵依時序常軌轉換的狀態，則為福慶將至的休徵；但凡背離「大和」走向極端而不交流往復的狀態，則為災難將臨的咎徵。在此「時」與「恒」、「動」與「靜」相互轉換的原理表現得至為顯著。

〔註72〕〔清〕阮元校刻，《十三經注疏‧周易正義》（清嘉慶刊本），第 1 版，北京：中華書局，2009 年版，第 73 頁。

〔註73〕鄭萬耕撰，《「神道設教」說考釋》，《周易研究》，2006 年第 2 期，第 51 頁。

〔註74〕〔漢〕班固撰，〔唐〕顏師古注，《漢書》，北京：中華書局，1962 年版，第 1316 頁。

〔註75〕〔漢〕孔安國傳，〔唐〕孔穎達正義，黃懷信整理，《尚書正義》，第 1 版，上海：上海古籍出版社，2007 年版，第 474 頁。

「天人感應」理論於《尚書‧洪範》逐漸明確和系統化，作為帝王修身治國理念代有詮釋，董仲舒繼承了《公羊傳》相關災異說，作《天人三策》曰：

> 孔子曰「德不孤，必有鄰」，皆積善累德之效也。及至後世，淫佚衰微，不能統理群生，諸侯背畔，殘賊良民以爭壤土，廢德教而任刑罰。刑罰不中，則生邪氣；邪氣積於下，怨惡畜於上。上下不和，則陰陽繆盭而妖孽生矣。」〔註76〕

董仲舒認為「天人感應」關鍵之處在於君主的思想行為善惡與否：君主具有美德懿行，則上天普降吉祥；君主若失德惡行，則上天施以災殃。王德如風，民偃如草。具有君主至高無上之「位」，則必須一絲不苟地履行此一職位所賦予的責任。此一崇高責任為「天德」，即「生生」之「大德」。上述觀念為《周易》思想的重要內容，君主憂勤國政是其本分，朝乾夕惕、戰戰兢兢、如臨深淵、如履薄冰乃其常態，唯有如此，方能與其普天之下「一人」的無限崇高與尊貴相匹合，與其君臨天下的絕對權威相統一。《尚書‧康誥》曰：「王曰：『嗚呼！小子封，恫瘝乃身，敬哉！』」〔註77〕孔穎達疏曰：「此明行天人之德者，其要在於治民。」〔註78〕君主統御萬邦，根本要務在於「治民」，即代天撫育百姓。《周易》曰：「聖人以神道設教，而天下服矣。」〔註79〕故正其名曰「天子」「大人」等，必然具有天德，然後方可代天施教，即孔穎達所謂「行天人之德」。由此說來，君主之心猶如「天心」，故君主遵從天道治國則為順應天則，必然天降吉慶；君主失德忤逆天道，則天降災殃。

前賢在長期社會生活實踐的基礎之上，進行理論總結和道德提升，由《周易》「感而遂通」思想發展演變，形成了完整系統的「天人之道」思想觀念。漢代董仲舒進一步注入明確具體的道德規範與實際內容，系統總結為「天人感應」學說，成為連結天人之際、明達天道作用於人道的可感、可知、可行的理論思想。由於先期賦予天地以圓滿無缺的睿智、仁德與神聖的內涵，故效

〔註76〕〔漢〕班固撰，〔唐〕顏師古注，《漢書》，第 1 版，北京：中華書局，1962 年版，第 2500 頁。

〔註77〕〔漢〕孔安國傳，〔唐〕孔穎達正義，黃懷信整理，《尚書正義》，第 1 版，上海：上海古籍出版社，2007 年版，第 535 頁。

〔註78〕〔漢〕孔安國傳，〔唐〕孔穎達正義，黃懷信整理，《尚書正義》，第 1 版，上海：上海古籍出版社，2007 年版，第 535 頁。

〔註79〕〔清〕阮元校刻，《十三經注疏‧周易正義》（清嘉慶刊本），第 1 版，北京：中華書局，2009 年版，第 73 頁。

天法地與「天人感應」具有明確的標準，對儒家仁義道德的養成產生了重要影響，尤其對遵天道以設教，代天治理天下、撫育萬民的統治者產生了巨大的引領與制約作用。

3.2.2　白居易對「感而遂通」觀念的論述

　　白居易對《周易》「感而遂通」思想的接受和運用，對禍福休咎產生的原因和災祲消弭的措施，與前人一脈相承又有所發揮。白居易高度強調帝王及為政者必須具有高尚的道德觀念和強烈的邦國意識，唯此方能具有統御天下治理百姓的正當理由，進而開創百姓安居樂業、天下太平繁榮的盛世。

　　貞元十六年（800），白居易二十九歲，參加科考撰有《禮部試策五道》，依據「感而遂通」原理，詳盡論述了人心感應天地，天道順應人心的思想，《禮部試策五道·第四道》曰：

> 原夫元氣運而至精分，三才立而萬物作。惟天地日月暨水火草木，度數情性，各有其常。其隨事應物而遷變者，斯人之所感也。何哉？惟天地萬物父母，惟人萬物之靈。蓋天地無常心，以人心為心。苟能以最靈之心感善應之天地，至誠之誠感無私之日月，則必如影隨形、響隨聲矣，而況於水火草木乎？故有吹律於寒谷，和氣生焉；揮戈於曜靈，暮暑迴焉。神合乎水游，呂梁而出入不溺；化被於草木，周原而菫茶變味。蓋品匯之生，則守其常性也；精誠之至，則感而常通也。〔註80〕

　　白居易認為天理恒在、常道固有，不為人的意志為轉移，行於宇宙萬物間，默然寂然運行不息。白居易從《周易》「三才」原理，即「天道」「人道」「地道」此一根源出發，闡述「常道」與「感而遂通」的關係，認為二者並不相悖，正是因為「常道」之存焉，天理之可循，方有順天應人的理由。關於「天道」與民心之間的關係，經典理論思想對此具有明確表述，《尚書·周書·秦誓》曰：

> 天矜於民，民之所欲，天必從之。〔註81〕

　　白居易遵從「天心」即「人心」思想，認為天地有感，萬物並作，天道才

〔註80〕〔唐〕白居易著，謝思煒校注，《白居易文集校注》，第1版，北京：中華書局，2011年版，第436頁，參見附錄1第24條。

〔註81〕〔漢〕孔安國傳，〔唐〕孔穎達正義，黃懷信整理，《尚書正義》，第1版，上海：上海古籍出版社，2007年版，第406頁。

可充分體現「雲行雨施」之德，達成「品物流形」的嘉美世界。孟子有民為重，社稷次之，君為輕的思想理論。孔子強調仁者愛人，極力推行忠恕之道。《尚書・夏書》曰：「民惟邦本，本固邦寧。」〔註82〕白居易深諳儒家大道是善政之根本，落實於具體行動之中，表現為不以個人榮辱得失為念，切實履行醇儒職守，文章既具有充分的經典理論依據，又具有強烈的社會現實意義，其中「感而遂通」思想在帝王統治者此一最高層面的運用，使得白居易的民本思想具有了高屋建瓴的態勢。

白居易認為帝王的形象代表上天，其一言一行無不與民眾福祉、國祚短長休戚相關。為政者違背天德，倒行逆施，必然招徠禍殃，為天所棄，歷數終結。憲宗元和元年（806），白居易三十五歲，在長安為校書郎，預備應試，揣摩時事，成《策林》七十五篇。〔註83〕因其觀點鮮明、論證深透、文辭雅正、涵蓋寬泛，後成為科考典範為士子競相模擬，是白居易頗感欣慰之事。白居易《策林・辨水旱之災明存救之術》曰：

> 問：「狂常雨若，僭常暘若。」此言政教失道，必感於天也。又堯之水九年，湯之旱七年，此言陰陽定數不由於人也。若必繫於政，則盈虛之數徒言。如不由於人，則精誠之禱安用？二義相庾，其誰可從？又問：陰陽不測，水旱無常，將欲均歲功於豐凶，救人命於凍餒，凶歉之歲，何方可以足其食？災危之日，何計可以固其心？將備不虞，必有其要。歷代之術，可明徵焉。〔註84〕

白居易援引《尚書・洪範》「曰咎徵：曰狂，恒雨若；曰僭，恒暘若」理論設問，〔註85〕《洪範》本意為君主通天接地，其行為必感應於天，施與相應的徵兆。君主言行舉止狂躁暴虐，則天降大雨不止；君主的言行舉止超越本分肆意妄為，則烈日高懸天干地旱不歇。雨不止息釀成水患，烈日不止釀旱災，二者均為萬物滋養生息之大害，黎民百姓安居樂業之禍殃。白居易以「感而遂通」為理論依據，設問陰陽難測，即便唐堯、湯武聖明君主，亦難免

〔註82〕〔漢〕孔安國傳，〔唐〕孔穎達正義，黃懷信整理，《尚書正義》，第 1 版，上海：上海古籍出版社，2007 年版，第 264 頁。

〔註83〕朱金城著，《白居易年譜》，第 1 版，上海：上海古籍出版社，1982 年版，第 35 頁。

〔註84〕〔唐〕白居易著，謝思煒校注，《白居易文集校注》，第 1 版，北京：中華書局，2011 年版，第 1406，1407 頁，參見附錄 1 第 108 條。

〔註85〕〔漢〕孔安國傳，〔唐〕孔穎達正義，黃懷信整理，《尚書正義》，第 1 版，上海：上海古籍出版社，2007 年版，第 474 頁。

天災，其目的在於，謀國者的根本是順天命、施仁政、明教化、正人心，以此至百姓安康、天下太平。即使偶遇天災，帝王憂勞虔誠的精誠所致，可感通上天，必使金石為開，災殃化解。

「感而遂通」思想在白居易的《策林·興五福銷六極》體現得最為突出，表現出白居易作為初出茅廬的士子，對於國計民生的高度關注。只有具備深厚的理論功底，方能提出如此具體的治國理念。《策林·興五福銷六極》問曰：

> 昔周著九疇之書，漢述五行之志，皆所以精究天人之際，窮探政化之源。然則五福之祥，何從而作？六極之沴，何感而生？將欲辨行，可明本末。又今人財耗費，既貧且憂；時沴流行，或疾而夭。思欲銷六極，致五福，驅一代於富壽，納萬人於康寧，何所施為，可致於此？〔註86〕

白居易首先提出論題，從天人之際著眼，以天地間福慶與災殃的產生緣由入手。認為前代在治國安邦此一重大問題上，固然具有完整系統的理論思想，然則世易時移，理論闡述、主觀願望與社會現實常常不相吻合，甚至於南轅北轍。作為與黎民百姓貼近的「五福」祥瑞，「六極」災殃究竟從何而來，其理論根源究竟何在，是困擾為政者的重大問題。對於社會現實之中客觀存在的出於善良願望，卻產生勞民傷財的結局，天下萬民貧窮憂勞、災難連綿、疾病夭折的現象，作為統治者無不痛心疾首，意欲消除「六極」，即六大損害百姓削弱邦國的災殃，祈盼「五福」，即賜福百姓安定國家的五大吉慶。問題的提出，即可見白居易的理論功底與時政見解的卓爾不凡。問政於賢，為聖明統治者虛懷若谷的表現；從容應對，更是意欲成就一番事業的儒家士子的願望和職分。白居易於應試之前反覆琢磨，針對國家政務提出問題與進行解答，可見其儒家濟世安邦情懷的深厚與大有作為思想的強烈。

「九疇之書」為天帝賜給大禹治理天下的九章法寶，亦指《洛書》，據此統御萬邦、治理天下。《尚書·洪範》曰：

> 天乃錫禹洪範九疇，彝倫攸敘。初一曰五行；次二曰敬用五事；次三曰農用八政；次四曰協用五紀；次五曰建用皇極；次六曰乂用三德；次七曰明用稽疑；次八曰念用庶徵；次九曰嚮用五福，威用

〔註86〕〔唐〕白居易著，謝思煒校注，《白居易文集校注》，第1版，北京：中華書局，2011年版，第1401頁，參見附錄1第107條。

六極。〔註87〕

　　此九大法寶之中，既有治理天下與檢驗成效的方式方法，也有運用獎懲施恩用威的具體措施。上古人神之間的關係，在此體現的是融為一體。《易·繫辭上》曰：

　　　　河出圖，洛出書，聖人則之。〔註88〕

　　白居易引「《五行》之志」論述關於《洛書》與《洪範》的關係，《漢書·五行志》曰：

　　　　《易》曰：「天垂象，見吉凶，聖人象之；河出圖，雒出書，聖人則之。」劉歆以為虙羲氏繼天而王，受《河圖》，則而畫之，八卦是也；禹治洪水，賜《雒書》，法而陳之，《洪範》是也。〔註89〕

　　「五福」指五種人們期盼的福慶與吉祥，「六極」指人們所極力避免的六大災害與咎殃。《尚書·洪範》曰：

　　　　五福：一曰壽，二曰富，三曰康寧，四曰攸好德，五曰考終命。
　　　　六極：一曰凶短折，二曰疾，三曰憂，四曰貧，五曰惡，六曰弱。
　　　〔註90〕

　　天帝以此作為對兆民的恩賜與懲罰。究竟恩賜從何而來，懲罰又何以招致，白居易並未從黎民百姓芸芸眾生入手，而是直截了當，從代天養育百姓、治理天下、統御萬邦的帝王統治者入手進行論述，其內在的理論根據即《尚書·湯誥》所云「爾有善，朕弗敢蔽；罪當朕躬，弗敢自赦，惟簡在上帝之心。其爾萬方有罪，在予一人；予一人有罪，無以爾萬方」等理論。〔註91〕白居易《興五福銷六極》對曰：

　　　　若人君內非中是思，外非中是動，動靜進退，不得其中。故君不得其中，則人不得其所；人不得其所，則怨歎興焉。是以君人之

〔註87〕〔漢〕孔安國傳，〔唐〕孔穎達正義，黃懷信整理，《尚書正義》，第 1 版，上海：上海古籍出版社，2007 年版，第 448～450 頁。

〔註88〕〔清〕阮元校刻，《十三經注疏·周易正義》（清嘉慶刊本），第 1 版，北京：中華書局，2009 年版，第 170 頁。

〔註89〕〔漢〕班固撰，〔唐〕顏師古注，《漢書》，第 1 版，北京：中華書局，1962 年版，第 1315 頁。

〔註90〕〔漢〕孔安國傳，〔唐〕孔穎達正義，黃懷信整理，《尚書正義》，第 1 版，上海：上海古籍出版社，2007 年版，第 478 頁。

〔註91〕〔漢〕孔安國傳，〔唐〕孔穎達正義，黃懷信整理，《尚書正義》，第 1 版，上海：上海古籍出版社，2007 年版，第 299 頁。

心不和，則天地之氣不和；天地之氣不和，則萬物之生不和。於是乎三不和之氣交錯堙鬱，伐為凶短折，攻為疾，聚為憂，損為貧，結為惡，耗為弱。其羨者潛為伏陰，淫為愆陽，守為彗星，發為暴風，降為苦雨。四序失其節，三辰亂其行。迨乎襁褓卵胎之生，皆天閼而不遂。木石華蟲之怪，皆糅雜而畢呈。夫然者，不中不和之氣所致也。則天人交感之際，五福六極之來，豈不昭昭然哉？〔註92〕

白居易認為人君之內心世界以及由此指引下的具體行為，是「五福」與「六極」產生與否的根本緣由。「五福」與「六極」為上天所降，天人之間，君主是其唯一紐帶。「興」「銷」問題，必須由「作民父母」君主方能作出完整的解答，非由君主所引領、唯君主之命是從的普羅大眾所能左右。白居易以天心喻君心，以天行喻君行，以天道喻君道。認為大和之道不偏不倚、動靜有常，乃自然萬物平常之道。君心之「和」，關涉到天地之「和」；天地之「和」，則關涉到萬物之「和」。保持「中正」「和平」之心為代天育民的人君常道，唯得此天地自然平常之道，萬物方能和諧共存，不違天地生生、存存之大德。《中庸》曰：

> 喜怒哀樂之未發，謂之中；發而皆中節，謂之和。中也者，天下之大本也；和也者，天下之達道也。致中和，天地位焉，萬物育焉。〔註93〕

人君之本，在於代天撫育萬物，必以天則為則，其內心之中和自於天地大道。推行天地大道，則萬物和合各安其位、各得其宜。天地滋養萬物之本在於中和，聖君撫育天下百姓，本天地中和大道，感天地中和之氣，至天下生生不息。白居易有《汎渭賦》亦曰：「凝為和兮聚五福，發為春兮消六沴。」〔註94〕白居易認為人君內心的「中和」與否，是禍福、慶殃產生的根本原因。理由在於人君等同於天神，人君之氣違和，則天地之氣違和；天地之氣違和，則萬物生氣違和。三氣不和，日、月、星「三辰」紊亂，春、夏、秋、冬「四序」失調，諸多災難必接踵而至，自然萬物包括人類賴以生存的條件

〔註92〕〔唐〕白居易著，謝思煒校注，《白居易文集校注》，第 1 版，北京：中華書局，2011 年版，第 1402 頁，參見附錄 1 第 107 條。

〔註93〕〔宋〕朱熹撰，《四書章句集注》，第 1 版，北京：中華書局，1983 年版，第 18 頁。

〔註94〕〔唐〕白居易著，謝思煒校注，《白居易文集校注》，第 1 版，北京：中華書局，2011 年版，第 6 頁。

因之喪失。據此可見，「五福」「六極」來之與否，與君主的關係尤為重大。君主所思所慮、一舉一動，只有與天地大道相吻合而不稍有違背，才能達成化育萬物，招致福慶之效。反之，違背天道常軌，必然招徠災殃。

順宗永貞元年（805），白居易三十五歲，在長安，為校書郎，寓居永崇里華陽觀，二月十九日，作《為人上宰相書》曰：

> 某竊見相公曩時制策對中，論風化澆淳之源，明天人交感之道，
> 陳兵災救療之術，可謂有其才矣。〔註95〕

白居易作上宰相韋執誼書，盛讚韋執誼才學超群，歎賞其「明天人交感之道」，實為不可多得的濟世良相。元和四年（809），白居易充翰林學士、左拾遺，聞閿鄉縣累年囚禁十數人，多因無力繳納賦稅欠負官錢，以至於男子繫於獄中，妻、子行乞道路，自養不及且須供養獄糧，其中未納官錢則長期囚禁，妻改嫁有之，囚身死則收禁其子有之，其狀慘惻，令白居易唏噓不已，故上《奏閿鄉縣禁囚狀》曰：

> 右，伏聞前件縣獄中有囚十數人，並積年禁繫。其妻兒皆乞於
> 道路，以供獄糧。其中有身禁多年，妻已改嫁者。身死獄中，取其
> 男收禁者……況今陛下愛人之心，過於父母，豈容在下有此窮人？
> 古者一婦懷冤，三年大旱。一夫結憤，五月降霜。以類言之，臣恐
> 此囚等憂怨之氣，必能傷陛下陰陽之和也。〔註96〕

白居易闡述囚徒慘狀，認為積欠官稅，並非窮凶極惡未可寬宥之罪，囚禁男子，一家失其根本，致使生計斷絕，妻子尚難溫飽，更非消除積欠充實國庫之道。文中引「天人交感」原理，論述君主作民父母，養育天下蒼生為其本分。君心、民心和洽則為國之大幸，君民之間隔膜疏離，則憂怨淤積，恐生變故。古者「家天下」之理，天德規範詳盡，固守天德尤其難。《周易·說卦》曰：

> 昔者聖人之作《易》也，將以順性命之理。是以立天之道曰陰
> 與陽；立地之道曰柔與剛；立人之道曰仁與義。〔註97〕

〔註95〕〔唐〕白居易著，謝思煒校注，《白居易文集校注》，第 1 版，北京：中華書局，2011 年版，第 309，310 頁，參見附錄 1 第 91 條。

〔註96〕〔唐〕白居易著，謝思煒校注，《白居易文集校注》，第 1 版，北京：中華書局，2011 年版，第 1237，1238 頁。

〔註97〕〔清〕阮元校刻，《十三經注疏·周易正義》（清嘉慶刊本），第 1 版，北京：中華書局，2009 年版，第 196 頁。

　　《周易》思想認為，人道之根本即「仁」與「義」，執此根本，是通達天道的徑路，即是天人交感達「感而遂通」，以至吉慶的奧區。因循此理，白居易的諸多論述之中，從「感而遂通」的理論思想出發，尤為強調帝王以及社會上層的仁愛道德品質的培養與行政措施的順應民心，認為君王有德、邦國安寧則妖災無以橫行持久；君主失德、邦國混亂則妖災得以肆虐無止。

　　憲宗元和三年冬至四年暮春，久旱無雨，憲宗心念黎民疾苦，憂心如焚，遂下罪己詔，寬宥刑獄，簡放宮人，停罷進獻。一系列順天應人之舉終於感動上天，詔下七日而和氣升騰、甘霖普降，為此朝野歡愉，彈冠相慶，白居易作《賀雨》詩曰：

> 皇帝嗣寶曆，元和三年冬……上思答天戒，下思致時邕。莫如率其身，慈和與儉恭。乃命罷進獻，乃命賑饑窮。宥死降五刑，已責寬三農。宮女出宣徽，廄馬減飛龍。庶政靡不舉，皆出自宸衷。奔騰道路人，傴僂田野翁。歡呼相告報，感泣涕沾胸。順人人心悅，先天天意從。詔下才七日，和氣生沖融。凝為悠悠雲，散作習習風。晝夜三日雨，淒淒復濛濛。萬心春熙熙，百穀青芃芃。人變愁為喜，歲易儉為豐。乃知王者心，憂樂與眾同。皇天與后土，所感無不通。」〔註98〕

　　白居易詩表達了人君之心與百姓之心同，心憂黎民恭行德政必然感動上天，是為「感而遂通」的實證。在此蘊涵的意義，則是諷勸帝王自始至終恭行天道、仁愛厚德，雖偶有災異，若君臣一心、上下同德，則可將之消弭於無形之中，無傷於邦國黎民。穆宗長慶元年（821），白居易五十歲，為尚書主客郎中、知制誥。〔註99〕為宰相作《賀雲生不見日蝕表》曰：

> 臣某等言：臣聞堯、湯之逢水旱，陰陽定數也；宋景之感熒惑，天人相應也。蓋天地大統，不能無災；皇王至誠，可以銷應。嘗聞此說，今偶其時……況正陽月朔，亭午時中，和氣周流，密雲布護。蒙然暫蔽，赫矣復明。屏翳朝懍，但驚若煙之涌；曜靈晝掩，不見如月之初。所謂誠至於中而感通於上也。〔註100〕

〔註98〕謝思煒撰，《白居易詩集校注》，第1版，北京：中華書局，2006年版，第1頁，參見附錄2第32條。

〔註99〕朱金城著，《白居易年譜》，第1版，上海：上海古籍出版社，1982年版，第117頁。

〔註100〕〔唐〕白居易著，謝思煒校注，《白居易文集校注》，第1版，北京：中華書局，2011年版，第1329頁，參見附錄1第341條。

　　白居易對「感而遂通」的理解有一個緩緩深入的過程，即認識到天地陰陽變化之間，偶遇災異是為常理，此為禍福相倚的必然表現。應對災變在於一時，懿行善政在於平常。聖明君主之作為，應時時惕懼、處處恭敬。君主是為「一人」，其誠篤和美之心實為天下典範。君主德行盛大，則民眾仰之如瞻北辰、隨之如百川歸海。普天之下民眾之心凝聚於一人，無論災異出於何因，均可戮力同心與之抗衡，由此感動上天直至災異銷匿，吉慶降臨。白居易於不同情形下多次引申論述《周易》「感而遂通」理論，逐漸成為其思想觀念的重要組成部分，對其社會政治實踐具有重要的指導意義。丘柳漫《白居易與中唐社會——以社會經濟層面為重點》曰：

　　　　他（白居易）守道待時，以詩文行道，或陳力以出，或奉身而退，志在兼濟，義在獨善，踐之履之，不是口說身不動的政客，也不是一味發號施令月進萬金的高官，而是切切實實普普通通，真正憂民恤民的官吏。〔註101〕

　　白居易以「感而遂通」理論勸喻帝王修身養德、心繫蒼生、勤於國政，表現出儒家士子高度的社會責任感和使命感，是其儒家報國濟民的民本思想的集中體現。

　　白居易「感而遂通」理論思想的實際運用，無不從底層百姓的貧病疾苦出發，以邦國治亂安危、國祚休戚短長為中心，直達帝王等統治者的合理存在與施政化民的本質。後世公認白居易憂國憂民之心堪比先賢杜甫，《新樂府》《秦中吟》等「樂府詩」為人盛讚，譽為有《詩經》「國風」品質。白居易具有強烈的民本思想，對黎民百姓的現實生活高度關注，在抑制豪強、歎息民病等具體問題上，不畏強權，常常直言諍諫、廷爭折面，為當時與後世所推崇。白居易的民本思想，即源於對《周易》「感而遂通」理論的深刻理解和合理詮釋。白居易對於天災此一非人力可以充分避免的自然現象，並非採取規避和漠視的態度，而是具有其獨特的見解，並將其觀點上升至於哲思的高度，引經據典，理論依據充分，使之產生了經典詮釋的意義。在此一問題上，見出白居易對《周易》「感而遂通」思想的充分領悟、認同和運用。

〔註101〕丘柳漫撰，《白居易與中唐社會——以社會經濟層面為重點》，廈門大學，博士論文，廈門：廈門大學，2002 年第 77 頁。

3.2.3 白居易的「休徵在德，吉凶由人」觀念

白居易接受《周易》「感而遂通」思想觀念，運用於社會政治生活中，形成了「休徵在德，吉凶由人」思想，提升了思想高度，拓展了經典理論用於治國安邦的範圍。白居易強調統治階層的社會責任，認為為政者的具體行政措施，對於百姓福祉、社會和諧、國家穩定至關重要。白居易在翰林、拾遺任上，即是依此理論思想指導行動，在拾遺補缺、推賢舉能、抨擊時弊、倡導良俗等方面有理有據，尤其是義無反顧地直言不諱、犯顏諍諫，充分履行了既為博學鴻儒，又位居要津的士子的仁德懿行和君國情懷，是其獲得後世讚譽的重要原因之一。《策林·議祥瑞辨妖災》曰：

> 及乎懲懿德以修身，出善言而罪己，則昇耳之異自殄，退舍之慶自臻。天人相感，可謂明矣，速矣。且高宗，三代之賢主也。有一德之違，亦譴見于物。宋景，列國之常主也。有一言之感，亦冥應乎天。則知上之鑒下，雖賢主也，苟有過而必知。下之感上，雖常主也，苟有誠而必應。故王者不懼妖之不滅，而懼過之不悛。不懼瑞之不臻，而懼誠之不至。足明休徵在德，吉凶由人矣。失君道者，祥反成妖；悟天鑒者，災亦為瑞，必然而已矣。〔註102〕

白居易以「感而遂通」思想作為理論根據，對禍福休咎形成的緣由、應對的方略有著自己的獨特見解，對帝王等為政者提出了極高的道德要求和嚴格的行為規範。白居易「休徵在德，吉凶由人」思想具體體現在君主具有天德，並以此教化萬民順應天道，則吉慶生焉。白居易認為帝王所擔憂的並非妖孽的滋生，而是戒懼過失未能悔改；並非擔憂祥瑞得不到完善，而是憂慮虔誠達不到完美的程度。天人交感充分體現在為政者的一言一行之中，天道昭彰，無有不知、無有不察，因此謹言慎行、積德累仁，可以化悔吝為吉慶，成就一代賢主。

白居易認為既然君主仁德懿行可以感化上天，轉禍為福，同於此理，君主失德怠政同樣可以忤逆上天，招致禍殃。其《策林·辨水旱之災明存救之術》曰：

> 古之君人者，逢一災，遇一異，則收視反聽，察其所由。且思乎軍鎮之中，無乃有縱暴者耶？刑獄之中，無乃有冤濫者耶？權寵

〔註102〕〔唐〕白居易著，謝思煒校注，《白居易文集校注》，第 1 版，北京：中華書局，2011 年版，第 1396 頁，參見附錄 1 第 106 條。

之中，無乃有不肖者耶？放棄之中，無乃有忠賢者耶？內外臣妾，無乃有幽怨者耶？天下窮人，無乃有困死者耶？賦入之法，無乃有過厚者耶？土木之功，無乃有屢興者耶？若有一於此，則是政令之失而天地之譴也。〔註103〕

白居易在文中列舉國家事務之中諸多違背天理、勞苦百姓、人主失察、政教不彰的事實，認為此種狀態即為遭受天譴、引起災殃的根本原因。白居易之論述，從反面警醒為政者須憂勞國政、心繫黎民，唯有如此，方能國泰民安，四境晏然。吉凶、休咎主因在人，荒淫為凶咎之根，惕懼為吉祥之本。因循此理，白居易在具體行政措施上進一步明確闡述降解和避免災殃的具體措施，其《策林·議祥瑞辨妖災》曰：

臣聞國家將興，必有禎祥；國家將亡，必有妖孽者，非孽生而後邦喪，非祥出而後國興。蓋瑞不虛呈，必應聖哲；妖不自作，必候淫昏。則昏聖為祥孽之根，妖瑞為興亡之兆矣。《文子》曰：「陰陽陶冶，萬物皆乘人氣而生。」然則道之休明，德動乾坤而感者謂之瑞；政之昏亂，腥聞上下而應者謂之妖。瑞為福先，妖為禍始。將興將廢，實先啟焉。然有人君德未及於休明，政不至於昏亂，而天文有異，地物不常，則為瑞為妖未可知也。或者天示儆戒之意，以寤君心。俾乎君修政悔之誠，以答天鑒。如此則轉亂為治，變災為祥。自古有之，可得而考也。〔註104〕

白居易認為，固然天地有「常道」，此為不易之理，但天道之適於人道，則又有極大的人為成分。順應天道則天必厚福於民，忤逆天道則天必降禍於人。天災多始於人禍，人禍加重天災。《尚書·周書·秦誓》曰：「惟天惠民，惟辟奉天。」〔註105〕天德之本，是為萬物繁茂各得其宜，惠民養生謂天之大德。帝王若奉行天道，施美政、善治理、明教化、序人倫，既使偶遇天災亦不重傷黎民、不動搖國本。《策林·辨水旱之災明存救之術》曰：「上以均天時之豐凶，下以權地利之盈縮。則雖九年之水，七年之旱，不能害其人，危其國

〔註103〕〔唐〕白居易著，謝思煒校注，《白居易文集校注》，第1版，北京：中華書局，2011年版，第1407，1408頁，參見附錄1第108條。

〔註104〕〔唐〕白居易著，謝思煒校注，《白居易文集校注》，第1版，北京：中華書局，2011年版，第1395頁，參見附錄1第106條。

〔註105〕〔漢〕孔安國傳，〔唐〕孔穎達正義，黃懷信整理，《尚書正義》，第1版，上海：上海古籍出版社，2007年版，第409頁。

矣。」〔註106〕若忤逆天道、違背天德，行苛政、失法度，則天災與人禍相交織，黎民百姓無有依託，轉而棄荒野、填溝壑，則邦國分崩離析無可挽回，「民惟邦本」之意即由於此。白居易認為「昏聖為祥孽之根，妖瑞為興亡之兆」，君王的德行與作為，是國家興亡的根本所在，任何一個朝代，天災難以避免，但如何應對此一歷朝歷代所無法徹底避免的自然現象，不同的統治者，有著截然不同的應對方式，就此也產生出天壤之別的最終結果。白居易直截了當地指出「祥瑞」「妖災」現象的出現，其內在根本在人，即「瑞為福先，妖為禍始，將興將廢，實先啟焉」。白居易《省試性習相近遠賦》亦為此意，曰：「故聖與狂，由乎念與罔念；福與禍，在乎慎與不慎。」〔註107〕天災固不可免，吉凶雖由天降而未可預測，若為政仁和，君臣同德，百姓同心，即便偶有災異，天道昭彰，人心所向，則天災的損害可以降低到最低程度，不至於醞釀成不可收拾的禍殃。

貞元十八年（802），白居易31歲，在長安，擬有模擬判詞一百零一道，名《百道判》。冬，在吏部侍郎鄭珣瑜主試下，試書判拔萃科。次年春，與元稹等以書判拔萃科登第，授秘書省校書郎。〔註108〕《百道判》多處表達了「休徵在德，吉凶由人」思想。《尚書》曰：「天作孽，猶可違。自作孽，不可逭。」〔註109〕對於訴訟刑獄的觀點，白居易固然強調以和為貴、息訟求安，但依然認為「休徵在德，吉凶由人」，其《百道判·得景請與丁卜》曰：

> 爾考前知之兆，誠足決疑；吾從昆命之文，必先蔽志。以為禍福由己，休咎則繫於慎行；生死付天，修短乃存乎陰騭。當脫身於木雁，寧問命於蓍龜？〔註110〕

白居易認為吉凶、休咎主因在人，明慎戒為吉祥之本。禍福休咎，在於自身的所作所為，災禍在於自造，吉慶出於自求。白居易的理念，與儒家思

〔註106〕〔唐〕白居易著，謝思煒校注，《白居易文集校注》，第1版，北京：中華書局，2011年版，第1409頁。

〔註107〕〔唐〕白居易著，謝思煒校注，《白居易文集校注》，第1版，北京：中華書局，2011年版，第25頁。

〔註108〕參見朱金城著，《白居易年譜》，第1版，上海：上海古籍出版社，1982年版，第24，25頁。

〔註109〕〔漢〕孔安國傳，〔唐〕孔穎達正義，黃懷信整理，《尚書正義》，第1版，上海：上海古籍出版社，2007年版，第314頁。

〔註110〕〔唐〕白居易著，謝思煒校注，《白居易文集校注》，第1版，北京：中華書局，2011年版，第1690頁，參見附錄1第5條。

想相一致，馬王堆帛書《要》曰：「子贛曰：『夫子他日教此弟子曰：『德行亡者神需（靈）之趨，智謀遠者卜筮之繁。』」〔註111〕孔子認為德行淺薄者，傾心於求助於神靈的庇佑；智謀欠缺者，頻繁地借助卜筮的啟示。這均為忽略自身的德行累積與才智培養，意圖不勞而獲、投機取巧的思想行為。由此說來，為君、為臣、為民，謹遵修身以順應天道、克己以利蒼生的宗旨，是為天下太平、民眾安居樂業的根本大道。

白居易判詞引《周易》原理，論述知防水禁之理，認為無謂涉險，有違古禮，使民知吉凶自造、懼而慎行，是風俗醇良、社會穩定的重要條件。《百道判·得乙川游》曰：

> 乙行險不思，憑河無悔。慕呂梁之術，習於浮水；違《周官》之令，忘彼危身。將不吊而是虞，雖有故而宜禁。忘子產喻政，爾則狎而玩之；引仲尼格言，吾恐蹈而死者。既殊利涉，當戒善游。未可加刑，且宜知懼。〔註112〕

《周易·泰》曰：「九二，包荒，用馮河，不遐遺。」〔註113〕本指涉川有所借助憑依，得大和之道故无咎。《論語·述而篇》曰：「子曰：『暴虎馮河，死而無悔者，吾不與也。必也臨事而懼，好謀而成者也。』」〔註114〕孔子不與棄智逞強者為伍，認為臨事惕懼，有敬畏之心，則可深思熟慮以成其事。白居易文章中多有「息訟」的論述，與傳統刑法思想一脈相承。《周易》中《需》《同人》《蠱》《大畜》《頤》《益》《渙》《中孚》《未濟》等卦爻辭多處有「利涉大川」表述，唯有《訟·彖》曰：「不利涉大川，入於淵也。」〔註115〕雖善聽訟，即便合乎天理，秉於公道，至中至正，終歸有損人情，故此為政者主張「息訟」「慎刑」。天理、國法、人情相兼顧，妥善處理紛爭，是和諧人心、穩定社會的有效方法。較之呆板、純粹的是非之分，注重情感因素，在當時社會歷史條件下，自有其合理之處。白居易判詞中以「殊利涉」，明其阻滯，使

〔註111〕 于豪亮著，《馬王堆帛書〈周易〉釋文校注》，第1版，上海：上海古籍出版社，2013年版，第185頁。

〔註112〕 〔唐〕白居易著，謝思煒校注，《白居易文集校注》，第1版，北京：中華書局，2011年版，第1761頁。

〔註113〕 〔清〕阮元校刻，《十三經注疏·周易正義》（清嘉慶刊本），第1版，北京：中華書局，2009年版，第55頁。

〔註114〕 楊伯峻譯注，《論語譯注》，第3版，北京：中華書局，2009年版，第67頁。

〔註115〕 〔清〕阮元校刻，《十三經注疏·周易正義》（清嘉慶刊本），第1版，北京：中華書局，2009年版，第46頁。

民惕懼，合於古制，亦與社會現實緊密銜接，可見白居易的訴訟原則的合乎主流思想，亦可見出經典運用的準確與純熟。

從白居易所秉持的「休徵在德，吉凶由人」思想的本質看來，依舊是本源於《周易》「一陰一陽之謂道」理論思想。《周易》將天地自然萬物運行規律人格化和注入道德內涵，經由漫長社會歷史進程之中興衰存亡的印證，通過深入的觀察、分析和總結得出具有普遍意義的結論。從歷史的經驗看來，吉凶慶殃雖為天降，實則起於人事。失道妄為之君主，雖有一時的僥倖，終歸災妖降臨，喪身滅國。倘若遵循天道、憂勤國事，朝乾夕惕、勵精圖治，即使有一時之災異，亦將逢凶化吉、轉危為安。白居易自君道、人道須順應天道立論，認為天道即為人道，若人主遵循天道克己修身，以仁德之心普施於天下，此種順天應人之舉，必得上天眷顧，而自然遠禍殃而近祥瑞，此即白居易「休徵在德，吉凶由人」思想的現實意義之所在。

3.3　白居易對《周易》「常道」觀念的理解

白居易《動靜交相養賦》曰：「天地有常道，萬物有常性。」〔註116〕「常道」的思想觀念，貫穿於《周易》整個理論體系，可謂「不易」。《周易》從長久的現象觀察、實踐驗證、理論綜合，最終上升到具有一般性規律的經典思想的高度，即宇宙天地萬事萬物之中，蘊含著一種具有普遍意義的基本原理，此原理規範和涵蓋著人所感知和尚未感知的一切事物，謂之「常道」。白居易之所以具有平常、平實、平和的心態，是因為對《周易》「常道」理解的深刻，在一切外在條件變化之時，得以主動自覺規劃行動、調適身心，應對命運的起伏波折。因由白居易對《周易》的深入探究和領悟，使之對人事社會具有較前人更為通透的理解和認識。白居易充分理解《周易》「常道」思想，即天道之本質，在於其固有的運行法則，非以人的主觀意願稍有變更，故此人事社會的運行，須遵循「天德」「常道」。老子謂「人法地，地法天，天法道，道法自然」，〔註117〕天地萬物有形，而「道」則重玄無形，是謂之「形而上」的理論，逐級上升至於「自然」的表述，則進入了天地萬物

〔註116〕〔唐〕白居易著，謝思煒校注，《白居易文集校注》，第 1 版，北京：中華書局，2011 年版，第 436 頁。

〔註117〕〔魏〕王弼注，樓宇烈校釋，《老子道德經注》，第 1 版，北京：中華書局，2011 年版，第 66 頁。

「常道」「常軌」的層面，即不以人的主觀願望而有所改變。故君子須先行
領悟天道之本意常軌，然後理解人道之運行，推衍至於宗族、社會、國家的
常態化運轉。

3.3.1 《周易》有關「常道」的觀念

古者賢哲，賦予天地無與倫比的道德內涵，謂之「天德」「常道」；又賦
予人間帝王以「天子」之稱謂，將「作民父母」作為帝王的職分，其目的在
於規範人間君主及居上位者，須以天地同樣的仁德統御天下、化育萬民。此
為對權力的有效制約，對黎民百姓的惻隱仁愛之心，是上下和洽、天下太平
的理想社會的本質要求。孔穎達《周易正義》論「易」之三名，引周簡子言
曰：

> 「不易」者，常體之名。有常有體，無常無體，是「不易」之
> 義。〔註118〕

孔穎達開宗明義闡述「常體」，謂之存在於宇宙世界之中可感、可知和
可以認識總結的規律性事物，具備可以反覆印證確鑿無疑的特質。在此意義
上，涵蓋宇宙萬物的基本運行規律而無有遺漏，此種自然法則的存在以及隨
時隨地的作用，謂之「不易」。由此推演而出的天地之道、人事之理，即為
「常道」。《周易·繫辭上》曰：

> 天尊地卑，乾坤定矣。卑高以陳，貴賤位矣。動靜有常，剛柔
> 斷矣。方以類聚，物以群分，吉凶生矣。在天成象，在地成形，變
> 化見矣。〔註119〕

《周易·繫辭上》起首即總括天地運行法則具有其內在規律，並由此引
申出萬事萬物存在的一般法則。韓康伯注曰：

> 乾坤其易之門戶，先明天尊地卑，以定乾坤之體。天尊地卑之
> 義既列，則涉乎萬物，貴賤之位明矣。剛動而柔止也。動止得其常
> 體，則剛柔之分著矣。方有類，物有群，則有同有異，有聚有分也。
> 順其所同，則吉；乖其所趣，則凶，故吉凶生矣。象況日月星辰，
> 形況山川草木也。懸象運轉以成昏明，山澤通氣而雲行雨施，故變

〔註118〕〔清〕阮元校刻，《十三經注疏·周易正義》（清嘉慶刊本），第1版，北京：
中華書局，2009年版，第15頁。

〔註119〕〔清〕阮元校刻，《十三經注疏·周易正義》（清嘉慶刊本），第1版，北京：
中華書局，2009年版，第156頁。

化見矣。〔註120〕

　　韓康伯認為「乾」「坤」乃是認識《周易》思想的必由之徑，為《易》理之樞機，從根本上認識宇宙本質的起點。宇宙之本體所蘊含的哲學內涵與本質意義即為「天尊地卑」。在此韓康伯直言在充分明晰和理解天、地本質意義的前提下，或遠或近、或顯或隱必將聯繫至於萬事萬物。就此推理，有尊貴、謙卑之分野，有剛柔、動止之區別，此為「常體」，即運行的一般規律。天象運行有晨昏轉換，聚象而成河漢天體；地勢周流則成就萬類，聚形而成山川地勢。順應自然本性則生吉慶，違背其自然本性則生災殃，在紛繁變動不居的運行之中，又必須各安其位，各得其所，此為「常道」、天德。對於上述思想觀念，孔穎達疏曰：

　　　　天陽為動，地陰為靜，各有常度，則剛柔斷定矣。動而有常則
　　成剛，靜而有常則成柔，所以剛柔可斷定矣。若動而無常，則剛道
　　不成；靜而無常，則柔道不立。是剛柔雜亂，動靜無常，則剛柔不
　　可斷定也。此《經》論天地之性也。此雖天地動靜，亦總兼萬物也。
　　萬物稟於陽氣多而為動也，稟於陰氣多而為靜也。〔註121〕

　　孔穎達認為天地、動靜各有「常度」，其運行規律是為「常則」，動靜尊「常則」即剛柔相濟，無「常則」即剛柔雜亂。天地陰陽之道，是萬物有序運行的根本大道，故此曰「總兼萬物」，自然也涵蓋人類社會的一切運行規律。因循上述論斷，釐清「天」「地」之內在本質意義，使之衍生出具有切實可循的人類社會基本法則，則順理成章地成為將「天道」運用於「人道」的必由之徑。將天地「常道」推廣至於人事，是傳統思想觀念的核心內容之一。《荀子‧天論》曰：

　　　　天行有常，不為堯存，不為桀亡。應之以治則吉，應之以亂則
　　凶。強本而節用，則天不能貧；養備而動時，則天不能病；修道而
　　不貳，則天不能禍。故水旱不能使之饑渴，寒暑不能使之疾，祅怪
　　不能使之凶。本荒而用侈，則天不能使之富；養略而動罕，則天不
　　能使之全；倍道而妄行，則天不能使之吉。故水旱未至而饑，寒暑

〔註120〕〔清〕阮元校刻，《十三經注疏‧周易正義》（清嘉慶刊本），第1版，北京：中華書局，2009年版，第156頁。

〔註121〕〔清〕阮元校刻，《十三經注疏‧周易正義》（清嘉慶刊本），第1版，北京：中華書局，2009年版，第156頁。

未薄而疾，襖怪未至而凶。受時與治世同，而殃禍與治世異，不可
以怨天，其道然也。故明於天人之分，則可謂至人矣。〔註 122〕

荀子將「天道」「常道」闡釋得更為具體和簡明，天道「無思」「無私」，
順應天德常軌，則萬物運行有序，萬類滋生各有所本，此謂之吉祥平安之象。
若違背天道常軌，則萬物昏亂，萬類相害而不可終了，此為咎殃災禍生發的
緣由。在此領會自然天道常軌，則可推衍於人事社會，必有「名教」以為制度
常理。因應天道所蘊含的意義，衍生出人類社會諸多理論思想。以仁德君子
統領萬民，遵循自然法則，生成完整之理論思想，用於治國安邦、和諧社會，
可使黎民百姓安居樂業，社會穩定、天下太平，故此對於君子之德要求甚高。
《周易》所論述「常道」為天地宇宙之運行規律，即萬事萬物共同遵循的法
則。故此孔穎達《論「易」之三名》曰：

> 作易所以垂教者，即《乾鑿度》云：「孔子曰：『上古之時，人
> 民無別，群物未殊，未有衣食器用之利，伏羲乃仰觀象於天，俯觀
> 法於地，中觀萬物之宜，於是始作八卦，以通神明之德，以類萬物
> 之情。故易者所以斷天地，理人倫，而明王道。是以畫八卦，建五
> 氣，以立五常之行；象法乾坤，順陰陽，以正君臣、父子、夫婦之
> 義；度時制宜，作為罔罟，以佃以漁，以贍民用。於是人民乃治，
> 君親以尊，臣子以順，群生和洽，各安其性。』」此其作《易》垂教
> 之本意也。〔註 123〕

《周易》多處有「常」的表述，「得常」即表示暢達、亨通。《周易・坤・
象》曰：「君子攸行，先迷失道，後順得常。」〔註 124〕《周易・文言》曰：「坤
至柔，而動也剛，至靜而德方，後得主而有常，含萬物而化光。坤道其順乎？
承天而時行。」孔穎達疏曰：「『後得主而有常』者，陰主卑退，若在事之後，
不為物先，即『得主』也。此陰之恒理，故云『有常』」。〔註 125〕孔穎達闡釋
「坤道」認為，坤為陰，位為謙卑深厚，主退守恬靜，以和順載物為其根本核

〔註 122〕〔清〕王先謙撰，沈嘯寰、王星賢整理，《荀子集解》，第 1 版，北京：中華
　　　　書局，2012 年版，第 300，301 頁。
〔註 123〕〔清〕阮元校刻，《十三經注疏・周易正義》（清嘉慶刊本），第 1 版，北京：
　　　　中華書局，2009 年版，第 16 頁。
〔註 124〕〔清〕阮元校刻，《十三經注疏・周易正義》（清嘉慶刊本），第 1 版，北京：
　　　　中華書局，2009 年版，第 31 頁。
〔註 125〕〔清〕阮元校刻，《十三經注疏・周易正義》（清嘉慶刊本），第 1 版，北京：
　　　　中華書局，2009 年版，第 33 頁。

心，居於輔佐之位，故順應承受可得坤道永恆之理，是為「常道」。《周易·恒》曰：「恒：亨，无咎，利貞，利有攸往。」王弼注云：「各得所恒，修其常道，終則有始，往而無違，故『利有攸往』也。」孔穎達疏曰：「恒，久也。恒久之道，所貴變通。必須變通隨時，方可長久。能久能通，乃『无咎』也。恒通无咎，然後利以行正，故曰『恒：亨，无咎，利貞』也。」「得其常道，何往不利，故曰『利有攸往』也。」〔註126〕孔穎達《周易正義》，以「常道」闡釋自然天道，以歸於「常道」則吉；失其「常道」，「反常」為咎殃。「變易」規律本身不變，可以感知，唯有「變易」此一特性永恆不變，亦為「常道」。《周易》根據對特殊個別的「象」的體察，逐步深入挖掘其內在的關聯，進而總結提升至於理論的高度，使之具有普遍一般的規律性內涵，成為可以涵蓋萬事萬物的恒久常理，因而使之具有了永恆的意義，是為「常道」之根源。

社會政治實踐中，關於「變易」之理，董仲舒《舉賢良對策》曰：

　　道之大原出於天，天不變，道亦不變，是以禹繼舜，舜繼堯，

　三聖相受而守一道，亡救弊之政也，故不言其所損益也。繇是觀之，

　繼治世者其道同，繼亂世者其道變。今漢繼大亂之後，若宜少損周

　之文致，用夏之忠者。〔註127〕

董仲舒認為「變易」之由在於時勢之變，大道本於天地，其運行自有「不易」之「常道」。「常道」作用於一時、一地的具體社會實踐之中，則根據現實的需要而有所損益，其最終目的，即撥正其偏倚而歸復天道之常軌。當堯、舜、禹時代，天下大同，其理歸一，其政不易。漢室繼周世之末、暴秦之後，於三代之政有所不同，故其建章立制當有所損益而適應時代的需要，此亦順天應人之舉，是為《周易》所蘊含的唯「易」「不易」之「常道」。《周易·繫辭上》曰：

　　一陰一陽之謂道。繼之者善也，成之者性也。仁者見之謂之仁，

　知者見之謂之知，百姓日用而不知，故君子之道鮮矣。〔註128〕

「日用而不知」即為尋常之道，是《易》理恒在的實際表現。因其蘊含

〔註126〕〔清〕阮元校刻，《十三經注疏·周易正義》（清嘉慶刊本），第1版，北京：中華書局，2009年版，第96頁。

〔註127〕〔漢〕班固撰，〔唐〕顏師古注，《漢書》，第1版，北京：中華書局，1962年版，第2518，2519頁。

〔註128〕〔清〕阮元校刻，《十三經注疏·周易正義》（清嘉慶刊本），第1版，北京：中華書局，2009年版，第161頁。

於萬事萬物的運動變化之中，在可感的範疇之中，百姓習以為常不以為異，故日日處於期間而無所體察。唯有賢哲聖德之人，可以從中總結出具有一般意義的普遍規律，用於指導實踐和展望未來。聖賢觀天象、察地理、明人事，若有廣大神通的神秘性，若有先知先覺的預見性，是故謂之「神」。

《周易》思想認為，天地萬物之變化，其內部蘊含著事物變化的本質規律，是事物發展變化的核心之所在，事物發展變化過程中，無一不為其所規定和主導。因其永恆主導宇宙世界萬事萬物的運行過程與最終結果，而此運行過程與最終結果又具有一定的必然性，所有一切均受其制約而無一例外，對於此一本質規律稱之為「常道」。白居易深入理解《周易》所演繹的一系列事物發展變化規律，遵從「常道」法則運用於治國理政；對自身命運的變幻亦以「常道」加以詮釋，言行之間理有所本，使得內心始終平和與精神終有所依託。

3.3.2　白居易「天地有常道，萬物有常性」觀念

白居易《動靜交相養賦》曰：「天地有常道，萬物有常性。」〔註129〕引述《周易》原理，對「常道」和因之推演的「常性」進行了深入的闡述，白居易認為天地自有其恆常不移的運行法則，即「常道」。萬物亦具有其自然生成的「常性」，其「常道」「常性」是為天地萬物的本質特徵，終不可移易。

貞元十六年（800），白居易應試進士科，「常道」「常性」即作為議題之一。《禮部試策五道・第四道》曰：

> 問：天地有常道，日月有常度，水火草木有常性，皆不易之理也。乃至鄒衍吹律而寒谷暖，魯陽揮戈而暮景迴，呂梁有出入之遊，周原變堇荼之味。不測此何故也？將以傳信乎，抑亦傳疑乎？

> 對：……蓋品匯之生，則守其常性也；精誠之至，則感而常通也。靜守常性，動隨常通，是道可於物而非常於一道也。夫如是，則兩儀之道，七曜之度，萬物之性，可察矣，可信矣，夫何疑焉？

〔註130〕

白居易對論題中「常道」「常度」「常性」加以論述，對典籍中相關看似

〔註129〕〔唐〕白居易著，謝思煒校注，《白居易文集校注》，第1版，北京：中華書局，2011年版，第436頁。

〔註130〕〔唐〕白居易著，謝思煒校注，《白居易文集校注》，第1版，北京：中華書局，2011年版，第436，437頁，參見附錄1第24條。

「反常」的現象進行分析，認為天地固有其「常道」，由於至誠之心的作用，精粹之所發揮，使之具備了感天動地的能動力量。正是因為「常道」「常度」「常性」的存在，人們得以認識和總結天地萬物的本質規律。遵循事物發展變化的普遍規律，在社會實踐中加以運用，則凡事較為順通，此為白居易較早對「常道」的論述。

白居易對「常道」的認識，比較集中地體現在《策林》之中。憲宗元和元年（806），白居易三十五歲，為應考「才識兼茂明於體用科」，「閉戶累月，揣摩當代之事，構成策目七十五門。」〔註131〕白居易闡明了寫作《策林》是為理論聯繫實際，達到學以致用的目的，可以見出白居易必須諳熟經典理論，並與社會現實緊密聯繫，方能在眾多青年才俊中脫穎而出。亦可見出白居易之對策符合當時主流社會政治理念，故能為朝廷首肯，納為儲才。《策林·議祥瑞辨妖災》論述天地「常道」與災祥「常應」的思想，對於吉凶、休咎此一《周易》思想之中至為重要的概念加以論述，對天地間某些徵候不循常軌，即「不常其道」的現象表達了自己的見解，其辭曰：

> 問：國家將興，必有禎祥；國家將亡，必有妖孽。斯豈國之興滅繫於天地之災祥歟？將物之妖瑞生於時政之昏明歟？又天地有常道，災祥有常應，此必然之理也。何以桑穀之妖，反為福於太戊；大鳥之慶，況成禍於帝辛？豈吉凶或僭在人，將休咎不常其道？

> 答：臣聞國家將興，必有禎祥；國家將亡，必有妖孽者，非孽生而後邦喪，非祥出而後國興。蓋瑞不虛呈，必應聖哲；妖不自作，必候淫昏。則昏聖為祥孽之根，妖瑞為興亡之兆矣。〔註132〕

白居易以祥瑞妖災與國家興亡的關係設問：或認為國家之興乃是由於天降祥瑞，使得政治清明、四海晏如、百姓安康；國家將亡乃是由於天降妖災，使得國政頹敗、海內板蕩、百姓罹殃。白居易認為此一提問將因果倒置，事實上，恰好是由於人的行為，導致祥瑞與妖災的出現，與之偕出的就是國家的興旺與敗亡。問題指出，天地宇宙之間本有常道，萬類各有所本，自有其

〔註131〕〔唐〕白居易著，謝思煒校注，《白居易文集校注》，第1版，北京：中華書局，2011年版，第1351頁。

〔註132〕〔唐〕白居易著，謝思煒校注，《白居易文集校注》，第1版，北京：中華書局，2011年版，第1395頁，參見附錄1第106條。

普遍意義上的運行規律，順應常道則萬物各安其位，呈現禎祥；違忤常道則
萬物運行失序，導致災異。祥瑞因應聖哲美政而呈現，妖災由於昏聵姦佞而
滋蔓。天地宇宙之感應，乃是由於人類自身的作為，產生出完全不同的結局。
天地常道與人事之關聯，在於為政者必須秉承天道以養萬民、守邦國。帝王
號為天子，代天牧民，即為其統御萬方的法理基礎，更是其治國行政的道德
本源。故此，為政者必須具備崇高神聖的天德，一絲不苟地秉承天道常軌，
以「生生」「存存」之大德君臨天下，履行帝王之「位」所賦予的神聖使命，
方不失其「大寶」。若為政昏庸荒淫，則違忤天地常道，國政必然荒亂，即
便風調雨順、天降祥瑞，若失其民心，則邦國必然分崩離析，走向衰亡。若
為政清明，王者朝乾夕惕、勵精圖治，順應天道、凝聚人心，即便偶遇災變，
亦可朝野共濟、齊心協力度過難關。王者外遵法度、內修聖德，清明政治無
畏懼於災殃；秉國者外忤天道、內愧神明，頹敗國政無法倚仗於祥瑞。故此
白居易認為，天地有常道與災祥有常應，均取決於人的作為。天地「常道」
法則昭彰，無有偏私與例外，即使出現「休咎不常其道」的狀況，德政之邦
偶降災殃，無傷於國泰民安的大局；苛政之下偶現祥瑞，無補於邦國危殆的
境況。上述理論思想，是白居易諳熟《周易》經典論述，借鑒歷朝歷代典故
史實，並以社會現實生活作為最貼近的參照所得出的結論，也是白居易作為
儒家士子，根深蒂固的活國濟民、致君堯舜的民本思想的理論依據。

　　《老子》曰：「天地不仁，以萬物為芻狗。」〔註133〕「天道無親，常與善
人。」〔註134〕老子認為天道於萬物一視同仁，並無偏私與側重，至為公平、
中正。天道具有其自然和永恆的運行規律，並非因為人類的闡釋和發現，就
必然朝著有利於人類的方向發展變化。但是，對天道常理的正確認識和理解，
有利於人類社會平穩有序地發展。老子所謂的「善人」，看似能夠得到上天的
照應，事實上老子對於「善人」的界定，即是認識到天地自然的內在規律，與
「天道」之運行法則相契合的人。天之所贊，則為善人之所為；天之所厭，則
為善人之所棄。由此說來，「善人」，即為聖賢有德之人，能夠得到上天庇佑
和施與福慶之人，即是遵循天道，順應天理之人，為古之聖賢君子的理想形

〔註133〕〔魏〕王弼注，樓宇烈校釋，《老子道德經注》，第 1 版，北京：中華書局，
　　　　2011 年版，第 15 頁。
〔註134〕〔魏〕王弼注，樓宇烈校釋，《老子道德經注》，第 1 版，北京：中華書局，
　　　　2011 年版，第 196 頁。

象。《中庸》曰:「『上天之載,無聲無臭。』至矣!」〔註135〕上天寂兮寥兮,即居於無有偏私至為中正的位置,主宰天地之間萬事萬物,任其自由自在本於性命之理生長而不相損害。天地之本,在於自然遂性,並無所偏私,是為極為高明神妙之理論思想,非為超然睿智與聰慧絕倫難於理解和施行。由此說來,觀察、總結天地運行法則,並能提煉精華上升至於理論的高度,用以指導社會實踐和人生歷程,則非聖賢難於企及。天地宇宙囊括萬事萬物,自然包括萬類至精至靈的人類,上天謂之「常道」的法則,事實上在人類社會以「順應自然」的生活方式和「仁德」「美政」的行政形式展現。《尚書・周書・秦誓》曰:「天視自我民視,天聽自我民聽。」〔註136〕因此說來,「天道」即「人道」,上天有好生之德,芸芸眾生,最大願望無非是風調雨順、安居樂業,「好生之德」契合於民心。但凡順應天理,利於萬類生存之道,即是「天道」,亦為「常道」。故此「天」「人」之間,其理歸一。現實社會之中,也唯有賢德之人方能充分理解人之所求和天之所予。

　　白居易「天地有常道,萬物有常性」思想,作為形而上的範疇,對天地萬物運行規律的總結,施之於形而下的具體事物,則以「有常」進行表述。《百道判・得郡舉乙清高》題曰:「往通今介是時人無常乙有常也。」〔註137〕《百道判・得甲為邠州刺史》曰:「天時有常,農宜先定;地氣不類,寒則晚成。」〔註138〕《策林・辨水旱之災明存救之術》曰:「然則聖人不能遷災,能禦災也,不能違時,能輔時也。將在乎廩積有常,仁惠有素。」〔註139〕《策林・不奪人利》曰:「人之食利,眾寡有常。若盈於上則耗於下,利於彼則害於此。」〔註140〕《策林・議庶官遷次之遲速》曰:「先王建官,升降有制,遷次有常。」〔註141〕《策林・省官併俸減使職》曰:「吏有常祿,財有常徵。財

〔註135〕 王國軒譯注,《大學・中庸》,北京:中華書局,2006 年版,第 140 頁。
〔註136〕 〔漢〕孔安國傳,〔唐〕孔穎達正義,黃懷信整理,《尚書正義》,第 1 版,上海:上海古籍出版社,2007 年版,第 412 頁。
〔註137〕 〔唐〕白居易著,謝思煒校注,《白居易文集校注》,第 1 版,北京:中華書局,2011 年版,第 1714 頁。
〔註138〕 〔唐〕白居易著,謝思煒校注,《白居易文集校注》,第 1 版,北京:中華書局,2011 年版,第 1732 頁。
〔註139〕 〔唐〕白居易著,謝思煒校注,《白居易文集校注》,第 1 版,北京:中華書局,2011 年版,第 1408 頁。
〔註140〕 〔唐〕白居易著,謝思煒校注,《白居易文集校注》,第 1 版,北京:中華書局,2011 年版,第 1430 頁。
〔註141〕 〔唐〕白居易著,謝思煒校注,《白居易文集校注》,第 1 版,北京:中華書

賦吏員，必參相得者也。」〔註142〕《大唐故賢妃京兆韋氏墓誌銘（并序）》
曰：「言動必中節，故環佩有常聲。」〔註143〕《封太和長公主制》曰：「靜無
違禮，故組紃有常訓；動必中節，故環佩有常聲。」〔註144〕「有常」意為具
有穩定持久的狀態，可以領會與預測的行為與習慣。「有常」的狀態之中，上
至於國家政策與施政理念，下至於社會風俗與個人習慣，均處於一種不違常
道、常軌的穩定形態，對於形成良好的整體社會秩序意義重大。

　　白居易的「天地有常道，萬物有常性」思想體現在對天地世界一般規律
的認識，以「常道」思想指導政治實踐和生活實踐，凡事遵循常軌、不越常
度。《周易》「常道」所論述的核心思想，即天地運行的規則「總兼萬物」，即
為一切法則的本源，表達的是完整、系統的宇宙觀。《周易》「常道」觀，並非
以人類為中心，而是以一切觸目所見與未見之存在作為整體進行觀照和思考，
其意義遠遠超出了人類社會此一局部，而是指向天地之間的萬事萬物。將人
類置於天地間萬事萬物平等地位的思想，較之以人類為中心的思想表現得更
為前瞻、睿智和高貴。《周易》「常道」理論出於天地自然此一根本，是為儒、
道二家所共有的基礎理論思想之一，從其展現的理想狀態看來，依照此一觀
點的邏輯發展，即天地自然本自恒久不息，人類社會遵循天地自然運行法則，
亦將同於天地自然而恒久無息。在此種超越人類認識的侷限性和一己私利的
思想觀念的指導下，人類無時不在致力於克服自身的弱點和貪欲，控制人類
超常能力所帶來的反常行為，以求與天地自然的運行節奏相一致，使得人性
道德良知的光輝得以彰顯，人類永恆的願景具備合理的途徑。

3.3.3　白居易「性由習分、習則生常」觀念

　　在個人道德修養與才學智慧的養成方面，白居易對習慣與性格的關係進行
論證。白居易論述「性相近，習相遠」此一經典命題，表達對於修身與「習常」
的理解，提出「性由習分、習則生常」的觀點，其《省試性習相近遠賦》曰：

　　　　局，2011 年版，第 1465 頁。
〔註142〕〔唐〕白居易著，謝思煒校注，《白居易文集校注》，第 1 版，北京：中華書
　　　　局，2011 年版，第 1497，1498 頁。
〔註143〕〔唐〕白居易著，謝思煒校注，《白居易文集校注》，第 1 版，北京：中華書
　　　　局，2011 年版，第 209，210 頁。
〔註144〕〔唐〕白居易著，謝思煒校注，《白居易文集校注》，第 1 版，北京：中華書
　　　　局，2011 年版，第 831 頁。

　　噫！下自人，上達君，德以慎立，而性由習分。習則生常，將俾夫善惡區別；慎之在始，必辨乎是非糾紛。原夫性相近者，豈不以有教無類，其歸於一揆？習相遠者，豈不以殊途異致，乃差於千里？昏明波注，導為愚智之源；邪正歧分，開成理亂之軌。安得不稽其本，謀其始，觀所恒，察所以？考成敗而取捨，審臧否而行止。俾流遁者返迷塗於騷人，積習者遵要道於君子。且夫德莫德於老氏，乃道是從矣；聖莫聖於宣尼，亦曰非生知之。則知德在修身，將見素而抱樸；聖由志學，必切問而近思……是以君子稽古於時習之初，辨惑於成性之所。然則性者中之和，習者外之徇。中和思於馴致，外徇戒於妄進。非所習而習則性傷，得所習而習則性順。故聖與狂，由乎念與罔念；福與禍，在乎慎與不慎。慎之義，莫匪乎率道為本，見善而遷。觀炯誡於既往，審進退於未然。故得之則至性大同，若水濟水也；失之則眾心不等，猶面如面焉。誠哉！性習之說，吾將以為教先。〔註145〕

　　白居易所論述的問題，亦為青年才俊首先要深入理解的基本問題，對其一生的影響不可謂不大。白居易認為自天子以至於庶人均須修德以立身，而良好品性的養成，則與平時的習慣緊密相連。良好習性的養成，與外部環境密切相關，更與從根本上認識君子之道，施與恒常的教化相關。白居易論述「德在修身」「聖由志學」，認為修德、志學必有所本，即遵循古來對於君子的要求，研習儒、道兩家要旨，修德崇聖於老氏、仲尼，以期徐徐養成君子的品性。《論語・陽貨篇》曰：「子曰：『性相近也，習相遠也。』」〔註146〕孔子高度重視環境對人的影響，重視化育之功，認為「君子學道則愛人，小人學道則易使也。」〔註147〕孔子認為「學道」乃是上至君子下至小人提升修養的根本途徑，君子學道則愛人而近乎「仁」，庶民學道則安居樂業、尊禮守法易於駕馭。此一為儒道二家所共同推崇的思想，對白居易影響實為巨大。白居易《百道判・得乙上封》曰：

　　刑乃天威，赦惟王澤。於以御下，存乎建中。乙上封以宥過利淫，幸門宜閉；大理以盪邪除舊，權道當行。皆推濟國之誠，未達

〔註145〕〔唐〕白居易著，謝思煒校注，《白居易文集校注》，第1版，北京：中華書局，2011年版，第24，25頁，參見附錄1第106條。

〔註146〕楊伯峻譯注，《論語譯注》，第3版，北京：中華書局，2009年版，第179頁。

〔註147〕楊伯峻譯注，《論語譯注》，第3版，北京：中華書局，2009年版，第179頁。

隨時之義。何則？政包寬猛，法有弛張，習以生常，則起為奸之弊，

廢而不用，何成作解之恩？〔註148〕

白居易的刑法思想中，亦對「習以生常」進行論述，認為由於習性而產生慣常，此「常」即為人處事所體現的基本行為習慣，若欲使得人人向君子靠攏，就必須從「習以為常」此一根本入手，考察其持之以恆的作為，立身處世所依託的原則。白居易的刑法思想，表現為「張弛」「寬猛」因時以用，使刑賞成為除邪蕩惡的穩定恒常利器，使得行惡必加懲處、為善必加褒揚成為習以為常之事。

在治國安邦和品評人物方面，白居易遵循動靜有常度、行政有常軌的準則，將之作為評價政績的重要依據。白居易擬《何士乂可河南縣令制》曰：

朝議郎、行尚書水部員外郎何士乂，慎檢和易，介然有常。守

而勿失，可使從政。然能佩弦以自導，帶星以自勤，則緩急勞逸之

間必使適宜而會理矣。以爾舒退，故吾進之。可守河南縣令，散官

如故。〔註149〕

白居易評價何士乂為人謹慎而善於自我約束，耿直高潔而遵常度，內心堅守信念毫不動搖，此乃為官從政的優良品質。且該員頗能自警、樂聞規勸，星月驅馳、勖勉勤奮。帝王尤為欣賞此類臣屬，故調理於緩急勞逸之間，授職以表褒獎。

白居易擬《除柳公綽御史中丞制》曰：

中憲之設，糾謬懲違。一引其綱，百職具舉。非清與直，不稱

厥官。諫議大夫柳公綽，忠實有常，文以詞學。介然端直，有古之

遺風。頃居臺憲，累次郎位。持平守正，人頗稱之。擢首諫司，器

望益重。今副相缺位，中司專席。惟有守者，可以執憲。惟無私者，

可以閑邪。詢事審官，爾當是選。光昭新命，振起舊章。宜一乃心，

以揚其職。可禦史大夫。〔註150〕

「中憲」即「中丞」。中丞為舉足輕重的核心官位，職掌蘭臺圖籍秘書，

〔註148〕〔唐〕白居易著，謝思煒校注，《白居易文集校注》，第1版，北京：中華書局，2011年版，第1633頁。

〔註149〕〔唐〕白居易著，謝思煒校注，《白居易文集校注》，第1版，北京：中華書局，2011年版，第557頁。

〔註150〕〔唐〕白居易著，謝思煒校注，《白居易文集校注》，第1版，北京：中華書局，2011年版，第968，969頁，參見附錄1第214條。

外督刺史，內領御史，受公卿奏事，舉劾按章。「中丞」一舉一動關涉軍國大政，必須秉持公平、嚴守中正，做到不偏不倚，唯此方能居中協調引領群僚。白居易所擬詔制認為，柳公綽之所以勝任此一職位，在於忠誠篤實，行有常度，耿介端直。治國行政，最為忌諱的是游移無斷和朝令夕改，使得百官與民眾心無定準，此種狀態即為內心缺乏「常度」和準則的外在體現。詔制誠勉柳公綽「宜一乃心」，即讚譽該員「忠實有常」與「持平守正」，鼓勵其一如既往、有始有終發揮美德。

白居易《答高郢請致仕第二表》中，亦對遵循常道、進退法度儼然加以讚揚，曰：

> 卿有忠貞之節，立於險中；有清重之名，鎮於朝右。而能始終有道，進退有常。援禮引年，遺榮致政。人鮮知止，卿獨能行。不惟振起古風，亦足激揚時俗。確然再請，朕甚多之。然以出入三朝，勤勞二紀。於卿而志雖難奪，在朕則情豈易忘？誠鑒乃懷，未允來表。」〔註151〕

文中盛譽高郢有始有終遵守常道，振發古風、激勵時俗，有勞於國、有功於朝，雖年邁乞請歸養，但作為帝王難於割捨社稷重臣，故未允所請。白居易所擬詔制，體現的是帝王治國所秉承的重要行政原則，國家主流社會政治取向。在考核評價官員以「忠實有常」「介然有常」「進退有常」作為褒詞，可見白居易對於治國行政遵循「常道」的深刻理解和具體運用，無不是自遵循天地「常道」而至社會治理的思想觀念推衍生發所致。

天地「常道」宏大深邃，具體到國家治理方面，則須有習性醇良，行止合乎常軌，持之以恆、心緒沉穩的官吏進行具體操作。白居易對個人修養與治國理念進行論述，認為「性由習分、習則生常」意義重大，並以此作為品評官吏、拔擢賢能的標準之一。白居易官居翰林、拾遺時節，抱有治國經邦之志，仗義執言歎息民病；離開朝堂貶謫偏遠的情形下，依然樂觀向上，不出哀怨憤懣之言。可見，在修身與志學兩端，白居易關於性情習慣形成的認識和理解，對自己立身處世亦極有助益。在政治層面，白居易遵循《周易》「常道」法則，極力主張政策的穩定性和持續性，使得黎民百姓安心樂土，形成醇良風俗。在品評和任用官員方面，亦以「有常」作為重要標準。如此方能對

〔註151〕〔唐〕白居易著，謝思煒校注，《白居易文集校注》，第1版，北京：中華書局，2011年版，第1076，1077頁。

官員的未來作為，具有較為明確的判斷和預見性；在落實朝廷政策，執行國家行政職能方面，具有穩定的常態化操作模式，此亦為社會和諧穩定在具體操作方面的重要體現。

3.4　白居易「一陰一陽之謂道」觀念舉隅

白居易將《周易》「一陰一陽之謂道」原理作為理論依據，在恭謙修身、積善累德等方面表現得較為突出。《謙卦》為《周易》六十四卦之一，有「一謙四益」之說。唐代統治者高度重視「謙德」的培養，唐太宗李世民是為典範。白居易在個人修身方面注重「謙德」的養成之外，常常運用「謙德」諷喻帝王，擬詔製表彰臣僚，作書銘褒獎賢良。《周易》「積善之家，必有餘慶」的思想，亦作為白居易重要理念之一，運用於社會生活實踐之中。「一謙四益」與「積善餘慶」的本質，即來自於《周易》陰陽循環必得「中正」的原理，是直觀、貼近社會現實生活與個人生命歷程的思想觀念。

3.4.1　白居易的「謙」「愧」「慚」觀念

「謙德」是白居易「樂天」「安命」的思想根源。白居易深刻領會「謙德」的意義，尤為注重「謙德」的養成，具有「謙恭」「知愧」「知慚」等品格。終白居易一生，有銳意進取、扶危濟困的經歷，亦有宦途波折、身不由己的艱難境遇。《蹇·象》曰：「君子以反身修德。」孔穎達疏曰：「除難莫若反身修德。」〔註152〕無論何種環境之中，白居易均善於躬自反省，自求多福。白居易詩文中多有「知愧」與「知慚」的表述，為其「反身修德」的覺悟、內心世界恭謙的外在表達。白居易雖廣有文名，卻頗有自知之明，深刻領悟謙虛謹慎、易簡知退、唯德動天、反身修德的道理。《周易·謙·彖》曰：

> 謙，亨，天道下濟而光明，地道卑而上行。天道虧盈而益謙，
> 地道變盈而流謙，鬼神害盈而福謙，人道惡盈而好謙。謙尊而光，
> 卑而不可逾：君子之終也。〔註153〕

《謙卦》乃是《周易》六十四卦中各爻均「吉」或「利」之卦，為「天

〔註152〕〔清〕阮元校刻，《十三經注疏·周易正義》（清嘉慶刊本），第 1 版，北京：中華書局，2009 年版，第 105 頁。

〔註153〕〔清〕阮元校刻，《十三經注疏·周易正義》（清嘉慶刊本），第 1 版，北京：中華書局，2009 年版，第 60 頁。

道」「地道」「鬼神」「人道」四者普施福慶吉祥之卦。「謙」雖居下用順，終歸「中正」「大和」之道，故此「謙卑」的最終所得，是不可逾越的尊貴光大。「謙」具備恭敬與謹慎、自省與利他的美德，施與「謙遜」「謙卑」，則收穫高貴與尊嚴，此即「大和」之道的現實表徵，《周易》「一陰一陽之謂道」的意義的體現。凡發自內心表現出「恭謙」品質之士人君子，必然為人所親近與信任、尊崇與擁戴、依賴與追隨。白居易知「慚」、明「愧」，修省恭謙，是其名望長盛不衰的因由之一。

一、「謙德」對白居易政治思想的影響

白居易對于謙遜恭敬有著清醒的認識，既來源於底層現實生活的經驗，更是儒家經典學說的薰陶。其中《周易》的《謙卦》，無論對於白居易，抑或有唐一代帝王臣僚，均產生了重要影響。白居易所秉承的依然是盛唐時代的自信與恭謙，以求進業累德，完善行政方略，免於行政失誤。白居易《凶宅》曰：「驕者物之盈，老者數之終。」〔註154〕白居易理解日高必落，月盈則虧的常理，自然之道從來是極盛必將走向衰落。凡事走向全盛，至於尊榮顯達的極端，則大道循環，天數即將終結。故此戒盈滿而用謙虛，則不至於進入「老」的境地，可至其長久。自然之道施於人道，驕橫自傲為內心盈滿之徵，則必然招徠禍端。白居易《策林・忠敬質文損益》曰：

> 敬本於地，地道謙卑，天之所生，地敬養之。故曰：敬者地之
> 教也。〔註155〕

白居易論「忠敬質文損益」之道，認為三皇五帝之教，代有損益，其本在於天、地、人「三才」，施教在於「修敬」，「修敬」以「謙」為本，地道謙卑，乃是其「厚德載物」的本質所在，唯有恭順謙卑，方能包容承載萬物。白居易《策林・美謙讓》曰：

> 臣聞王者之有天下也，自謂之理，非理也；自謂之亂，非亂也；
> 自謂之安，非安也；自謂之危，非危也。何者？蓋自謂理且安者，
> 則自驕自滿，雖安必危；自謂亂且危者，則自戒自強，雖亂必理。
> 理之又理，安之又安，則盛德大業，斯不遠矣。伏惟陛下嗣建皇極，

〔註154〕謝思煒撰，《白居易詩集校注》，第 1 版，北京：中華書局，2006 年版，第 15 頁。

〔註155〕〔唐〕白居易著，謝思煒校注，《白居易文集校注》，第 1 版，北京：中華書局，2011 年版，第 1391 頁，參見附錄 1 第 105 條。

司牧蒼生。夙興以憂人，夕惕而修己。以今日之理，陛下視朝廷未
以為理；以今日之安，陛下視海內未以為安。而又思酌下言，樂聞
上失。弊無不革，利無不興。今則嚴禋郊廟，猶謂敬之不至；愛養
黎庶，猶謂惠之不弘；省罷進獻，猶憂人之困窮；蠲免逋租，猶慮
農之勤匱；搜揚俊乂，猶謂賢之遺逸；滌蕩罪戾，猶念獄之非辜。
底定兵戈，猶懼其未戢；懷柔夷狄，猶恐其未賓。大化參乎陰陽，
猶慚之以寡德；重光並乎日月，猶讓之以不明。斯乃陛下勞謙之心，
合天運之不息也；勤卹之德，合地道之無疆也。〔註156〕

　　白居易從《周易》根本核心即「陰陽之道」理解和分析「謙」的意義，認
為陰陽交流，盈虧相隨，欲得圓滿其表，必得空虛其裏。在治理國家層面，帝
王九五至尊，一人之利，萬人謀之，欲求世間昌盛，先自內心謙卑，更當朝乾
夕惕，如履薄冰。帝王先戒其盈滿，方有進德之空間；德配天地，萬方乃得平
安。《周易·繫辭上》曰：

　　　　「勞謙，君子有終。吉。」子曰：「勞而不伐，有功而不德，厚
之至也。語以其功下人者。德言盛，禮言恭。謙也者，致恭以存其
位者也。」〔註157〕

　　「謙」的最終意義，在於以恭順謙遜的品德與行為，以存續其「位」。《老
子》曰：「企者不立，跨者不行，自見者不明，自是者不彰，自伐者無功，自矜
者不長。」〔註158〕作為帝王，恭謙的意義，即具有謙卑此一高貴品德凝聚人
心，得到廣泛的擁戴，此乃國祚綿長、天祿永久的根本大道。在明達的統治者
看來，《周易》的陰陽之道，體現在治理國家的心態層面，是一個謙虛謹慎與倨
傲輕慢的關係，隨之而來的是治世與亂世的分野。白居易闡明天地日月大道，
讚譽勸勉相加，其根本還是充分肯定「謙」的深刻內涵和意義。帝王欲得人之
眾，須稱己之寡。欲得眾人鼎力相助，先謂孤家寡人。《老子》曰：「人之所惡，
唯孤寡不穀，而王公以為稱。故物，或損之而益，或益之而損。」〔註159〕自謂

〔註156〕〔唐〕白居易著，謝思煒校注，《白居易文集校注》，第1版，北京：中華書局，2011年版，第1360，1361頁，參見附錄1第97條。
〔註157〕〔清〕阮元校刻，《十三經注疏·周易正義》（清嘉慶刊本），第1版，北京：中華書局，2009年版，第164，165頁。
〔註158〕〔魏〕王弼注，樓宇烈校釋，《老子道德經注》，第1版，北京：中華書局，2011年版，第63頁。
〔註159〕〔魏〕王弼注，樓宇烈校釋，《老子道德經注》，第1版，北京：中華書局，2011年版，第120頁。

孤德、寡德，是為進德之先虛位以待；自謂不善，是為向善且鋪就行善之空間。
白居易《策林・策項》曰：

> 今陛下以懋建皇極為先，則大化不得不流矣；以欽若前訓為本，
> 則大樸不得不復矣；以緝熙庶績為念，則五刑不得不措矣；以祗奉
> 宗廟為心，則五教不得不敷矣。而尚有未流、未措、未復、未敷之
> 問，此用陛下勞謙之德太過，故不自見其益也；求理之心太速，故
> 不自見其功也。臣何足以知之？然臣聞有始有卒者，其惟聖人乎！
> 此言王者行道非始之難，終之實難也。陛下又能終之，則太平之風、
> 大同之俗，如指掌耳。豈止化流、樸復、刑措、教敷而已哉？〔註160〕

白居易謂帝王有「勞謙」之德，是萬民追隨、天下臣服的根本原因。《周
易・謙・象》曰：「勞謙君子，萬民服也。」〔註161〕普天之下黎民百姓之福
祉，大唐百年基業的鞏固與完善，帝王居於至重的位置，一人之好惡，四海
而傚之，故聖君之德，「勞謙」之美，固然在於有其始，絕難之處，在於至其
終。故《周易・謙》曰：「勞謙，君子有終，吉。」〔註162〕君主自始至終保持
謙虛謹慎的品德，是創造事業、成就盛世的基本要求。白居易在唐憲宗左右
多年，常以《謙卦》經典論述、權威理論諷喻君王、闡釋國策、表達思想、指
導實踐。白居易《畫大羅天尊贊文》曰：

> 唐元和己丑歲四月十四日，畫大羅天尊一軀成，奉為睿聖文武
> 皇帝降誕之辰所造。惟歲之春，惟月之望。誕千年一聖之始，降百
> 祥萬壽之初。電繞樞而夜明，雷出震而時泰。皇帝孝敬寅畏，憂勤
> 勞謙。以謂無疆之休，雖肇自於元聖；莫大之慶，恩廣被於群生。
> 爰命國工，俾陳繪事。真相儼若，元風穆如。疑從大羅，感聖而降。
> 至誠上通於一德，景福旁濟於萬靈。休命耿光，自茲無極。〔註163〕

大羅生玄、元、始三氣，化為三清天，大羅天尊為玄元始祖。李唐一代
奉道家老子為先祖，故畫像供奉以祖述玄元之風，嗣清虛無為之理。白居易

〔註160〕〔唐〕白居易著，謝思煒校注，《白居易文集校注》，第1版，北京：中華書
　　　　局，2011年版，第1356頁，參見附錄1第95條。
〔註161〕〔清〕阮元校刻，《十三經注疏・周易正義》（清嘉慶刊本），第1版，北京：
　　　　中華書局，2009年版，第61頁。
〔註162〕〔清〕阮元校刻，《十三經注疏・周易正義》（清嘉慶刊本），第1版，北京：
　　　　中華書局，2009年版，第61頁。
〔註163〕〔唐〕白居易著，謝思煒校注，《白居易文集校注》，第1版，北京：中華書
　　　　局，2011年版，第1151，1152頁，參見附錄1第185條。

謂「雷出震而時泰」，其中之理頗與「謙德」相關聯。《周易・震・象》曰：「洊雷，震。君子以恐懼修省。」雷震百里，遐邇俱聞，警醒人們懷有恐懼之心修身自省。《周易・震・彖》：「震驚百里，驚遠而懼邇也。出，可以守宗廟社稷，以為祭主也。」〔註164〕帝王履行守護宗廟社稷職責，是為主祭。帝王心懷戒懼敬畏之心，具備謙卑恭順之行，其言行合乎天德，是為社稷之福。《周易・說卦傳》曰：

> 雷以動之，風以散之。雨以潤之，日以烜之。艮以止之，兌以說之。乾以之，坤以藏之。帝出乎震，齊乎巽，相見乎離，致役乎坤，說言乎兌，戰乎乾，勞乎坎，成言乎艮。萬物出乎震，震，東方也。」〔註165〕

「帝出乎震」，謂《震卦》為帝王之始。《周易・屯・彖》：「雷雨之動滿盈，天造草昧，宜建侯而不寧。」〔註166〕雷雨作而萬物萌生，雷雨為萬物滋養之源。人類居於天地間，為萬物之一，人類的存在，是帝王存在的前提，故此帝王與萬物之間並無些許隔閡與距離，是休戚與共、禍福同受、融為一體的關係。《漢書・藝文志》曰：「《易》之嗛嗛，一謙而四益，此其所長也。」〔註167〕白居易盛譽帝王恭敬戒懼、憂勤謙遜，因而政治清明、國泰民安。其深層次含義，是藉此諷勸帝王遵循「一謙而四益」的哲理，時刻保持恭謙戒慎的狀態，有始有終，以成就一代明君的美譽。白居易《策林・策項》認為「億兆之所趨，在一人之所執」。〔註168〕作為君主，謂之「一人」，萬民歸之，其位勢之盛大無與倫比，隱含其中的禍患亦甚為兇險。若無視其危殆而倨傲自是，則往往禍不旋踵。憲宗元和二年（807），白居易擬《答元義等請上尊號表》曰：

> 朕自君臨，運逢休泰。時歲豐稔，凶醜殄夷。此皆宗社降靈，

〔註164〕〔清〕阮元校刻，《十三經注疏・周易正義》（清嘉慶刊本），第1版，北京：中華書局，2009年版，第127頁。

〔註165〕〔清〕阮元校刻，《十三經注疏・周易正義》（清嘉慶刊本），第1版，北京：中華書局，2009年版，第196，197頁。

〔註166〕〔清〕阮元校刻，《十三經注疏・周易正義》（清嘉慶刊本），第1版，北京：中華書局，2009年版，第34頁。

〔註167〕〔漢〕班固撰，〔唐〕顏師古注，《漢書》，第1版，北京：中華書局，1962年版，第1732頁。

〔註168〕〔唐〕白居易著，謝思煒校注，《白居易文集校注》，第1版，北京：中華書局，2011年版，第1355頁。

忠賢宣力。顧惟寡德，敢受鴻名？卿中發懇誠，上尊美號。雖屬人望，難貪天功。宜悉所懷，勿固為請。〔註169〕

憲宗初即位，勵精圖治，憂勤國事，自思「寡德」，固辭尊號，表現出恭敬謙遜的美德。漢代劉向《說苑》曰：

> 吾聞之曰：「德行廣大而守以恭者榮，土地博裕而守以儉者安，祿位尊盛而守以卑者貴，人眾兵強而守以畏者勝，聰明睿智而守以愚者益，博聞多記而守以淺者廣。」此六守者，皆謙德也。夫貴為天子，富有四海，不謙者，失天下，亡其身，桀、紂是也。可不慎乎！故《易》曰：（此非《易》語，乃著者說《易》之詞。）有一道，大足以守天下，中足以守國家，小足以守其身，謙之謂也。〔註170〕

帝王之位固然至尊無二，但「守位」之艱難，為歷代賢哲深刻理解與反覆論述。劉向為漢高祖劉邦異母弟楚元王劉交四世孫，其《說苑》對於《謙卦》於個人家國的闡釋頗為精要。賢明君主知其位勢之由來與承擔的責任，故時刻保持謙遜恭敬的心態，最終目的，即維持長久的和諧穩定狀態，謂之「大和」。此「大和」之產生，即是以謙恭的姿態維持盛大的位勢。

唐代諸帝君多以太宗、玄宗為楷模，渴望重鑄「貞觀之治」「開元盛世」，效法其「謙德」，〔註171〕於詔制中常有體現。白居易所擬詔制，以謙德為拔擢官員的重要標準；所擬奏表，亦以謙德為勸勉帝王的重要內容。其《韓公武授左驍衛上將軍制》曰：「孝於家，忠於國，故出則秉旄鉞，入為執金吾。寵任益榮，謙敬彌著。」〔註172〕《嚴綬可太子少傅制》曰：「檢校司徒、兼太子少保嚴綬，文雅成器，恭謙致用。」〔註173〕《蕭俛除吏部尚書制》曰：「是用正命為選部尚書，而冠六卿，統百職，尚可以表吾寵重，亦所以成爾

〔註169〕〔唐〕白居易著，謝思煒校注，《白居易文集校注》，第1版，北京：中華書局，2011年版，第1099頁。

〔註170〕〔漢〕劉向撰，向宗魯校證，《說苑校證》，第1版，北京：中華書局，1987年版，第240，241頁。

〔註171〕關於唐太宗及諸臣對《謙卦》的運用，參見本文2，1，2節：《貞觀政要》與《周易》。

〔註172〕〔唐〕白居易著，謝思煒校注，《白居易文集校注》，第1版，北京：中華書局，2011年版，第730頁。

〔註173〕〔唐〕白居易著，謝思煒校注，《白居易文集校注》，第1版，北京：中華書局，2011年版，第759頁。

謙光。」〔註174〕《元和南省請上尊號表·第三表》曰：「執謙德而彌仰崇高，議神功而無以彰灼。」〔註175〕可以見出，白居易高度重視「謙德」的養成和運用，不但具有深刻的理論依據，而且充分體現在具體實踐之中。「謙德」之意義，在於《周易》陰陽思想所揭示的盈縮、休咎、禍福、得失交流往復之道。聖賢人物明達於此道，知日月之周行，識寒暑之交替，而明世道之變遷，治亂之有時。聖賢常懷惴惴不安之心，朝乾夕惕，敬畏天命，以求無咎無殃。天道即人道，帝王群僚內修謙卑柔順之心，外施仁愛誠信之政，天下之大而眾望所歸，可至王道昭顯、教化普施，是為太平盛世景象。

二、「謙德」對白居易立身處世的影響

白居易一生之中，「謙德」突出表現在「知愧」「知慚」。元和三年（808），白居易37歲，作《初授拾遺》詩曰：

> 奉詔登左掖，束帶參朝議。何言初命卑，且脫風塵吏。杜甫陳子昂，才名括天地。當時非不遇，尚無過斯位。況余寒薄者，寵至不自意。驚近白日光，慚非青雲器。天子方從諫，朝廷無忌諱。豈不思匪躬，適遇時無事。受命已旬月，飽食隨班次。諫紙忽盈箱，對之終自愧。〔註176〕

對天地自然心存敬畏、對朝廷君王心存感激、對黎民百姓心存愧疚是白居易一以貫之的思想。白居易「謙德」的養成，與白居易出身中下層官吏家庭，通過科考獲得朝廷認可，進而為帝王垂青拔擢至於近臣的經歷相關，更與白居易充分暸解底層百姓的艱難生活狀況，對古今諸多寒士的人生經歷頗為熟悉相關。元和五年（810），白居易39歲，在長安，從左拾遺改官京兆府戶曹參軍，仍充翰林學士，作《秋居書懷》曰：

> 門前少賓客，階下多松竹。秋景下西牆，涼風入東屋。有琴慵不弄，有書閑不讀。盡日方寸中，澹然無所欲。何須廣居處，不用多積蓄。丈室可容身，斗儲可充腹。況無治道術，坐受官家祿。不種一株桑，不鋤一壟穀。終朝飽飯飡，卒歲豐衣服。持此知愧心，

〔註174〕〔唐〕白居易著，謝思煒校注，《白居易文集校注》，第 1 版，北京：中華書局，2011 年版，第 562 頁。

〔註175〕〔唐〕白居易著，謝思煒校注，《白居易文集校注》，第 1 版，北京：中華書局，2011 年版，第 2081 頁，參見附錄 1 第 246 條。

〔註176〕謝思煒撰，《白居易詩集校注》，第 1 版，北京：中華書局，2006 年版，第 35 頁，參見附錄 2 第 26 條。

自然易為足。〔註177〕

元和八年（813），白居易作《村居苦寒》曰：

> 八年十二月，五日雪紛紛。竹柏皆凍死，況彼無衣民。迴觀村
> 閭間，十室八九貧。北風利如劍，布絮不蔽身。唯燒蒿棘火，愁坐
> 夜待晨。乃知大寒歲，農者尤苦辛。顧我當此日，草堂深掩門。褐
> 裘覆絁被，坐臥有餘溫。幸免飢凍苦，又無壟畝勤。念彼深可愧，
> 自問是何人。〔註178〕

白居易愧疚於治理邦國、拯救黎民乏術，卻收受朝廷俸祿且清閒自在，此種善於自我反省之人，必然極具自知之明，心態和易而寧靜。白居易具有強烈的民本思想，高度關注黎民的艱難困苦，感傷於百姓之病痛生死。白居易內心世界既有慚愧之感與惻隱之心，於行動上則表現出奮發向上、力圖報效的作為。「知愧」為白居易「謙德」的重要體現，其意義對於白居易而言，不啻為其「知足」「樂天」思想的根源，故此白居易領悟到「持此知愧心，自然易為足」。《孟子·盡心上》曰：

> 反身而誠，樂莫大焉。強恕而行，求仁莫近焉。〔註179〕

白居易感慨自身無勞作之功而免飢寒之虞，思其終日勞碌而難於溫飽之民，白居易「知愧」之心的表達實為真誠。白居易恭謙自律、感恩天德的結果，即為知足順時、樂天安命。

白居易「知愧」「知慚」之心，既是對百姓疾苦無能為力的自責，也是對自身相對優裕的生活之下難有作為的反省。自盩厔尉起始，直至晚年分司東都，白居易於詩作中多次表達出上述感受。元和二年（807），為盩至尉，作《觀刈麥》曰：「家田輸稅盡，拾此充飢腸。今我何功德，曾不事農桑？吏祿三百石，歲晏有餘糧。念此私自愧，盡日不能忘。」〔註180〕元和七年（812），白居易作《納粟》曰：「昔餘謬從事，內愧才不足。連授四命

〔註177〕謝思煒撰，《白居易詩集校注》，第 1 版，北京：中華書局，2006 年版，第
　　　　479 頁。

〔註178〕謝思煒撰，《白居易詩集校注》，第 1 版，北京：中華書局，2006 年版，第
　　　　105 頁。

〔註179〕楊伯峻譯注，《孟子譯注》，第 3 版，北京，北京：中華書局，2010 年版，第
　　　　279 頁。

〔註180〕謝思煒撰，《白居易詩集校注》，第 1 版，北京：中華書局，2006 年版，第
　　　　22 頁。

官，坐尸十年祿。」〔註181〕元和七年（812），白居易作《觀稼》曰：「自慚祿仕者，曾不營農作。飽食無所勞，何殊衛人鶴？」〔註182〕元和十年（815），白居易作《贈杓直》曰：「世路重祿位，棲棲者孔宣。人情愛年壽，天死者顏淵。二人如何人，不奈命與天。我今信多幸，撫己愧前賢。」〔註183〕元和十年（815），《題潯陽樓》曰：「常愛陶彭澤，文思何高玄。又怪韋江州，詩情亦清閑……我無二人才，孰為來其間？因高偶成句，俯仰愧江山。」〔註184〕元和十一年（816），《答故人》曰：「顧慚虛劣姿，所得亦已多。散員足庇身，薄俸可資家。省分輒自愧，豈為不遇耶？」〔註185〕元和十二年（817），《題座隅》曰：「伯夷古賢人，魯山亦其徒。時哉無奈何，俱化為餓殍。念彼益自愧，不敢忘斯須。平生榮利心，破滅無遺餘。猶恐塵妄起，題此於座隅。」〔註186〕任杭州、蘇州刺史之間，作《三年為刺史二首（其一）》曰：「三年為刺史，無政在人口。唯向郡城中，題詩十餘首。慚非甘棠詠，豈有思人不？」〔註187〕大和三年（829），白居易作《想東遊五十韻》曰：「名愧空虛得，官知止足休。」〔註188〕與白居易「謙德」思想一脈相承，其外在表現是反覆吟詠「知愧」「知慚」，其精神世界，則具有強烈的自我反省、自我完善理念。

白居易深懷「知愧」「知慚」之心，對於榮辱得失，多從自身的角度進行省察，依此得出較為中肯的結論。《孟子·公孫丑章句上》曰：

　　仁者如射：射者正己而後發；發而不中，不怨勝己者，反求諸

〔註181〕謝思煒撰，《白居易詩集校注》，第 1 版，北京：中華書局，2006 年版，第107 頁。

〔註182〕謝思煒撰，《白居易詩集校注》，第 1 版，北京：中華書局，2006 年版，第547 頁。

〔註183〕謝思煒撰，《白居易詩集校注》，第 1 版，北京：中華書局，2006 年版，第583 頁。

〔註184〕謝思煒撰，《白居易詩集校注》，第 1 版，北京：中華書局，2006 年版，第593 頁。

〔註185〕謝思煒撰，《白居易詩集校注》，第 1 版，北京：中華書局，2006 年版，第599，600 頁。

〔註186〕謝思煒撰，《白居易詩集校注》，第 1 版，北京：中華書局，2006 年版，第633 頁。

〔註187〕謝思煒撰，《白居易詩集校注》，第 1 版，北京：中華書局，2006 年版，第700 頁。

〔註188〕謝思煒撰，《白居易詩集校注》，第 1 版，北京：中華書局，2006 年版，第2119 頁。

己而已矣。〔註189〕

自孟子的觀點看來，白居易可謂「仁者」，其表現即是自我反省之中的「知愧」「知慚」此一「謙德」。《論語・衛靈公篇》曰：「子曰：『躬自厚而薄責於人，則遠怨矣。』」〔註190〕嚴以律己、寬以待人則遠離怨恨，此亦為處世存身之道。《孟子・離婁章句上》曰：「行有不得者皆反求諸己，其身正而天下歸之。」〔註191〕孟子之言則將處世存身之道，拓展到政治層面。白居易認為，黎民百姓為求一溫飽終日勞作不得安寧，仕宦之家，既便居於末位，較之勞碌奔波的底層百姓，終歸要穩定與安逸，此即白居易的愧疚與恭謙之由來。大和八年（834），白居易63歲，以太子賓客分司東都，作《序洛詩》曰：「苦詞無一字，憂歎無一聲。」〔註192〕言為心聲，白居易無苦詞、無憂歎，足見其事理通達之後的和平心氣，具有充分的事實依據和精神支撐。天地自然闊大無垠，人居於其中實為渺小之至，個人的主觀訴求一己之需，必置之於宏觀整體的社會環境之中進行觀照。白居易深切同情古往今來才學卓越而命運塞剝者，對社會底層百姓之艱難困苦具有切身的感知，對比自身衣食無憂的清貴生活，白居易頗感自足與舒心。

白居易將《周易》的《謙卦》運用於治國理政與生活實踐之中，深刻領會「一謙四益」的核心內涵，即陰陽之道所生發的盈虛禍福之理。白居易用《謙卦》諷勸帝王，在詔制中對「謙德」進行詮釋和演繹，其根源還是陰陽相生的理論，所表達的終極意義依然是「保合大和」思想。白居易認為，作為君主，懷恭敬謙遜之心，謹遵天德養育蒼生，憂勤國政、省察得失，此為黎民百姓之福慶，聖明君主之作為。《詩經・大雅・文王》曰：「永言配命，自求多福。」〔註193〕作為士子，當常思行為合乎天命與否，以自身的努力謀求美好幸福的生活。白居易之所以「心安理得」，在於其「得理」在先，即白居易具有《周易》之「謙德」，「一謙四益」非但為其深刻領悟並且自覺運用，表現在

〔註189〕楊伯峻譯注，《孟子譯注》，第3版，北京，北京：中華書局，2010年版，第74頁。

〔註190〕楊伯峻譯注，《論語譯注》，第3版，北京，中華書局，2009年版，第163頁。

〔註191〕楊伯峻譯注，《孟子譯注》，第3版，北京，北京：中華書局，2010年版，第152頁。

〔註192〕〔唐〕白居易著，謝思煒校注，《白居易文集校注》，第1版，北京：中華書局，2011年版，第1949頁。

〔註193〕〔漢〕鄭玄箋，〔唐〕孔穎達疏，朱傑人、李慧玲整理，《毛詩注疏》，第1版，上海：上海古籍出版社，2013年版，第1380頁。

其「知愧」與「知慚」，具備上述理念，則自省、修敬、安仁、樂土與之俱來。白居易具備上述思想觀念，則其「知足常樂」「樂天安命」思想，具備了深厚的思想理論基礎與社會現實依據。較之境遇類似人物，白居易一生中極少憂怨憤懣之辭，而多積極進取、樂觀向上表達。除卻作為底層官吏與諫臣所發針對國計民生的激烈言辭之外，就個人心緒的流露看來，整體上體現出的是一種清簡典雅、怨尤不露的平和態度。無論是參與時政還是涵養性靈，在《謙卦》的理解和應用上，白居易與唐太宗及前賢的權威觀點頗為契合，可見有唐一代遵循《周易》治國，傳承有序。

3.4.2　白居易的「命屈當代，慶留後昆」觀念

縱觀歷史人物，有寧靜致遠不為名利所牽纍之賢良，有淡泊明志不以窮達為羈絆的聖哲，其遭際看似與其仁德、才識、功業不相匹合，或迍窮寒陋，或奔勞艱辛，終其一生並無顯貴尊榮之時，但表現得心平氣和，樂天安命，不為外在名物而稍改其志。此一崇高的人生境界，自有其強大的精神力量以支撐。白居易文章中多有「命屈當代，慶留後昆」的論述，其理論來源在於《周易》的陰陽之道，蘊含的核心依然是「陰」與「陽」終歸相諧的道理。《周易·文言》曰：

> 積善之家，必有餘慶；積不善之家，必有餘殃。〔註 194〕

天道以「大和」為最嘉美之狀態，天道運行，陰陽交流，終歸復其「大和」之本。故此「禍福」「慶殃」之間相互轉換而不止息，方能達到「大和」狀態，此為天道。「陰陽」相諧推衍至於人事，則是「才」「位」必相匹合，復歸「慶」「殃」相對、「禍」「福」相倚的天德，得其中正即「大和」的最佳與最終結果。《老子》曰：「天道無親，常與善人。」〔註 195〕《周易》「一陰一陽之謂道」思想概括了天下萬事萬物運行的基本原理，衍生出「禍福」「慶殃」相倚的具體現象。天道天理施於人道，則產生「陰騭」「福報」的概念，即積善累德必有福慶。《荀子》曰：「積善成德，而神明自得，聖心備焉」。〔註 196〕

〔註 194〕〔清〕阮元校刻，《十三經注疏·周易正義》（清嘉慶刊本），第 1 版，北京：中華書局，2009 年版，第 33 頁。

〔註 195〕〔魏〕王弼注，樓宇烈校釋，《老子道德經注》，第 1 版，北京：中華書局，2011 年版，第 196 頁。

〔註 196〕〔清〕王先謙撰，沈嘯寰、王星賢整理，《荀子集解》，第 1 版，北京：中華書局，2012 年版，第 7 頁。

福慶之來雖不以人的主觀願望為是，但天道昭昭終將復歸「大和」之道，此為陰陽交流往復的自然結果。

永貞元年（805），白居易三十四歲，為秘書省校書郎，作《唐揚州倉曹參軍王府君墓誌銘（并序）》曰：

> 維公受天地之和……宜乎作王者心膂耳目之官，以經緯其邦家。而才為時生，道為命屈，名雖聞於天子，位不過於陪臣，鬱鬱然歿而不展其用者，命矣夫！古人云：有明德大智者，若不當世，其後必有餘慶。今其將在後嗣乎？不然，何乃德行、政事、文學之具美叢乎公之三子乎？天其或者殆將肥王氏之家，大王氏之門，以甚明報施之道者也。〔註197〕

白居易謂王士寬居家以孝友聞於鄉里，為官清廉自守，有經緯家邦之才，功加黎民之德，但時命不濟，生前為官止於下秩。然而天道護佑積善累德之人，毫釐不爽，王公三子俱有德政才學之美，王氏之家門旺盛，乃上天施與王士寬應得之分，白居易謂之「報施之道」，即「命屈當代，慶留後昆」的現實體現。白居易《祭苻離六兄文》曰：

> 古人有言：「神福仁，天福敬。」又曰：「惡有餘殃，善有餘慶。」
> 〔註198〕

白居易認為仁愛為人，恭敬處世，必得神靈庇佑、上天賜福。惡行劣跡，既便橫行一時，必將禍及將來；善行嘉德，雖然隱默當世，定將福蔭後代。白居易《唐故湖州長城縣令贈戶部侍郎博陵崔府君神道碑銘（并序）》曰：

> 司空諱宏禮，公之幼子也。以學發身，以文飾吏，以干蠱克家，以忠壯許國。典十郡，領二鎮，再鰲東土，追命上公。雖天與之才，國與之位，亦由公義方之訓輔而成焉。大丈夫貯蓄材術，樹置功利，鎡基富貴，焯燿邦家，不當其身而得於後……天無全功，賢無全福。既享天爵，難兼世祿……才高位下，步闊塗窮。音戢羽翮，不展心胸。天道有知，善積慶鍾。昭哉報施，其在司空。〔註199〕

〔註197〕 〔唐〕白居易著，謝思煒校注，《白居易文集校注》，第1版，北京：中華書局，2011年版，第236頁，參見附錄1第90條。

〔註198〕 〔唐〕白居易著，謝思煒校注，《白居易文集校注》，第1版，北京：中華書局，2011年版，第126頁。

〔註199〕 〔唐〕白居易著，謝思煒校注，《白居易文集校注》，第1版，北京：中華書局，2011年版，第1912，1913頁，參見附錄1第362條。

　　白居易認為國家中正持平、量才錄用，實為履行天道、施與天德。才德合乎職位之需，職位契合才德之高下，既無過之亦無不及，此為「才適其位」。才學施展無餘亦無不足，中正和諧，天理盡顯，故於將來既無餘慶，亦無餘殃。天道無私，不偏不倚，才德配與天爵，自身禍福持平，則後輩當自求多福，不得兼收恩蔭。天道昭彰，善惡之報涇渭分明。若懷才於身功在邦國，卻徘徊下位步履窮途，心胸積鬱未至舒展，此為偏離「大和」之道，天理必然相扶持以歸「中正」「大和」之本，此為施福慶於後昆的理論依據。白居易擬《馬總準制追贈亡父請迴贈亡祖制》曰：

　　　　敕：夫積善者慶鍾於後，顯揚者光昭於先。而總貴為邦君，賢
　　　　為國士。荷貽謀之訓，用率義之文。上獻表章，有所陳乞。朕念其
　　　　祖德，褒以臺郎。所以復陳定必興之言，慰范喬泣涕之思。庶使幽
　　　　顯，兩無恨焉。可贈某官。〔註200〕

　　在當時的社會歷史條件下，帝王簡拔官吏，考量宗族前輩積善履仁的事實，作為後代拔擢的依據之一，實為履行天德，復歸中正之舉，既遵循無私無欺的天道常理，又符合善惡分明的世道人心。如此一來，使得士人始終盡其所能於國事，而不以一時一地的得失為念。白居易擬《劉總外祖故瀛州刺史盧龍軍兵馬使張懿贈工部尚書制》曰：

　　　　敕：故某官張懿，德善者將啟後人，忠孝者克揚前烈。有美必
　　　　復，宜其然乎？而懿仗忠履義，體仁養勇。學究韜略，藝窮騎射。
　　　　負幽燕之勁氣，雖振其名；有將相之長才，不得其位。命屈當代，
　　　　慶流後昆。有外孝孫，為吾賢帥。以忠許國，以順克家。揚名顯親，
　　　　自義率祖。推恩外族，歸美前修。俾追八座之榮，以輆九原之歎。
　　　　可依前件。〔註201〕

　　張懿善德忠孝、胸懷韜略，但生不逢時，有將相之才德而屈曲下位。其外孫繼承先祖遺風，為國盡忠，可謂賢良，故追授尊榮，推恩後輩。唐以左右僕射、六尚書為「八座」，「工部尚書」為「八座」之一，可謂榮貴。「九原」喻墳塋。詔制追授張懿為工部尚書，了卻其忠勇仁愛、有功於國，卻時命不

〔註200〕〔唐〕白居易著，謝思煒校注，《白居易文集校注》，第 1 版，北京：中華書
　　　　局，2011 年版，第 864 頁，參見附錄 1 第 325 條。
〔註201〕〔唐〕白居易著，謝思煒校注，《白居易文集校注》，第 1 版，北京：中華書
　　　　局，2011 年版，第 725 頁，參見附錄 1 第 268 條。

濟、未得應分之遺憾。

施其才而不得其「位」，頃其能而未竟其功，鞠躬盡瘁而謀國，屈曲其身以事君，均屬時位不得中正的狀態。白居易另有數篇「命屈當代，慶留後昆」相關詔敕，其《戶部尚書楊於陵祖故奉先縣主簿楊冠俗可贈吏部郎中制於陵奏請迴贈》曰：「以冠俗之棲遲下位，道屈於時；以於陵之光大其門，慶鍾於後。生不逮事，歿有追榮。」〔註202〕就才幹事業而言，楊冠俗生前未得應有榮貴，而皇天后土至中至明，歿後追授榮譽，光耀門楣，並遺澤後代戶部尚書楊於陵。《張惟素亡祖紘贈戶部郎中制》曰：「德合上玄，才終下位。命屈於當代，慶流於後昆。故其孝孫，實登貴仕。」〔註203〕《劉悟妻馮氏可封長樂郡夫人制》曰：「古者有策名命婦，賜號夫人，蓋積善於閨門，而受封於國邑也……禮從夫貴，慶叶家肥。俾開大郡之封，以正小君之命。可封長樂郡夫人。」〔註204〕《與崇文詔》曰：「士政承積善之慶，列在王官。俾洽恩光，故加褒贈。」〔註205〕《劉總弟約等五人並除刺史賜紫男及姪六人除贊善洗馬衛佐賜緋同制》曰：「今以濟之仗順積善，宜鍾慶於子孫。以總之輸忠立愛，可延賞於弟姪。多與爵祿，予無惜焉。欲使天下知爾父兄忠順之若彼，而國家報施之如此。可依前件。」〔註206〕上述白居易所擬詔制，所表達的均為同類事實。

貞元十七年（801）七月七日，白居易集弟姪祭奠從祖十五兄白逸，作《祭烏江十五兄文》曰：

> 《易》云：「積善之家，必有餘慶。」《書》曰：「非天夭人，人中絕命。」則冉牛斯疾，顏回不幸，何繆舛之若斯？諒聖賢之同病……常以兄仁信根于心，孝悌積於躬，謂至行之有答，必景福以來從。〔註207〕

〔註202〕〔唐〕白居易著，謝思煒校注，《白居易文集校注》，第1版，北京：中華書局，2011年版，第786頁。

〔註203〕〔唐〕白居易著，謝思煒校注，《白居易文集校注》，第1版，北京：中華書局，2011年版，第839頁。

〔註204〕〔唐〕白居易著，謝思煒校注，《白居易文集校注》，第1版，北京：中華書局，2011年版，第789頁。

〔註205〕〔唐〕白居易著，謝思煒校注，《白居易文集校注》，第1版，北京：中華書局，2011年版，第1137頁。

〔註206〕〔唐〕白居易著，謝思煒校注，《白居易文集校注》，第1版，北京：中華書局，2011年版，第633頁。

〔註207〕〔唐〕白居易著，謝思煒校注，《白居易文集校注》，第1版，北京：中華書局，2011年版，第135，136頁，參見附錄1第3條。

　　白居易歷數白逸幼年失怙，並無兄弟，孑然一身，雖自立自強有所成就，步入仕途而時命非諧，年不及四十即歿於主簿之位。白逸卒時，雖有妹而出嫁，並無孝男以主喪，實在是悲涼淒慘之至。白居易文中引《周易》《尚書》經典思想，證以冉牛、顏回之英年早逝故實，論述即便聖賢，亦難免時命蹇剝，同病相憐。但冉伯牛、顏回畢竟是孔門四科「德行」代表人物，孔門「十哲」之一，歷代配享從祀孔子。《荀子》曰：「玉在山而草木潤，淵生珠而崖不枯。為善不積邪？安有不聞者乎？」〔註208〕冉伯牛、顏回後代秉承先祖儒門之風，繁衍盛大，餘慶不絕，可謂賢哲得失不在於當世，而在於恩澤綿遠、德被後世。

　　儒家認為仕進是為肩負安邦定國、撫育黎民的使命，必以高於個人的榮辱得失的標準來要求自己，以蒼生福祉、邦國安危為己任。居於江湖則以和諧生存為原則，無有憂怨，內自修省，完善自我，淳樸民俗，此間同樣盡到了一個君子的責任。這與《周易》所強調的「位」的安適，「窮達隨時」一脈相承，與孔子「不在其位，不謀其政」相統一。在朝不懈怠苟且，在野不遠道離心。成功顯達者責任重大，不倨傲浮蕩；失勢窮困者亦有所依託，不自怨自艾。人生幸福，並非為某些得勢的群體所獨享，而是通過理論的闡述與現實的證明，推廣至於社會全體，此中奧區即在於人生的幸福、生命的意義無處不在。無論何人，居於何時、何地，所從事的事業為何，均有快樂與幸福的權利和條件，關鍵在於內心的覺悟和精神的依託。此為古代中國在相當長久的時間段社會穩定，民眾安居樂業的根本所在。儒家認為人生的意義在於法天、弘道、經邦、濟世。生命不唯以生存為要義，而是超越生存之後的價值是為意義產生的根本。儒家認為利他而不害己，利人而不害人，人之有惻隱之心等，即為構成人的生命的價值之所在，於是道德君子依此產生，生命意義由此昇華。

　　白居易認為人事、社會均類似於天道，不違背天理，故樂天命而盡人事。又有樂天安命之理由在於，天道有常，天理不易，在於周行始終，窮不謂憂，通達隨之；達不為喜，虧、窮必至。《莊子·秋水》引北海之言曰：

　　　察乎盈虛，故得而不喜，失而不優（憂）：知分之無常也。明乎坦塗，故生而不悅，死而不禍：知終始之不可故也。」〔註209〕

<hr/>

〔註208〕〔清〕王先謙撰，沈嘯寰、王星賢整理，《荀子集解》，第 1 版，北京：中華書局，2012 年版，第 11 頁。

〔註209〕〔晉〕郭象注，〔唐〕成玄英疏，《莊子注疏》，第 1 版，北京：中華書局，2011 年版，第 309，310 頁。

知天命之有本源來路，故寵辱不驚懼，得失安天數，故此莊子有得而不喜，失而不憂之智慧。明達聰穎若此，不從容也難。白居易的心理指向甚為明確，即朝廷不辜負真心實意報效邦國為君王分憂者，無論其言論和政治主張是否得當，是否的確符合當時的實情，其出發點和主觀願望的中正醇良，符合君王所宣示的政治取向與治國方針，適時予以褒揚恩寵，足以激勵青年才俊長袖善舞一往無前。白居易在翰林任上，為帝王擬詔制，多有「命屈當代，慶留後昆」的表述，認為於國於民盡心竭力，即便因此命運塞躓，所遺留的道德品望，終究會復正歸常、遺澤後代。白居易之「餘慶」，源於早年精進，中年失位，品秩不足以符合其才德，白居易有「同時六學士，五相一漁翁」之歎。〔註210〕白居易晚年居清貴高位而安逸閒適，也是朝野眾望所歸。後朝廷欲拔擢白居易為相，因其老病，以從弟白敏中「類居易」，得相位，可以見出「慶留後昆」之言的確不虛。

宏觀而言，天地自然陰陽交流無有止息，「大和」是其本質特徵；微觀而言，作為天地萬物之中個體的人，其生命之短暫，置於天地間可謂一瞬。生命的全部意義，未見得在有生之年得以完整體現。所謂「屈」的表述，核心即為「位」的偏頗，屈才之意，於人於國均屬不得其中正之道。屈於當代即為「時」的舛誤，所謂生不逢時。然則福禍慶殃天理自在，日月周行，無有偏私；天道昭彰，必得「中正」「大和」之道。帝王奉天承運，代行天工，撥亂反正理所當然。白居易所擬詔制，正是反映出天命之不可違，也是天心、君心、臣心、民心之所向。《周易》思想為歷代引為圭臬，推衍於治國具有不可撼動的權威地位。白居易與主流思想一脈相承，於治國行政、表彰賢良中運用元典，使得諸籌策尊崇常道、不越常軌。援引《周易》原理代天子擬詔，頒行天下，頗有天道所賦，歷數所予之尊榮貴重。

白居易所論述的《周易》關於「積善餘慶」理論，於君、於臣、於民均具有重要的意義。就帝王而言，太宗李世民命魏徵所撰《自古諸侯王善惡錄》中，將「積善餘慶」從一家一姓的榮辱禍福，上升為邦國安危、天下興亡的高度。〔註211〕官吏民眾而言，明「積善餘慶」之理，可使政風純良、社會穩定，官吏忠於職守、勤政治民，清廉守道、向善積德；民眾安於本分、醇厚風俗，

〔註210〕謝思煒撰，《白居易詩集校注》，第 1 版，北京：中華書局，2006 年版，第 2752 頁。

〔註211〕參見本文 2.1.2 節：《貞觀政要》與《周易》。

和諧鄉里、穩定社會。「積善餘慶」的本質，在於《周易》「陰陽」交流必得「大和」的原理。祿位源於天命，天命之賦予雖有階段與時機的差異，長遠整體看來，雖偶有偏頗，必然糾正以至其中正大道，得失之間並無長久的偶然與不測。不勞而獲、機巧詭詐雖得逞於一時，終究失落於將來；鞠躬盡瘁、任勞任怨雖有屈於一時，必然受益於後世。帝王持此合乎天理、切中人情的中正、大和之道治理邦國，則群僚無論祿位之高下，不計較一時之得失，安於職守、樂為所用。白居易深刻領會「一謙四益」「慶留後昆」等思想，人生經歷之中，既能居安思危，又能處變不驚。白居易遵循《周易》理論，依此闡發治國理念、詮釋人生際遇、舒緩內心困惑，形成簡易平常、從容淡定的個人風格和生活態度，是其為後世高度讚譽和競相模擬的重要原因。